誰在前世約了你

都市心靈按摩小說

劉正權・著

CONTENTS

誰在前世約了你　005

極不健康的生活　021

沒有新聞　037

跌下來　054

允許暗戀　070

不期待的傷痛　086

陽光刺眼　102

請我喝茶吧　118

唯一的運動　134

被知情權　150

渴盼麻煩　166

響個不停　182

無所謂了　200

沒什麼不妥的　216

狼性一回　231

誰在前世約了你

軒軒，要是下輩子有人衝著你無端地笑，走過來說喜歡你，記住，那人是我！

暗號呢，總得有個暗號吧，下輩子喜歡我的人多了去！

暗號，嗯，誰在前世約了你！

畫面啪一下定了格，又卡住了！陳文西一臉憤怒地把眼光從螢幕移到滑鼠上，正準備使勁發洩一把時，手機恰到好處地響了。

看來電顯示，是鄒宛晴的！陳文西調整了一下呼吸，拿起手機，摁下接聽鍵，然後，儘量讓自己語氣聽起來不那麼生硬，這才打了聲招呼，你好！

不生硬，是對的，兩個人，有日子沒說話了呢！

還沒結婚就冷戰，顯然不是彼此都期望的局面。

做什麼呢，這麼晚了？鄒宛晴在那邊問。

要擱以往，這樣暗含試探性問話陳文西是不屑於回答的，這麼晚了，做什麼呢？能做什麼，不就是轉彎抹角試探自己是不是金屋藏了嬌！

小女人的心思，總以為男人深夜不睡肯定是圖謀什麼不軌來著，什麼邏輯嗎？

陳文西隨手晃了一下滑鼠，希望電影畫面能隨滑鼠滑動也流暢起來，偏偏，事與願違了！

陳文西就十分掃興地說了一句，看電影呢，卡住了！

哦，什麼電影？鄒宛晴也隨口淡淡接了一句。

陳文西知道鄒宛晴淡淡的語氣背後藏著刨根問底的執拗，陳文西就也就心照不宣地淡淡回了過去，《非誠勿擾2》呢！

　　是嗎？鄒宛晴在那邊表現出少有的興奮，這片子我看過三遍了！

　　唔，是嗎？三遍？陳文西知道鄒宛晴不加掩飾的興奮裡面藏有宜將剩勇追窮寇的欣喜，果然，鄒宛晴的欣喜不屈不撓追了上來，卡哪兒了，說出來聽聽！

　　陳文西心裡冷笑，旁敲側擊搞檢驗啊！嘴上卻不流露出半分，卡李香山人生告別會那一段了！

　　這一段是整個影片中的重頭戲，之前鄒宛晴曾跟陳文西口頭轉播過，可惜那會兒陳文西還沒時間閑下來看一場電影，他那會兒，任何一點閑暇的時光裡都充斥著鄒宛晴沒完沒了的嘮叨。

　　而那嘮叨，原諒我誇張一下，於陳文西來說，是無孔不入而又連綿不斷的，如歲月般悠長。

　　感謝這場冷戰，讓陳文西有機會享受了一把這場電影畫面的重中之重，不然太對不起陳文西一向欣賞有加的馮大牙和葛禿子了！這話，是陳文西在王朔博客裡讀到的，王朔在博客裡贈兩哥們這麼一綽號。

　　你別說，明明很刺耳的兩個綽號，在王朔博客裡一出現吧，硬是叫陳文西歡喜得不行。

　　本來按劇情，軒軒說完這話，沒多久葛禿子就該上場了，老天卻沒遂人願的意思，一點不留情面地卡住了劇情。

　　這點上，老天跟鄒宛晴之間做到了心有靈犀，好端端的，兩人同居到都要名正言順了，鄒宛晴卻卡住了陳文西通往婚姻的大門。

　　鄒宛晴的卡住，是個什麼意思呢？

　　陳文西再一次看畫面，心裡尋思著，鄒宛晴莫不是學李香山，

提前給自己的婚姻來個告別會？

陳文西沒告別婚姻的意思啊，他迫切需要進入婚姻呢，只有進入婚姻了，他才能合理地使用鄒宛晴的。

這話，是鄒宛晴的原版。

好幾次，兩人在床上翻騰著瘋鬧時，鄒宛晴會突然停止嬉鬧，停止也就算了，還一臉嚴肅警告一下陳文西，陳文西你給我記清楚了，你這是非法使用我呢！

陳文西不嚴肅，男歡女愛的事兒哪好嚴肅呢，一嚴肅還有什麼情趣可言？陳文西就開了句玩笑，他以為是無傷大雅的。始料不及的是，鄒宛晴生了氣，態度相當不友好，還一氣之下撤出了陳文西的視線。

陳文西是這麼開的玩笑，就算是非法使用，你也得有點愛崗敬業精神吧，不然以後合理使用時，找不出區別啊！

啪！鄒宛晴的敬業精神上來了，敬了陳文西一個大耳括子，只有雞才被人非法使用時愛崗敬業的，想罵我是雞就明說，用不著拐彎抹角的！

這一掌其實力度不大，陳文西之所以覺得振聾發聵是因為他當時正在興頭上，精神上受到的打擊遠遠超過了肉體上承受的苦痛。

陳文西就捂了臉，惡狠狠給了鄒宛晴一句，沒做過賊，你心裡虛什麼虛？

鄒宛晴自然沒做過賊，鄒宛晴在洗頭店做過一段時間的洗頭妹子。

頂多，也就被客人用腦袋蹭過幾下胸脯，多大點事呢，你說！

這事攤眼下，實在是掛不上嘴，陳文西根本不在意，在意的只有鄒宛晴本人，她始終以為，那是她心頭的一片陰影，是人生的一大污點。

在這陰影的籠罩下，在這污點的提醒下，陳文西那句沒做賊，你心裡虛什麼虛的質問讓鄒宛晴臉上好一會兒沒緩過來勁。

陳文西在這沒緩過來勁的尷尬氣氛中連抽了三根煙，等到煙霧完全散開時，他才發現，鄒宛晴沒了蹤影。

裝什麼清純！陳文西爬起來，一連又灌了三大杯涼水，才讓心頭那股沒能及時發洩的激情慢慢冷卻下來，退回到身體的最幽深處。

退回歸退回，並不等於激情就此消失。

所以，陳文西才破天荒的使用上了電腦的另一功能，看電影，早先的電腦，在陳文西手裡只有一種功能，鬥地主。

自打認識鄒宛晴以來，他那些狐朋狗友全都自覺不自覺地絕了蹤跡，更別說玩鬥地主了，只要陳文西內心有這麼個苗頭一冒，鄒宛晴就會不留半點情面將他鬥得比舊社會被人民政府即將鎮壓的惡霸地主還惡霸地主。

但這一回，鄒宛晴沒鬥地主的意思了，她在那邊輕輕嗯了一聲，語氣居然是難得的溫婉，李香山？人生告別會啊！有什麼點感想沒？

能有什麼感想呢，看戲掉眼淚，替別人擔心的事，陳文西從來不幹。

不幹歸不幹，陳文西還是順口敷衍了一句，之所以敷衍他是為了證明自己或多或少還有點品味，陳文西就說，這人之將死吧，其言也善，李香山不就是告訴我們要珍惜眼前的幸福唄！

看來你還不是頑冥不化啊！鄒宛晴在電話那邊呵呵笑了起來。

鄒宛晴有日子沒這麼笑過了，這笑讓陳文西心裡動了一下，他抬起頭四顧一眼，這才發現，一間屋子裡沒個女人的笑聲還真是沒半點活力，陳文西就軟了一下口氣，說，宛晴你回來吧！

現在？鄒宛晴在那邊遲疑了一下。

嗯，現在！陳文西把眼睛盯向電腦畫面，說，非要等到我也來個人生告別會，你才肯回來啊！

鄒宛晴說有你這麼求人的嗎？

陳文西原本就沒求人的打算，他只是心裡偶爾軟了一下，可軟，並不等於就要妥協。

陳文西就一點也不妥協地衝手機裡冷笑了一聲，求人，你以為你是那個軒軒啊！

言下之意不言而喻，你不是軒軒，我也不是李香山，戲裡戲外，拜託你鄒宛晴要分清楚！

鄒宛晴自然分不清楚，在這點上，女人永遠沒有男人理性。分不清楚的鄒宛晴啪一聲掛了電話，她不是軒軒，沒那麼好的修養。陳文西冷笑一聲，掛吧，掛出狐狸尾巴來了不是？假惺惺來關心我，實際上是玩拔草尋蛇呢！鄒宛晴一直覺得陳文西心裡還有別的女人。

哼哼，讓你失望了吧！

冷笑之後，百無聊賴陳文西盯著畫面那行字又看了一遍，誰在前世約了你！

對啊，誰在前世約了自己呢？

陳文西對著電腦默默點燃一根煙，他得認真回憶一下，這輩子有哪個女人衝自己無端地笑過。當然，僅僅笑過還不能說明問題，這年月的女人都愛無端地笑，因為笑是最好的美容劑，關鍵在於笑完還走過來說喜歡自己，這樣的女人，似乎還沒出現過。

哪怕鄒宛晴都快跟自己結婚了，也沒這麼說過。

幸虧看了這場電影，幸虧電腦在這兒卡住了，幸虧鄒宛晴那個恰到好處的電話提醒。非誠勿擾，想想都值得耐人尋味的四個字呢！

陳文西心裡忽然有了種莫名的興奮，他決定出門去轉一轉，沒準，午夜的街頭，就有一個跟自己前世約定的女人，在夜風中孤單地走過，為的就是等著自己出現呢！

　　那是一個什麼樣的女人呢？一定不會是鄒宛晴！

　　這麼想著，陳文西就毅然決然出了門，電腦畫面依然卡著，陳文西顧不上這個了，他不能讓自己的婚姻就這麼卡著，而且，還是錯誤地卡著。

　　人的一生，要糾正多少錯誤才能有一個李香山那樣圓滿的一場人生告別會啊！

　　在陳文西眼裡，李香山的人生告別會是圓滿的，儘管他還沒將劇情看完。

　　沒看完並不影響陳文西的思維向後延伸，或者擴散。就憑螢幕上李香山對軒軒說的這兩句話，陳文西就可以斷定，李香山的人生是無憾的了。

　　古人對李香山這一言行，已經在幾千年前就予以了肯定，朝聞道，夕死可矣！

　　陳文西覺得，跟李香山相比，自己的提前徹悟是幸運的。畢竟，自己這會兒還沒患上絕症，距人生告別會尚有遙遠的距離，真有什麼要告別的，也不過是一段並不成熟的感情，連婚姻都算不上。

　　告別，仔細想來，是令人頗為期冀的兩個字呢，這兩個字裡蘊含有太多的變數。

　　不就是告別一個鄒宛晴麼？

　　那個鄒宛晴也許就是古成語中障了自己目光的一葉，不能因為這片葉子而不見泰山吧。

　　想一想，都是很可悲的一件事呢！

我們可以想像得出，眼下的陳文西不是可悲的，他內心裡，顯然被某種不可言狀的歡欣鼓舞著。如果誰能夠聽出陳文西內心的澎湃，那一定是蘇老夫子詞裡所說的，驚濤拍岸，捲起千堆雪般的壯觀景象。

午夜的街頭，因陳文西內心的澎湃而曖昧了許多，連夜風中都湧動著一股又一股溫暖而醉人的情愫。

陳文西怔了一下，這才想起，已經是初春的天氣了。

陳文西記得有個詩人曾經說過，春天，是個種下石頭都能開花的季節。

那麼，他陳文西前世的約定，這會兒也應該開花了吧，縱然不開，也應該在今晚開始萌芽了，要不然，《非誠勿擾2》的那段畫面咋就無巧不巧就卡在了他眼前呢！

這是絕無僅有的現象呢，鄒宛晴看了千遍萬遍都沒出現過的現象呢！

一定是老天爺冥冥之中要給他來點友情提示什麼的。

該死，咋又想到鄒宛晴了呢，陳文西在大街上使勁揮了一下手，他要把鄒宛晴從自己的意識中趕走。

這一揮是小事，不知從哪兒忽然就竄出一個巧笑嫣然的女子來。

女子很年輕，從她身上散發的氣息中可以嗅得出來。

這種氣息是有殺傷力的，原諒陳文西不是一個很堅強的男人，本來陳文西打算堅強一下的。

但女子沒給陳文西堅強下去的理由。

原因很簡單，女子一過來就衝陳文西無端地笑了一下。

笑什麼呢？陳文西大腦當時似乎沒來由地懵了一下，感覺這場景，有那麼點似曾相識。

是的，《非誠勿擾2》裡卡住時那段文字描述的就是這麼一個

場景。

陳文西的呼吸加重了起來。

他眼睛一點不錯地盯住女子，確切說是盯住了女子的紅唇。這紅唇裡，應該就潛伏著上一輩子就該吐出來的四個字，那就是，我喜歡你！

呵呵，千年等一回啊！

女子卻不像千年等了一回似的，她很熟絡地靠近陳文西，把手搭上陳文西的肩頭，有曖洋洋的體香襲擊過來，陳文西忍不住貪婪地抽動了幾下鼻子。

女子不抽鼻子，她抽住陳文西的手，用肩膀蹭了一下他的胸腹，嗲聲嗲氣地說，大哥，去哪兒？

去哪兒？這話有點出乎陳文西的意料，她應該說我喜歡你才對的啊！

女子見陳文西發呆，忍不住噘起嘴巴，幹嘛叫了人家，過來了又不說話呢！

陳文西聞言一怔，我，叫了你嗎？

女子拿手指甲掐了陳文西一把，嬌嗔說，剛才你招了手的，裝什麼正經啊！

陳文西這才想起自己確實是揮了一下手的，可揮是揮，招是招啊，兩個不同的動作，應該是兩個不同的概念才對啊！

什麼概念不概念的，女子不耐煩了，你招也好，揮也罷，不都跟女人有關麼？

這倒是事實！陳文西揮手，還真與女人有關。

見陳文西默認了，女子就笑，笑出一臉的嫵媚來，女子說，我叫仙仙！

軒軒？陳文西嘴巴一下子洞開，很驚訝的表情，估計那表情就

是用電焊也一時半會兒難以把撐開的嘴巴焊攏。

對啊，仙仙！一會兒就讓你仙仙欲死的仙仙！女孩一臉得色地衝陳文西耳語說。

能找到前世的約定，於陳文西來說，自然是仙仙欲死的美事了。

陳文西眼睛就開始發亮，他一把攥住仙仙的手，渾身顫抖起來，嘴唇也哆嗦著，有那麼點語無倫次，軒軒，你是軒軒，軒軒是你，可我記得，你應該也記得，先衝我無端地笑一下的！

笑一下，無端的？我也應該記得？仙仙再次嗲聲嗲氣起來撒嬌，我已經笑了啊，我哪天不是在無端地笑啊！

那笑過之後呢？陳文西啟發說，還有四個字你應該對我說的。

四個字？仙仙迷惑了，伸出手指頭，我們開房？

不是，不是！陳文西搖頭。

難道是──仙仙一歪頭，我們上床？這也太直接了吧！

陳文西一聽直接兩個字，受到了啟發，轉彎抹角提醒說，軒軒你想想，仔細想想，那四個字，是跟暗號有關的！

跟暗號有關？仙仙真的糊塗了，尋思著，拉個客，還搞什麼暗號呢，多複雜啊，不就你一招手，我就過來，然後開房上床麼？

對啊，《非誠勿擾2》你看過沒？陳文西見仙仙還有如木雞呆而不解，乾脆直奔主題了。

非誠勿擾2？仙仙把手抽了回去，後退一步，大哥你是要我玩呢，真要我，非誠勿擾一回就行了，還打算擾我第二回？

仙仙這話說得冷冰冰的，一點沒了剛才的溫軟可人。

陳文西一點也沒意識到仙仙口氣的轉變，他上前一步，抓住仙仙柔若無骨的小手說，你仔細想想，用心想一下，就四個字，四個字的！

仙仙裝出用心去想的樣子，想了不到一分鐘，然後，笑嘻嘻

地一拍陳文西的肩頭，一臉嘲諷地說，真的對不起大哥，我想來想去，只能想出三個字！

三個字？哪三個字？陳文西有點狐疑地望著仙仙，難道是我愛你？

我愛你，跟我喜歡你雖說少了一個字，但其本質是沒多少差別的！退而求其次吧，陳文西一念及此，就揚起了頭，滿含期待快點從仙仙飽滿的紅唇中吐出那三個字來。

仙仙的紅唇是飽滿的，那三個字吐出來就字正腔圓，很飽滿，在氣勢上，不過內容卻不是陳文西所期待的我愛你，三個字倒是三個字，意義上卻天壤之別了。

仙仙說的三個字是，你有病！

說完這話，仙仙一甩頭丟下一個白眼給了陳文西，嫋嫋婷婷地走了。

這背影，跟電影畫面上軒軒背影基本上如出一轍，很值得人遐想的背影，咋說走就走了呢，上輩子的約定啊，就這麼著，煙消雲散了？

陳文西顯然，是不甘心的。

總不能讓那個鄒宛晴再回到自己眼前吧！

這麼想著，陳文西忍不住又揮了一下手，這個鄒宛晴，咋就陰魂不散呢，剛從心裡趕走就見縫插針跑回來了。

去，去！陳文西加重了語氣，在心裡，心隨念轉，他的手，情不自禁地又揮動了一下。

這一下，卻揮了一真實的鄒宛晴出來，在陳文西面前。

鄒宛晴是恰好路過，她回家必須走這條道，鄒宛晴要回的家，自然是她和陳文西的那個家。

怎麼說，兩人也在同一個屋簷下待了有些日子了，先前的賭氣

是要個小性子而已，我們大家都知道這麼一個顛撲不滅的真理，女人的小性子，是要不長久的。

何況在鄒宛晴要小性子之前，陳文西還有一句央求呢，那句宛晴你回來吧，從陳文西嘴裡說出來，很有那麼點無助的意味。

鄒宛晴知道陳文西一向很顧及面子的，能軟下來口氣已屬難能可貴。

幹麼自己還要硬撐著，鄒宛晴聽說過這麼一句話，所有甜蜜的開始，都是傷害的鋪墊！她可不想陳文西那句甜蜜的央求，成為傷害他們感情的鋪墊，那麼，回家則是把傷害消弭於無形的一個上上之選了。

眼下，陳文西主動衝自己招手就是一個很好的證明，鄒宛晴錯誤地以為陳文西是衝自己招手了。先前說過，揮是揮，招是招！但攔鄒宛晴眼裡，這中間是沒差別的，揮也好，招也好，都跟自己有關不是？

所以，她一臉欣喜地小跑過來，是在情在理的。

不在情在理的是陳文西的表情，陳文西的表情是詫異的，那種股民遇到崩盤時的極度沮喪顯山露水掛在臉上。

怎麼是你？陳文西苦著臉。

不是我，那應該是誰？鄒宛晴臉上無端浮起的笑容迅速隱退，如同街燈亮起來後天上失去亮色的星星。

是軒軒，才對！陳文西轉動一下頭顱，游目四顧起來，在夜晚，陳文西的視線仍是具有穿透力的，居然讓他看見，那個女子走到路邊一燈柱下，倚著燈柱沉思起來。

女子的沉思，是伴著手上的一根香煙讓陳文西再度想入非非的，她一定是在借香煙擴散思緒努力回憶前世應該說出的那四個字吧！

陳文西像受了遙控似的，一步一步向那個女子走了過去，一點也沒顧及到鄒宛晴正亦步亦趨跟在自己身後。

　　鄒宛晴對這種女子，是熟悉的。

　　她以前在洗頭店做洗頭妹子時，有幾個姐妹下了班就會做這種生意。

　　有個好聽的說法，叫走夜的女子。

　　鄒宛晴知道陳文西沒跟這種女子打交道的劣跡，他一定是著了什麼癔症，對，著了那個《非誠勿擾2》後犯的癔症，不然，好端端的他說什麼軒軒呢？

　　軒軒，可不就是之前他們電話裡聊過的李香山人生告別會上那個女孩？

　　知夫莫如妻，儘管他們還不是法律程序上的夫妻，但夫妻生活他們卻是過了不少日子的。

　　果然，陳文西一臉迷離地衝那個女子走了過去，嘴裡喃喃自語著，軒軒，軒軒是你麼？

　　這點上，與電影畫面那段文字有異，應該是陳文西衝女子無端地笑一下才對的，可偏偏是女子衝陳文西無端地笑了。

　　女子無端地笑，其實是衝一個男人的，那是個很高大的男人，跟陳文西同一個方向走過來的男人。

　　陳文西這會兒別說是一個男人，就是一連隊的男人他也會無動於衷的，他已經沉浸在那段文字營造出的情景裡了。

　　因為沉浸在那個情節中，陳文西的表情就相當投入。

　　他一臉迷離地笑著走了過去，衝女子說，我喜歡你！

　　說完這話，他就一動不站在那兒，心裡焦急地等女子來反問自己，暗號呢？

　　可惜，女子沒給他暗號，女子明明白白給出了指令，給我揍

他，狠狠的！

揍他，他是誰？還狠狠的？陳文西只遲疑了一下，還沒轉過頭來，一股勁風已襲擊上了後腦勺，是身邊那個男人的。

男人是女子的姘頭，一個混混，接到女子的電話，說碰見個神經病攪了自己生意，讓他來罩場子的。

陳文西挨了這一擊，還沒來得及尖叫呢，已經有一聲尖叫在他身後提前響了起來。

那尖叫很急惶，也很熟悉。

熟悉得讓陳文西倒下去之前心裡還疑惑了一下，那段畫面上也好，畫外音也好，是沒有女性的尖叫的。軒軒，那麼優雅的一個女子，怎麼可以發出這麼惶急的尖叫呢，太不可思議了！

因為不可思議，陳文西甚至還下意識地搖了一下頭，有那麼點哀其不幸怒其不爭的意思。

事實上是，他只來得及搖了一下頭，跟著他的頭就被一雙手緊緊抱住了壓在了一個人的身子底下，那身子，很溫軟，有暖玉溫香彌漫開來，一下裏住了陳文西。

密不透風的那種包裹，很蔥蘢，也很嚴實。

陳文西就在這蔥蘢和嚴實中暈眩了過去，暈過去之前這沒忘記含糊不清地吐出這麼七個字來，誰在前世約了你？

誰呢，他在前世約了誰，誰又在前世約了他？這些都不重要了，重要的是在他大腦恍恍惚惚中出現了一片空白，陳文西的思維被卡住了。

或者說，被掐斷了，多麼殘忍的一種掐斷啊！

關鍵時刻怎麼可以掉鏈子呢？

這是陳文西在醒來之後的第一個疑問，他應該有這麼一問的。

陳文西醒來時，他人已躺在了自己的床上，是軒軒，把自己弄

到了床上？這麼尋思著，陳文西把眼光四處巡視一番，屋裡空蕩蕩的，電腦還在桌前開著，停留在他出門前的畫面上。陳文西艱難地側了一下身子，想要爬起來，這一動吧，有陣劇烈的疼痛從後腦勺傳遞過來。

他確定了一下疼痛的位置，拿手輕輕探了過去。後腦勺那兒，有一個大包，好在，沒見血，估計是拳頭猛擊造成的。

給我揍他，狠狠地！這疼痛把一個女子氣急敗壞的聲音牽扯出來。

陳文西條件反射般地渾身一抖。

同樣條件反射般渾身一抖的，是他的電腦，好端端卡在那兒，這會兒畫面突然又流暢起來。

陳文西一下子忘記了疼痛，他倒要看一看，李香山的人生告別會上究竟還卡了些什麼內容，以至於讓他前世的約定遲遲在幕後徘徊，找不到閃亮登場的機會。

軒軒作別李香山後，是大嘴的姚晨晃了出來，對姚晨的戲，陳文西不大喜歡，因為鄒宛晴也有一張類似姚晨的大嘴。

陳文西的不喜歡，是從鄒宛晴大嘴裡彈出的句子，多是疑問句，偶爾不疑問一回，也是祈使句候補，總之，很少有陳述句。感歎句倒不常用，一用，陳文西的頭就會羞愧地低下來，不低下怎麼行啊，都被鄒宛晴恨鐵不成鋼了。

兩人沒鬧彆扭之前，只要陳文西晚歸一回，鄒宛晴的電話就長了腳似的如影隨形，走哪兒了？

後大街！陳文西一般這麼回答，後大街是他加班回來的必經之地。

隔十分鐘，電話又響了，還有多遠才到家門？

還有一條街呢！

　　一條街是要不了多久就能走完的，等電話再響時，陳文西就搶了回答，說就快到門口了！

　　本來以為這態度會落個鄒宛晴的好言好語的，始料不及的是那邊突然沒來由地上了火，快到家門了，快到家門了，我看你是一晚上都走不進這個家門！

　　這話，誇張了一點，不就是晚回來一會兒嗎？

　　陳文西到底還是心裡發虛，往往進了家門的第一句話就是，我和鄒小起在一起呢！

　　鄒小起是個什麼好東西啊，你以為！鄒宛晴才不理會陳文西拿誰當擋箭牌呢！鄒小起是鄒宛晴的叔伯兄弟，也是個混得不怎麼入流的男人。

　　陳文西還能說什麼呢？除了反思，他沒有選擇。好在電影畫面上的大嘴姚晨這回表現出了難得的乖巧，很快閃過了鏡頭。

　　什麼時候，鄒宛晴也能這麼乖巧一回啊！這麼感歎著，葛優和舒淇上場了，確切說是秦奮跟笑笑上場了。

　　重中之重呢！陳文西莫名地激動起來，他隱約覺得這個《非誠勿擾2》裡最經典的段子應該就出現這個畫面上，不然，怎麼電腦會無緣無故卡住那麼久呢！

　　古詩文中說了的，千呼萬喚始出來嘛！

　　果然，李香山喘了一口氣，對梁笑笑說，最後送你一句話，婚姻怎麼選都是錯誤的！

　　這是人話麼？陳文西心裡一掉，這不明擺著讓人誤入岐途嘛，心還沒掉到地上呢，李香山的話又虛弱地接了上來，長久的婚姻，就是將錯就錯！

　　長久的婚姻，就是將錯就錯？陳文西把這話在嘴裡重複了一遍，又在心裡重複了一遍，他再一次，得了癔症似的。

鄒宛晴就是在這當兒進來的，她走一路趔趄一下，還拿一隻手撐在腰間，弱不禁風似的。

陳文西的眼神忍不住探了過去，落在鄒宛晴的手上。

鄒宛晴眼裡掠過一絲惶急，她不撐腰了，兩隻手倏一下子躲到了身後。

陳文西癔症歸癔症，眼神還是很亮的，他明明白白看見，鄒宛晴的兩隻手都不同程度受了傷。

怎麼回事？陳文西爬起來，走過去，捉住鄒宛晴的兩隻手。

鄒宛晴見躲不過，咧一下嘴說，輕點，疼，那傢伙，直下死手呢！

陳文西腦子醒轉過來，你就是用雙手護著我的頭的？

嗯，我怕他真的打死你！鄒宛晴眼睛一紅。

傻啊你，那他也可以打死你的！陳文西不敢看鄒宛晴的眼睛了。

鄒宛晴無端地笑了起來，說，打死算了，誰讓我喜歡你的呢！

暗號呢！陳文西被這麼熟悉的場景再一次擊中，電光火石般一個念頭閃過腦海。

這一回，他不奢望什麼暗號了，誰在前世約了他，並不重要。

重要的是一輩子真的太過於短暫，隨時都會宣布劇終，比如說今晚，如果不是鄒宛晴護著他，沒準他的一生就謝了幕。

在鄒宛晴的無端淺笑中，陳文西的右膝輕輕跪了下去。

然後他仰起頭，學著電視上秦奮的口氣，一字一句的，吐詞很清晰地衝鄒宛晴說，一輩子很短，我願意和你將錯就錯！

滿以為鄒宛晴會歡天喜地叫起來的，偏偏，鑽入陳文西耳朵的，是鄒宛晴怎麼也抑制不住的啜泣聲。

極不健康的生活

在呂小玉認識的所有男人中，厚顏無恥的不在少數，但厚顏無恥到林昌平這個份上的，就稀罕了。稀罕得跟太陽，月亮，地球一樣，獨一個，而且是在宇宙這麼大的空間裡。

林昌平的厚顏無恥，落實到具體行動上來，就是他隔三差五都要來「看」一回呂小玉。看，本來是個很讓人溫暖很樂於接受的字眼，可一攔林昌平身上，就溫暖不起來，也讓呂小玉樂於接受不起來。並且他每「看」一次吧，呂小玉就得渾身起雞皮疙瘩好幾天，等到剛好要平息下來時，得，林昌平又來「看」她了，呂小玉的剛偃息旗鼓的雞皮疙瘩不用說，東山再起了。

被林昌平這麼周而復始的「看」下去，呂小玉連死的心都有了。

不能怪呂小玉這人活得不堅強，仔細想想啊，自然界讓人起雞皮疙瘩的東西有兩樣，一是癩蛤蟆，二是賴皮蛇。這兩樣占了任何一樣，都足以讓人反胃的。

林昌平卻把這兩樣都占了。這兩樣的東西要是隔三差五到你家「看」你試試？任誰是不死也得脫層皮的！

林昌平「看」呂小玉，一方面會學那癩蛤蟆，要死要活吃一頓天鵝肉，另一方面則學賴皮蛇，死纏爛打要一筆生活費。

說明白一點，林昌平學癩蛤蟆時，就是身體上乾了，要滋潤一把；學賴皮蛇時，則是口袋裡空了，要補充一下。

憑什麼啊，我們都分居四五年了！呂小玉每次被林昌平摁在床上時滋潤他發乾的身體時都會這麼抗議說。

事實上嘛，法律也是傾向於呂小玉這一方的抗議的，分居三年就可以視為自動離婚。

呂小玉完全可以由法律來保護一把的。

問題是，呂小玉雖然嘴裡嚷嚷著離婚離婚離婚，甚至自己淨身出了門，可她卻沒向法院遞交離婚申請。

她實在是，丟不起這個人。

這麼一說你就明白了，呂小玉在小城，或多或少算個人物。是的，呂小玉是市機關幼稚園的一名老師，才情被得到公認的一名老師。大大小小的節日慶典上，總有她的身影在其間穿梭著，沒獨唱時她可以頂一下，缺合唱演員時她也能湊個數，舞蹈編排上她能指上手劃下腳，偶爾，也可以客串一下主持，那串台詞都在肚子裡潛伏著似的。

說到潛伏，這才真正是呂小玉的痛苦之處，她之所以能容忍林昌平的厚顏無恥，早先是一時下不了情面，一日夫妻百日恩麼，這也正常。等到她的心逐漸冷了，硬了，百煉成鋼了，偏偏，林昌平不知在哪一回厚顏無恥「看」她時，居然在她子宮裡潛伏上了一個孩子，真的是陰險歹毒啊！

在檢查結果拿到手的那天，恰好林昌平又厚顏無恥地來「看」她了。

呂小玉手中揮舞著從醫院帶回來的化驗單，上前討伐林昌平。她潛意識中想把那化驗單揮舞成一面獵獵作響的旗幟的。可惜那化驗單太單薄，造不出獵獵作響的聲勢來，也就是說，呂小玉的討伐，一點兒也不給力！

林昌平的厚顏無恥還是一如既往的給力，我說小玉啊，我早就想批評你了，一個正常女人，過這樣分居的生活是極不健康的！

我，怎麼不健康了？呂小玉怔了一下，她有點頭痛於林昌平

的無動於衷，離婚都要成事實了，偏偏懷上了孩子，說不出口的事啊！

性愛是女人養顏的良方！林昌平說女人的乳腺病是怎麼來的？沒男人的愛撫啊，別說我沒提醒你，你那地方都有小腫塊了！

這是事實！呂小玉在三八婦女節那天單位安排體檢時查出乳房那裡有小葉增生的跡象。

還有，見呂小玉發怔，林昌平又侃侃而談上了，一個女人，應該對她三十歲以後的相貌負責，就說你吧，整天苦惱著臉，封閉了身體不說，還壓抑著身心，這些，都是極不健康的生活體現！

呂小玉原本還發怔著的，一聽這話，惱了，我封閉身體，我壓抑身心，我整天苦著臉是不假，可你找沒找根源？

呂小玉有理由這麼惱恨林昌平，因為他隔三差五厚顏無恥地來「看」自己，很多對呂小玉報以好感的男人都望而卻步了，呂小玉可以忍受的騷擾，別人未必能忍受，何況這個「別人」的性別還是男性。

面對呂小玉的質問，林昌平沒半點自責的表情，他反而往自己臉上貼金，根源我找了啊，不就是你離我遠了嗎，為了你的生活能健康一點，我可是每次穿越大半個城市跑來的呢！

穿越大半個城市跑來？你是為了我的健康？呂小玉不怒反笑起來。

難道你沒享受到這種健康生活帶來的快樂？林昌平一臉邪氣地笑了起來，剛才你可是叫得驚天動地的！

滾，滾，滾！呂小玉發了瘋似地把林昌平往外趕，就在這之前，呂小玉沒亮出化驗單之前，林昌平一進門就扒了呂小玉的衣服，扒得理直氣壯的。呂小玉承認，她或多或少得到了一些享受，在林昌平進入她身體的一瞬間，可那是被動的啊，流行的說法，叫

被享受！

可你能說，被享受就不是享受嗎？林昌平滾出門時還厚顏無恥地來了這麼一句。

被享受的結果是，呂小玉望著桌上的化驗單，不知所措了。

她一直，想要有個孩子的，天天在幼稚園跟孩子打交道，呂小玉對孩子差不多傾注了自己的全部心血。所以，對身邊沒有男人的無助，對林昌平隔三差五騷擾的無助，她都能容忍。

那是因為她的心思，全在別的孩子身上。

這一回，孩子是自己的了，呂小玉卻高興不起來，林昌平會以這個為由，更加肆無忌憚地穿越大半個城市跑來「看」她。

得想個辦法！

最好是儘快能想出辦法！

呂小玉開始在屋子裡打著圈，一副走投無路的架勢，對了，走投無路！呂小玉眼前忽然一亮，一個豪氣干雲的聲音在耳邊迴響起來，小玉啊，哪一天你走投無路了，可以來找我！隨著這聲音浮現在呂小玉眼前的，是一張闊大得近乎誇張的嘴臉。

這嘴臉的主人，叫游志海。

游志海在小城，是個比呂小玉名聲更響的人物，他的響，在於敢向狠人惡人叫板。

說白了，游志海是那種敢把皇帝拉下馬的角色。之所以呂小玉跟游志海這種人還有來往，那是因為，游志海不隸屬於任何黑社會，他自己，也無意於幹那種逞勇鬥狠欺男霸女之事。

沒多大意思！這是游志海的原話。

更重要的一點是，兩人，打小是鄰居。

鄰得很久了的那種，呂小玉沒打算和游志海青梅竹馬，游志海呢，也沒打算和呂小玉兩小無猜，兩人，只是，彼此熟稔而已。

　　熟稔到整整四年沒見面，偶然遇上了，卻找不出半點生疏來。就在前不久，呂小玉被林昌平「看」了之後，一身的雞皮疙瘩讓她忍不住有了想曬一陣陽光的衝動，癩蛤蟆也好，賴皮蛇也罷，都是喜陰不喜陽的。呂小玉的曬太陽，說到底是想從心頭驅散林昌平留給自己的陰影。

　　她就去了郊外，林昌平還賴在她床上呢！說要補個午覺才走。

　　那可是六月的郊外，響晴的天，多少人，臥在家裡躲避太陽的紫外線呢！

　　也有不躲避的，比如說游志海。

　　他是一個人無聊了，忽然想出來走走，典型的心血來潮。

　　居然，兩個四年沒見面的老鄰居就走了個迎面碰頭。

　　呂小玉走得很投入，沒注意對面來了人，游志海也走得很投入，沒想到在這個時候還能碰上人，還是個女人，自己打小熟悉的女人。

　　是太陽光把兩人的影子重合到一處時，兩人才受了驚般抬起頭的。

　　眼光一撞上，呂小玉先笑的。她把腳使勁在地上衝游志海影子的頭部跺了兩下說，要死啊，這麼大張臉，把人家臉都給弄沒了！

　　游志海也笑，笑完把臉遞過去說，要跺就跺這兒，跺那兒沒反應的，不解氣！

　　呂小玉沒打算解氣，人先洩了氣，說，同樣是男人，林昌平咋就有反應呢？她是指林昌平陰魂不散呢，要不然那雞皮疙瘩擱太陽下那麼曝曬都還一時半會兒平息不下來。

　　游志海自然知道林昌平是誰，游志海就不笑了，正色說，男人跟男人，也有區別的！

　　比如說呢？呂小玉懶得提林昌平了，順著這話就轉移了話題。

呵呵，比如說我吧，游志海自嘲地一笑，因為嘴臉太大，經常弄得別人沒了臉！

切，你罵我沒臉？看我不給你撕下一層皮來！呂小玉作出了張牙舞爪的架勢要往游志海身上撲。

行啊，撕幾層都行，只要能讓你長臉！游志海不躲反把臉迎上來，還笑，那笑裡的關切顯而易見。

呂小玉不往游志海身上撲了，整個人定在那兒。

游志海揮一揮手，說，回去吧，別讓太陽烤焦了！

呂小玉狠狠咬一下牙，烤焦了也比起雞皮疙瘩舒服！

游志海就知道是怎麼一回事了，他想了想，抬起頭說，小玉啊，哪天你真走投無路了，就來找我！

說完這話，游志海扭頭就走。

他實在不忍心，看呂小玉眼角深處藏著的無奈。

偏偏，呂小玉帶著眼角深處的無奈來找他了，這一次，呂小玉沒把無奈藏在眼角深處，而是顯山露水掛在睫毛上。

很張揚，生怕游志海看不出來似的。

我走投無路了！

這句話從呂小玉舌尖上疾速地彈了出來，很快，快得游志海都沒來得及作出反應，呂小玉的第二句話又迫不及待彈了出來，你可別要賴！

我，要賴？游志海那張闊大的臉上五官一時沒能迅速地歸上位，他還處於驚訝狀態呢！

你說了的，我走投無路了，就來找你！呂小玉這第三句話無疑於畫龍之後的點睛之筆，游志海總算醒過神來。

他的記性不壞。

記性不壞的游志海就背上雙手，前後左右圍著呂小玉轉了三

圈，轉好了，咂一下嘴，嘖嘖有聲地說，沒那麼落魄吧！

呂小玉惱了，嘴一噘，看夠了沒？

看不夠的！游志海語帶雙關地調侃。

呂小玉眼圈忍不住一紅，轉身就走。

游志海嚇一跳，攔住她說，幹什麼呢？

呂小玉使勁一跺腳，人家都走投無路了，你還取笑，不走，當真不要臉啊！

游志海點燃一根煙，坐下，同時也拍一下身邊的沙發，示意呂小玉也坐下。

呂小玉屁股重重地落了下來。

游志海的聲音跳起來，給我一個走投無路的理由！

呂小玉不說理由，一個勁翻包，翻出一張化驗單來揚了揚說，我懷孕了！

游志海怔了一下，懷孕，開什麼玩笑，你不是，和林昌平鬧離婚嗎？

呂小玉說你既然知道這個，就應該知道林昌平那人什麼德性！

這孩子，是他的？

還能是誰的？除了他！呂小玉使勁剜一眼游志海，當我是那種不健康的女人啊！

游志海沉吟一下，你，什麼打算呢？

能有什麼打算，有了孩子，我離不起婚了！呂小玉說，我很喜歡孩子的，你不是不知道！

游志海當然知道，小時候在一起玩過家家酒遊戲，呂小玉非得給游志海當小媽媽。

盼了這麼多年，終於有機會當媽媽了，呂小玉肯定不會拿掉肚子裡的孩子，那麼，她眼前生活中，最要緊的是拿掉林昌平了。

有林昌平隔三差五這麼來「看」她，她的日子顯然籠罩在陰影中的，這種陰影的籠罩直接讓她的生活狀態顯得不夠平穩，而一個生活狀態不平穩的孕婦，是不可能懷上一個健康的孩子的。

總而言之，呂小玉是決意要擺脫這種極不健康的生活了。

要擺脫這種極不健康的生活，首當其衝的就是擺脫林昌平。

之所以呂小玉會投奔到游志海的門下，足以證明了林昌平是多麼難纏的一個人物。

一個人，僅僅厚顏無恥是容易對付的，關鍵在於，林昌平的厚顏無恥是建立在無賴潑皮上的，你猜對了，林昌平是一個典型的街頭混混。

但跟一般的街頭混混相比，他獨獨占了一個優勢，那就是，他天生了一副討人喜歡的皮囊。

尤其是討女人的喜歡！

呂小玉本來，是看不上林昌平的，但架不住林昌平死乞白賴的糾纏。在當混混的經歷中，林昌平磨練出一副巧嘴皮來。這點從先前他指責呂小玉生活極不健康後自找根源時可以得到有力的佐證。

林昌平在追求呂小玉遭到拒絕時是怎麼死乞百賴糾纏的呢，請允許我們把鏡頭重播一下，他當時都有點慷慨激昂的意思了，小玉啊，我是街頭混混不假，可你是人類靈魂的工程師啊，是百花園裡的園丁啊！你不能輕而易舉就對一株小草進行無情的遺棄啊！古人還說了的，浪子回頭金不換，你完全可以用你身上的美德感召我，教化我，讓我見證人性最光輝最偉大的一面啊！

結果是，呂小玉光輝了偉大了，林昌平卻既沒被感召也沒被教化，相反的，他變本加厲了。

先前當混混吧，林昌平還倒騰點A片什麼的賣，幫人牽針引線的弄點好處費。可等他跟呂小玉結了婚後，他倒是金盆洗了手，不

沾那些擺不上桌面的錢了。可問題就在於，林昌平把一雙手洗得太
乾淨了，整天插在衣兜裡四處晃蕩，沒錢了就跟呂小玉伸手，伸得
臉不紅心不跳的，伸得沒半點做丈夫的危機感。

呂小玉早先還能容忍。

因為要把人性中光輝偉大的一面展示出來啊。

不能容忍的是呂小玉的爹媽，呂小玉的爹明明白白說了，林昌
平這種人，充其量就是一個扶不起來的劉阿斗。

林昌平倒是想成為那個扶不起來的劉阿斗，無奈的是，不是人
人都有劉阿斗同志的家族背景與高貴血統的，人家劉阿斗扶不起來
不要緊，最低程度上還可以樂不思蜀。他林昌平呢，想樂就得思呂
小玉，怎麼說，呂小玉也是法律上離他最近的人。

這一近，呂小玉的日子就處在水深火熱中了。

游志海是在一個午後，昂著那張闊大的嘴臉走進呂小玉家的。

稍微細心的人可以看見，他還拎了個行李箱，有熟悉的人問
他，喲，來串門啊？

游志海先不忙回答，把行李箱打開，裡面是一堆換洗衣服，再
合上行李箱時，游志海嘴裡迸出兩個字來——長住！

長住好啊，長住好啊，小玉是個好女人呢！熟悉的人頻頻點頭。

是不是好女人我還不清楚？游志海笑一笑，眼光忽然一冷，別
在背後說人長道人短就行了！

游志海之所以有這一說，是因為他招準了林昌平會在他的腳後
面走進呂小玉的屋的。

這是呂小玉透露給他的林昌平「看」她的規律。

林昌平的隔三差五，一般是不會出任何差錯的，一來是他身體
熬乾了，二來是他口袋熬空了。

果不其然，游志海前腳進屋，剛進洗澡間脫了衣服（這是游志

海故意設置的一個環節）。呂小玉的防盜門就被打開了，林昌平在隔三差五的來「看」呂小玉時，順手牽走了一把備用鑰匙，任呂小玉如何討，都沒能討回來。

要擱以往，只要聽見防盜門響，呂小玉就會受了驚的兔子一樣鑽進裡屋鎖上臥室的門，呂小玉也知道這樣的反鎖是無濟於事的，但她總不能自動放棄表達憤怒的方式吧！林昌平向來是無視呂小玉的憤怒的，呂小玉的表不表達他均不予理會。他一般是先去廚房找吃的，古人在這方面有很好的古訓，飽暖才會思淫欲的。

吃飽喝足，他才開始一腳接一腳加大力氣踹呂小玉臥室的門。

本來，赤手空拳要踹壞一扇門不是那麼容易的，如果呂小玉堅決抗拒的話。

但我們不要忘了呂小玉的身份，她是一個教師。教師是做什麼的，傳道授業解惑的啊！傳道可是當教師首當其衝的義務，呂小玉自己不能先做一個沒道德的人吧，林昌平的踹門聲如果僅僅響在自己耳膜裡也就算了，問題是，樓上樓下那麼多住戶，憑什麼無故讓人家受此干擾呢？

沒辦法，呂小玉只得乖乖繳械投降。

面對投降的呂小玉，林昌平是以勝利者的姿態進行收編的，先收編呂小玉的身體，再收編呂小玉的金錢，完了才吹著口哨揚長而去。

一般情況下，林昌平也是吹著口哨揚長而來的。

那口哨對他來說，無異於義勇軍進行曲。林昌平就借了這口哨帶來的氣勢勇往直前地對呂小玉進行騷擾，騷擾得理直氣壯的。

這一回，情況似乎稍稍不同於往日。

呂小玉居然沒躲避他，沒躲避倒也罷了，她還好整以暇地端坐在沙發上，翹著個二郎腿。稍微動點腦你還能發現，呂小玉那腳尖還一顛一顛地，翹得很有韻律。

林昌平這人，一向不勤於動腦，他只勤於動嘴，動手。

動嘴是為了吃喝，動手是為了玩樂。

不勤於動腦的他就直通通奔進了廚房。

乖乖，一大桌菜，很豐盛，年夜飯才有的豐盛，還有酒，紅酒，杯子也擺了兩個，不用說，餐具也擺了兩份。

呵呵，突然受此禮遇！林昌平倒不好死乞百賴了。他搓了搓手，把頭探向客廳說，小玉你太客氣了，自家人，不年不節的，整這麼豐盛幹啥呢！

呂小玉卻沒客氣的意思，說，豐盛不豐盛與你無關，這酒菜是為自家人準備的不假，不過那自家人卻不是你！

不是我，自家人，那是誰？林昌平腦子只這麼疑惑了一下，筷子已經提了起來。正要大快朵頤一番呢，一個黑影擋在了廚房門口冷冷開了腔，是為我這個自家人準備的，不行麼？

林昌平抬了頭，一張闊大的嘴臉就睹上了自己的眼睛，他是認得這張臉的。

這是一張讓很多人打從心底發怵的一張臉。

你怎麼，會在我家？林昌平怔了一下，疑疑惑惑發問。

你家？游志海輕蔑地一笑，是不是你家你說了不算，得小玉說了算！

呂小玉的聲音就從游志海胳肢窩下擠了進來，這家，現在是游志海的了！

林昌平的臉刷地白了。

那只拿筷子的手一下子像條賴皮蛇一樣癱了下去，筷子啪一下掉到桌上，游志海上前，撿起筷子，往林昌平手裡塞，然後大馬金刀地坐下來，主人般語氣大大咧咧衝呂小玉使喚說，小玉啊，給昌平加個凳子！

這個「加」字，讓林昌平臉上迅速爬滿了難堪，他在呂小玉面前可以是癩蛤蟆，可以是賴皮蛇，但在游志海面前，他不想捨了這份志氣。

林昌平就作出一副無所謂的樣子，說，不是自家的飯，吃在嘴裡也不過味的！他這話是有所指的，暗喻游志海撿他的剩飯吃呢！

游志海卻裝出沒聽出來的表情，打著哈哈說，那是，那是，昌平老弟做人還蠻靈醒的麼！

林昌平被游志海這個蠻靈醒弄得進退維谷，忍不住在心裡罵了一句，好你個游志海，比我還厚顏無恥呢！

林昌平的不甘是顯而易見的，身體發乾他可以忍了，可口袋發乾卻忍不下去。

退到門口時，他權衡再三，衝游志海招了一下手，意思是有話要說。

游志海當然明白他有話要說，換了游志海也會有幾句場面話要抖出來的。

然而，令游志海大跌眼鏡的是，林昌平的話一點也不場面。

林昌平是這麼說的，游哥你真願意拾我丟下的破鞋穿麼？

游志海雙手抱了膀子，鄭重其事點頭說，昌平你錯了，小玉在我眼裡，一直是新的，不舊也不破！

林昌平咽一下喉嚨說，我們，還沒離婚呢，只是分居！

游志海不咽喉嚨，笑一笑說，我們，也沒結婚，只是同居！

林昌平惱了，說，我隔三差五還會來「看」她的。

游志海嘴角浮出冷笑來，你隔三差五來是麼，歡迎！但想「看」她，估計那心思你動不起！

林昌平硬不下去了，軟下口氣，說，小玉懷了我的兒子呢！

游志海口氣不軟，那我可白撿一個兒子了！

林昌平惡毒地一笑，你兒子，拜託你搞清楚，我才是他法律意義上的親爹！

游志海說法律意義上的事我管不著，我只管眼前的事，他一出世，只能叫我爹就行！

你不怕我傳出去，毀了你一世英名啊！林昌平陰陰地吐出這麼一句話來作為要脅。

游志海大笑，說你林昌平你算繞到正點子上了，說吧，怎麼才可以堵上你的破嘴。

林昌平就假裝翻口袋找煙抽。

口袋裡自然乾乾地，游志海從兜裡掏出五百塊錢，砸進那口袋說，這事，我要聽出半點風聲來，小心你舌頭！

目的達到的林昌平原本打算伸出舌頭笑一下的，一聽這話，倏一下把舌頭縮了回去。

他指望這條舌頭給混飯吃呢，縮歸縮，一句話卻含糊不清地吐了出來，你們這種生活，也太不健康了！

這話他是衝著游志海背後的呂小玉說的，呂小玉見他們老在門口嘀咕，怕有什麼不測，趕過來打算聽他們說點什麼的，結果聽到了林昌平這麼一句話。

她以為，林昌平是罵她過日子不檢點呢！自然就奮起還擊了，要你管啊，只要我身體健康就行！這話回擊得很巧妙，早先，林昌平不是為自己臉上貼金指責她封閉自己身體和身心麼！

有了游志海，人家封閉的身體和身心想什麼時候打開就打開，自家人嘛，方便得很。

林昌平徹底無語了，快快下樓。

呂小玉問游志海，你們，都聊些什麼啊？

游志海關了防盜門說，男人之間的事，你最好少打聽！

呂小玉其實，也懶得打聽。反正游志海是友情客串，做做樣子的，何必在意說的是什麼台詞呢。

　　有了游志海的庇護，呂小玉難得地過上了一段清淨的日子。

　　林昌平其間，鬼鬼祟祟地來過幾次，都是躲在附近，這幾次，他是名副其實地看了呂小玉，他看出來，呂小玉的肚子已經顯了懷。

　　想一想，孩子在肚子裡的調皮模樣，呂小玉心裡就暖暖的，做超音波時，醫生讓她看過顯示幕，她的孩子正抿了嘴巴握了拳頭在子宮裡睡懶覺呢，偶爾，也會動上那麼一兩下。

　　這麼懶，不會長大了跟林昌平一樣只動口不動手，長一身懶肉，長一嘴勤快牙齒吧？

　　不行，得讓他勤快一點！呂小玉在心裡犯了難，怎麼讓子宮裡的孩子勤快點呢？呂小玉尋思良久，唯一的辦法就是自己多運動。

　　這一點上，言傳身教是應該行之有效的，對肚子裡的孩子，則屬於胎教的範疇了。

　　呂小玉是個想到做到的人，她立馬起身出門。

　　出門的原因還有一個，游志海這兩天沒在她家，做什麼去了，他沒說，呂小玉也沒有問。

　　男人們的事，游志海說了的，讓她少問。

　　呂小玉就這麼一個人，茫茫然在大街走動著，走著，忽然，她看見了游志海，游志海正摟著一個女人鑽進一家小旅館。

　　那個女人，呂小玉見過，是街頭拉客的暗娼，林昌平後來就是跟她鬼混上了，呂小玉心裡，就忍不住，嘔了一下。

　　她突然，沒了逛街的心思，轉身就回了家門。

　　游志海回來時，呂小玉正抱著一瓶酒往嘴裡灌呢！她灌得很急，那酒有來不及鑽進喉嚨的，就順著嘴丫往外漫。

　　這一漫，咳嗽聲就成串響了起來，不用說，呂小玉是叫酒嗆

誰在前世約了你

034

著了。

游志海嚇一跳，說，小玉你幹啥呢？

呂小玉說，我幹啥非得你管我？你最好記清點，我只是投奔你，不是委身於你！

游志海說，你投奔我了，我就得對你負責！完了上來奪呂小玉手裡的酒瓶。

呂小玉的氣性上來了，都是酒給鬧的，她握著酒瓶舉起來，說，你再奪了試試，信不信我一瓶子砸死你？

游志海說，我信你砸不死我，我的嘴臉大著呢！然後作勢欲撲上來搶那酒瓶。

孰料，游志海還沒撲上來呢，呂小玉手中的酒瓶砰一聲砸在了他的頭上。

血花伴著酒花一下子四濺開來。

呂小玉也嚇暈了，她雙腿一軟，肚子撞在了茶几上，跟著下身一熱，人就暈了過去。

醒來時，人已經躺在了醫院裡。

守在她身邊的，卻是林昌平。

滾！呂小玉吼了一聲，林昌平沒動。

我叫你滾！呂小玉又吼了一聲，林昌平還是沒動。

你是要等游志海來趕你滾吧！呂小玉不吼了，壓低聲調威脅說。

呵呵，那是我們男人之間的事兒！林昌平一點也不在意呂小玉的威脅。

你們男人之間的事兒？呂小玉真的疑惑不解了。

是的，男人之間的事兒！呂小玉不知道，在她昏迷時，游志海和林昌平之間有一段對話。

頭上頂著碎酒瓶碴的游志海衝聞訊趕到醫院的林昌平說，人，

我從今天還給你了，別再讓她走投無路，好不好？

還給我？林昌平冷笑，不想給我兒子當爹了？

本來就是你的兒子，你是他法律意義上的爹！游志海不冷笑，繼續說，那種極不健康的生活，你也別指望再過了！

什麼意思？林昌平一怔。

我把翠蘭給殺了！游志海臉上一黑，翠蘭就是跟林昌平鬼混的女人。

為什麼？林昌平忽一下跳起來。

你知道麼，她是販毒的，你跟她鬼混下去，日子也長不了！游志海慘然一笑，我的一生，就敗在她手上了！

說完這些，游志海開始喘氣，嘴唇發青，鼻涕橫流，一副毒癮將發的表情。

林昌平嚇得頭髮根根豎了起來，游志海哈出一口長氣來，指一指床房裡的呂小玉說，她就快生了，你記住一點，我們，可以活得不像個人，但孩子，不能活得不像個人！

林昌平還來不及答話呢，一陣急促的腳步聲傳了過來，游志海衝包抄過來的幾個員警有氣無力地笑笑，亮出了自己的雙手。

讓員警奇怪的是，他們要抓的人明明是游志海，游志海旁邊的男人卻雙膝一軟，撲通一聲跪了下來。

沒有新聞

鄒文玉把腿輕輕碰了陳志東，她穿的是超短裙，大腿多半裸露在外面，這一碰吧，擱古時有講究的，叫肌膚之親呢！

陳志東穿的是沙灘褲，不可能沒有感覺。

令鄒文玉意外的是，陳志東的眼睛都沒眨一下，依然專注地盯著電視螢幕，很波瀾不驚的表情。

螢幕上的鄒文玉正一臉端莊地播報著本地新聞，說新聞，實在是糟蹋了這兩個字。鄒文玉在做播音員之前上新聞培訓班時，聽得最老生常談的就是這樣一句話，狗咬人不是新聞，人咬狗才是新聞！當時她還抿著嘴樂了好一陣子，可現在，人咬狗已不是新聞，新聞又回到了狗咬人。

鄒文玉一向是很淑女形象的，笑不露齒行不側目向古典看齊的那種。千萬別以為她是大家風範，她只是小心謹慎而已。一個沒有後台的女人，沒高調的資質啊！

現在做什麼都講究個先考查你的資質。

鄒文玉的資質呢？恰好就在於她生就的這副淑女相上。

她不敢自毀形象。

但在陳志東面前，她忍不住想自毀一把，所以就有了這一碰，暗含試探性的一碰。

碰完，自己心頭猛地一涼。她實在，不擅於勾引男人，這方面是需要天分的，確切點說，連討好男人，她都不會。

這話，還是陳志東說的。

陳志東是市委宣傳部的一名副部長，管文化宣傳這一口子。鄒文玉，只是下面縣電視台的一個播音員。不用說，這會兒陳志東是在縣裡了。

市裡的賓館電視不可能出現縣級電視台播音員的身影，連聲音都不會播出。

這是不成文的規定，人往高處走麼！

陳志東是第二次到這家縣級電視台來檢查工作了，當然，冠冕堂皇的說法叫調研。

正是這種調研，鄒文玉才走進了陳志東的視野。

要說，作為一名宣傳部長，而且是上級市裡的宣傳部長，即便調研，也應該由對口的縣委宣傳部接待，直接調研到電視台，有點屈就了。說好聽點叫深入基層，說不好聽點叫自降身份。

陳志東的自降身份，顯然有他的醉翁之意。

是的，陳志東的醉翁之意不在調研，在於再續舊情。這個縣電視台的台長是陳志東的同學，是陳志東當年想把她長髮盤起，還想為她做上嫁衣的同學。

眼下，物是，人也沒非。

陳志東有理由公私兼顧一把了。

陳志東那天去得比較低調，這是必須擺出的一種姿態，沒哪個男人會傻到在舊情人面前擺出一副居高臨下的嘴臉。

女人，在這一點上是相當敏感的。

尤其是沒能跟你走到一起的女人。

陳志東的降低姿態無異於給同桌傳遞出這麼一個積極的資訊，我還是很在意你的！

這個你，是誰呢？鄒文玉的頂頭上司，縣電視台台長路文君。

路文君雖說已是徐娘的年紀了，卻連半分老都不顯，路文君顯

的，只有年輕的心態，嬌人的容顏。對此，路文君有自己的說法，那就是，一個女人，要對她三十歲以後的相貌負責！

她的負責，並不是走一般女人的養顏護膚做保養的路子。到底是在文化圈裡摸爬滾打的人，路文君深知養顏必先養心。

良好的心態，豐富的學識，讓路文君舉手投足之間有一種清水出芙蓉天然去雕飾的靈秀神韻。

難怪陳志東一見面就送了路文君八個字。

陳志東說，文君啊，你這是「青澀讓位，嫵媚盛開」呢！

路文君顯然，是欣然接納這八個字的溢美之詞的，不過，女人的矜持到底讓她沒作小女兒般的忸怩之態。她是主人，地主之誼要盡，繁文縟禮也要講，路文君就伸出手來跟陳志東盈盈一握，很場面的語氣，部長光臨，有失遠迎啊！

陳志東不需要路文君的矜持，他需要路文君的親近，他的語氣裡就場面情面兼而有之了，你都知道我做了部長，卻不肯上門拜訪，老同學我只好讓你失迎一回了！

這番話，透著親昵，很自然地把他們之間的上下級關係給消弭於無形了。

路文君的面子，自然是掙得足足的，縣委宣傳部長陪著呢！

官場中人，察顏觀色是強項，縣委宣傳部長一見人家老同學見面，立馬打哈哈說，抱歉抱歉，我可不管路台長是什麼讓位，這會兒我該上位了，有個會議等著我去盛開呢！

沒了第三人在場，兩人就無拘無束起來。

路文君紅唇一展，笑著投石問路，老同學這番前來，是於公還是於私啊？

陳志東用指頭敲一下茶几，說這個嗎？於我是私，於你是公！

此話怎講？路文君又笑，這陳志東，還是老樣子，風趣幽默的

秉性不變。

於我嗎？陳志東意味深長地笑，想圓一個多年未圓的夢，那夢，是我此生最大的夙願，文君你給下個定論，算不算私？

路文君自然能從陳志東的笑容裡看到那個未圓的夢，看出那個最大的夙願。

被人惦記無疑是幸福的，很私密的幸福。

路文君就在這突如其來的幸福中羞紅了臉，儘管兩人曾有過那麼一段刻骨銘心的情感，可時光流逝之下，想讓一些淡了印痕的往事清晰再現，或者把斷了的情感再度續上，尚須一個過渡，陳志東的這番鋪墊就很有必要了。

女人的情感如同漲潮，初潮可以來得快，一旦退潮，第二次漲起來就需要有個時間差了。

陳志東給了她這個時間差，不說話，也沒亦步亦趨拿話追她。

路文君就喘了口氣，撩一下散在額際的頭髮，順便把思路撩正，回到剛才的主題上來，以證明她還不至於為一句話失態，那，於公呢？

於公嗎？呵呵！陳志東笑，說，文君你是不是關情則亂啊，一點新聞的敏感性都沒有了？

面對陳志東的語帶雙關，路文君再次羞紅了臉，關情則亂，陳志東真的是洞若觀火，路文君這時真的想不出陳志東跟她敘個舊情怎麼就跟新聞的敏感性扯一塊了。

見路文君發窘，陳志東於心不忍了，探過身子湊近路文君，一股芝蘭之香立馬襲了上來，陳志東深呼吸一下問，真沒有新聞？

路文君聞言抬起頭，盯著陳志東的眼神看，大學期間，路文君就是這樣從陳志東眼裡讀出很多內容來的。

陳志東的眼神這會兒開始從柔和變成嚴厲，再從嚴厲變成鼓

勵，還有一點點的暗示。

領導身上才擁有的眼神，領導眼裡才變幻的內容呢！

路文君一下子恍然大悟起來，陳部長來我台調研，別說，還真是一條新聞呢！她莞爾一笑。

我這叫送新聞上門！陳志東見路文君到底還是讀出了自己的心思，忍不住輕薄了一句，文君啊，你說我這，算不算用心良苦啊！

路文君不傻，自然聽出用心良苦這四個字裡的引申意義。

不傻歸不傻，路文君卻不急於匆匆向用心良苦的陳志東臣服。

女人，在心理上，總有一點不為男人注意的活動區域，眼下，路文君還把自己禁錮這個活動區域內，那就是，她對當年陳志東的一點隱恨。

有情人一旦不能成為一對眷屬，能成的就只能是一對怨偶。

路文君顯然，是怨過了的。

不然，以她做台長的豐厚訊息資源，不可能不知道上級市委宣傳部主管她們這一塊的領導是誰，如此反應愚鈍的人也不可能坐到這個位子上，那麼，她的「不知情」就是居了心的。

路文君的確，是居了心的。

當年她的怨，僅僅為陳志東某一天借了女同學的圍巾圍在了自己脖子上。

路文君是絕不允許有其他女性氣息如此零距離包裹著陳志東的，一怒之下，她拚命撕扯著陳志東脖子上的圍巾。

撕扯到後來，她看見了陳志東脖子上的傷痕，那是他在公車上見義勇為被小偷刀片劃傷的，再有一寸，那刀片就劃到脖子上的動脈血管了，陳志東怕她見了擔心，才不惜斗膽使用了那件道具，女同學的圍巾。

這一撕扯，就把陳志東撕扯出了自己的生活，路文君能怎麼樣

呢？少女時代因情感賭氣的一時發昏，估計是每個女人成長路上不可避免的一道程序。

人，只有經歷了，才能成熟。

路文君的成熟是顯而易見的，她輕輕把手心印上陳志東的手背，摩挲了幾下柔聲說，一旦心有所屬了，怎麼良苦的用心，都是值得的！

陳志東受到鼓勵，另一隻手壓了上來，在路文君手上把玩摩挲許久，才輕輕吐出一句話來，知道我今天來，最想跟你說什麼嗎？

說什麼？路文君挺了一下脊樑，抽回手，她是個理智的女人，知道這個時候，太多的釋放自己感情是不成熟的表現。

大學時的不成熟讓她失去了陳志東。

今天要再不成熟，她就失去了自己在陳志東心中僅存的那份美好。

陳志東肯定，是念著她曾經的那份美好的，初戀的美好裡，散發的可是一個女人最青蔥的氣息啊！

果然，陳志東似乎陷在路文君青蔥氣息裡，夢囈般說出這麼一句話來，一個人時，善待自己，兩個人時，善待彼此！

路文君被這夢囈般語氣一瞬間擊中，他一定，跟自己一樣，在很多時候，一點一滴從記憶深處，牽扯出初戀時分的那些瑣碎與無知來回味來咀嚼，那該是怎樣幸福的一種回味，又是怎樣痛苦的一種咀嚼啊！

鄒文玉就是在這時，推門而入的。

一個推門，說明了鄒文玉的涉世不深。

好在，兩人都沒什麼出格的舉動，相反地，路文君或多或少有點感激鄒文玉這不識時務的一推，不然，以陳志東的個性，沒準真在她辦公室裡做出什麼出格的舉動來。

電視台，可是新聞紮堆的地方。

也是消息傳播最快的地方。

要真出點什麼事，她路文君被人撕了扯了都無所謂，但陳志東，她撕扯不起啊！

初戀時分撕扯一把，頂多是傷。

這個時候撕扯一把，那就是害！

孰重孰輕，路文君自然懂得權衡。

正好！路文君身子一端，衝著推門而入的鄒文玉說，難得陳部長下來調研，鄒文玉你給好好採訪一下！

鄒文玉的推門而入，是存了心思的。

對於沒有後台的一個女孩子來說，推銷自己也得把握時機不是？

陳志東，就是鄒文玉需要及時把握的一個時機，當她聽說路文君跟陳志東是同學關係後，心中電光火石般一轉。

這兩人，絕不僅僅是單純的同學關係。

讓她猜對了！

這個推門而入，也是經過鄒文玉深思了又熟慮了，才決定付諸行動的！

如果路文君和陳志東之間有曖昧，那她的不請自入可以讓路文君在措手不及之下，順水推舟讓她採訪陳志東，她得堵自己的嘴不是？

不然，依台裡採訪規定，論資排輩怎麼也輪不上她鄒文玉跟陳部長接觸的。

誤打才能誤撞上！

鄒文玉的想法很幼稚，她以為，只要採訪過某位領導，就算是跟某位領導有了關係。

她一直記得這樣一句名言，只要心在，這個世界上就是透明的。

果然，陳志東讓她透明起來，直接從一個名不見經傳的新聞記者成了播音員。

播音員，呵呵！往攝影棚裡一坐，當然透明了，但凡做新聞工作的女孩子，誰不貪戀這份風光呢？

鄒文玉有資格貪戀這份風光！

她對自己的長相，是自信的！

自信源於陳志東對路文君的態度，跟路文君相比，鄒文玉缺的只是一種成熟美，跟一般女孩子相比，她卻是花事正盛的女人。身段還亭亭玉立著，這占了沒生孩子的優勢，臉蛋光潔而明媚，不像那些長期在攝影棚裡錄製節目的女人，如路文君，臉上雖也光潔，但卻從皮膚裡隱隱透出一種灰暗，要靠化妝品打底，才能現人的眼。當台長後，不播音了，雖然有所恢復，但也只是恢復，不再有原來的本色了。

靠本色打底的鄒文玉就這麼有恃無恐地闖了進去。

算是僥倖了一把，沒撞在槍口上，撞上了大運。

陳志東是樂於接受這種採訪的，自己怎麼說也是送新聞上門來了，那就像模像樣配合一把。基於雙方的這種認識，那一次採訪於陳志東也好，於鄒文玉也好，兩人都是愉悅的。

人在愉悅之下，提點小要求，顯然不算冒昧了，鄒文玉就在採訪結束時提了一個不算冒昧的要求，走之前，她把合上本子又打開，打開又合上，眼睛亮晶晶地盯著陳志東，一副欲言又止的樣子。

陳志東就知道鄒文玉還有話要問，官場上歷練久了，看人心思於他來說是小菜一碟。

陳志東就一臉關切說，小鄒你還有事？

是的！鄒文玉咬一下紅唇，作羞澀狀，有個不情之請，想留下

您的聯繫方式！

哦！陳志東眉頭皺了一下，有什麼事你可以現在就說的，能解決我一定不推辭！

做領導的人一般有忌諱，不願輕易將電話號碼示人。

鄒文玉就愈發羞紅了臉的樣兒，解釋說，我沒什麼事啊，我是怕這採訪不具體，需要補充點什麼好隨時向您請教，您知道的，路台長是突然安排的，我都沒有準備的！

這倒是事實。

陳志東對眼前這個因臉紅而楚楚動人的鄒文玉一下子有了好感，自己也太多疑了，剛才這話無形中傷了鄒文玉的自尊呢，陳志東就自責說，瞧我這人，呵呵，以為是你有求於我呢！

鄒文玉內心，自然是有求於他的，但鄒文玉深知什麼叫交淺言深，也深諳什麼叫循序漸進。

號碼得到了，見好就收的她抽身走出陳志東的視線，一副公事公辦的樣子。

有一點鄒文玉能夠肯定，陳志東心裡對她一定有了印象。

鄒文玉並沒有跟進補充什麼採訪資料，還不到加深印象的時候呢！只不過在新聞播出的當晚，她給陳志東發了一個短信，說，部長好，新聞已播出！

陳志東當然知道新聞已播出，那天路文君專程去了市裡。

這個專程，是陳志東刻意安排的，他有點迫不及待了。

為此陳志東主持了一個全市範圍內的電視台長會議。要求各縣市區電視台將近斯新聞來個交流整合，找出哪些是狗咬人的新聞，哪些是人咬狗的新聞。

看完那些新聞，陳志東在會上拿自己開了涮，說像我下去調研這種事，實在算不上新聞的，一個領導，做他份內的事，能算新聞

麼？交流整合的結果是，在所有送檢的新聞中，他沒看見人咬狗，只看見狗咬人了。

也就是說，沒有新聞！

會議結束時，陳志東重申了范長江關於新聞這兩個字的解釋，什麼是新聞？新聞就是廣大群眾欲知應知而未知的重要事實！

這番話，讓很多台長汗顏，包括路文君，她不僅僅是汗顏了，簡直是沒有了顏面。

陳志東只差點名批評她了。

散會時還要求她，晚飯後到他房間匯報會議心得。

路文君能有什麼心得？

她心裡得的，是滿腹怨氣無處發洩。

因而，會議一散，晚飯還沒開始前，她就直接敲響了賓館8088室，陳志東住這個房間。

她要為自己討一個說法，你陳志東多年未圓的夢就是眾目睽睽之下批評我路文君嗎？你陳志東此生最大的奢望就是含沙射影打擊我路文君連狗咬人和人咬狗都分不清嗎？

怎麼著，她也要咬陳志東一口以出心中的怨氣。

似乎陳志東正等著她來發洩怨氣呢，路文君在8088室門口，還沒來得及舉手敲門呢！門已無聲無息地開了，陳志東探出頭來，很迅速把路文君拽了進去，門，被他用腳跟給帶上了，跟著加上了反鎖。

你，幹什麼？路文君一句話沒問出口呢，陳志東的嘴巴已壓向了她的紅唇。

路文君掙扎了一下，換來的卻是更加肆無忌憚的進攻，路文君被陳志東的舌頭堵得喘不過氣來，心裡的怨氣加上陳志東突然襲擊的委屈，令她忍不住上下牙一磕，不輕不重咬在了陳志東的舌頭上。

陳志東負了痛，噓一口氣，把舌頭收回去，說，文君你屬狗的啊，亂咬人！

路文君惡狠狠一跺腳，我這不是遵你教導，找新聞嗎？你自己說了的，人咬狗才是新聞！

陳志東就明白過來，路文君罵他狗皮帽子無反正，翻臉訓她的人呢！

明白了又忍俊不禁哈哈大笑，笑路文君的心思單純。

你啊，當台長當得沒點敏感性了！這一回，他避開了新聞二字。

我怎麼，沒敏感性了？路文君不服，剛才陳志東的舉動，令她一直沒能反應過來，是先前的陳志東真實一些呢，還是眼前的陳志東更真實一些？

你啊！連感情都這麼遲鈍了！陳志東把嘴巴遞到路文君耳邊，我要不在會上這麼批評你，你會義無反顧到我房間來麼？

光天化日之下呢！而且都是從事新聞工作的人，在敏感性如此強烈的氛圍中，要想兩人獨處不引起別人猜疑，還真是要頗費一番周章的。

這樣一來，一切難題迎刃而解了！路文君恍然大悟。

這叫做，沒有新聞！對吧？陳志東這是舉重若輕呢！

路文君到底沒白當台長，立馬悟了過來，她先前，是關心則亂呢！

面對陳志東的良苦用心，路文君心裡的怨氣自然煙消雲散了。

取而代之的，是激情潮水般漫上心頭。

這一回，兩人的配合做到了天衣無縫，年輕時因為沒能善待彼此的遺憾，在那一刻得到了彌補，成熟男人的魅力，成熟女人的嫵媚，在8088室，綻放得一覽無餘。

那是怎麼的一種綻放啊！事後，路文君嬌羞無比地問陳志東，

尊敬的陳部長，我們這算什麼，狗咬人，還是人咬狗？

陳志東不回答，只是貪婪地摟著路文君，一遍又一遍地撫摸，舊情人相遇，這種事很正常。

正常得不僅不算新聞，連舊聞都算不上。

不正常的是鄒文玉，按陳志東平時接觸女性的經驗，這個鄒文玉要了自己電話不會僅僅是發一個短信那麼簡單，但偏偏，那個短信之後，鄒文玉就沒再聯繫過他。

一直到他作為評委出現在本市電視台播音員招聘的現場，他才偶遇上鄒文玉。

陳志東大學時念的是播音主持專業，眼下身份又是宣傳部副部長，這個評委就不是掛羊頭賣狗肉了，實至名歸。

鄒文玉上場時，陳志東眼裡亮了一下。

亮是因為鄒文玉的嫻淑端莊，她走清純路線，在一群花枝招展的女孩子中間，鄒文玉是單純通透的，如一抹淡淡的梔子花香，悄然襲上每個評委的心頭。

陳志東微歎了一下，在心裡說，到底是天生麗質的人，不需要化妝品來打底！

微歎歸微歎，陳志東卻沒徇私舞弊的打算，鄒文玉沒能入圍。

他給的評語是，基本功太差，在市級電視台顯然不能勝任，縣級電視台麼，惡補一下基本功是可以將就的！一般來說，這種場面話也就對參賽者起個安慰作用。

鄒文玉不需要這個安慰，她的目標，原本就是縣級電視台的播音位子，她的競聘只是不露痕跡接近陳志東的一個契機。

既然部長發話，說惡補一下基本功就行，那請部長好為人師一回你總不能拒絕吧！鄒文玉等的就是陳志東這句場面話。

作為上級，拒絕下屬的進步是不盡責的。

作為男人，拒絕女人的要求是不道德的。

陳志東只好重操舊業，撿起以往學過的專業了。

這時，鄒文玉先前留下的電話號碼就派上了用場，陳志東作為領導，不可能有充裕的時間按課時給鄒文玉講課，而鄒文玉在縣裡，也同樣不可能有富足的時間天天往市裡跑。

就算撇開這兩個不可能，他們，也不可能不避嫌不是？

電話裡傳授就成了首選，而且兩個人對話，也是提高鄒文玉基本功最行之有效的辦法，很多學校請外教跟學生口語對話就是緣於這個出發點。

事半功倍的效果呢！

於是，兩人之間就熱線連通了起來。

在連線的過程中，鄒文玉的基本功直線上升，像水銀柱遇到了高溫似的，蹭蹭往上躥。

同時躥高起來的，是兩個人的熟稔程度。

以至於有一段時間，鄒文玉的聲音不響起來，陳志東竟會從心頭生出一種莫名的期待。

要知道，鄒文玉把打電話當成了播音一樣神聖的事呢！嚴肅而認真，從她嘴裡吐出的話語，字正腔圓不說，還準確規範，每個字都圓潤而飽滿，每節音節都流暢而自如，這哪裡是對話呢，這純粹是一種聽覺上的享受。鄒文玉傳遞給陳志東的是一種意境，在這意境中，陳志東心靈的泉水汩汩流淌起來，歡快地跳躍著，九曲十八彎般回轉。

他都差一點忘記了，鄒文玉所在的電視台裡，還有一個路文君，他剛圓的夢，他剛得償的夙願！

路文君從陳志東那兒回來後，沒像其他女人一樣百般糾纏陳志東，她只是想彌補一下當年對陳志東的愧疚而已。既然彼此都善待

過了，又何必執意於其中某一場的纏綿與繾綣呢！

情感的一次走私而已，別奢望他成為生活的主流，路文君是這麼安慰的自己。

這是路文君讓陳志東的欣賞之處。

雖然彼此間都一覽無餘了，什麼矜持，什麼尊嚴都在肉體的融合中化為烏有，但路文君還是能從從容容撿起女性的矜持，還給陳志東男性的尊嚴。

兩人之間的見面機會不是沒有，換了別人，也許沒有機會也要創造機會，但陳志東不創造，路文君也不創造，兩人竟心照不宣地如同沒見面之前一樣，各自波瀾不驚地過著日子。

這讓鄒文玉，一點也看不出其間的風生水起。

其實在陳志東和路文君心裡，風，早吹皺了一池春水。

他們貪的不只是一時歡娛。

終於，又有了重逢的日子。

坦白說，這個重逢的日子還要感謝一下鄒文玉，鄒文玉鼓噪了一幫年輕女孩，找到路文君嚷著叫著要競聘播音員的崗位。

年輕人，要求上進，自然是好事。

路文君請示了縣委宣傳部，縣裡又上報到市裡，確切說上報到陳志東那兒，這個上報只是走一下過場，縣委宣傳部長是個有心思的人，能請陳志東下來把關，自己正好可以從眾多的人際關係中脫身出來。播音員這項工作，好多個有背景的女孩盯著呢！

陳志東只好再次掛羊頭賣狗肉，正兒八經評委了一把。

結局是不難預料的。

平日裡不顯山露水的鄒文玉脫穎而出了，這得益於陳志東的言傳身教。

跟著是試播。

作為上級領導，作為資深評委，陳志東理所當然要在縣城留宿一晚，看一看當天晚上的本地新聞，以證明他們的選擇是正確的。

鄒文玉這次來賓館找他，沒用任何理由。

理由是明擺在那兒的，作為第一次出鏡的播音員，聽一聽上級領導的意見，是有上進心的表現，是對自己嚴格要求的表現。

當然這是擺在眼面上的，另一層不為人知的，則是做學生的有了出息，當老師的面子上也有光不是？

鄒文玉不僅僅是想讓陳志東這個老師面子上有光，她還想讓陳志東這個老師生活中有彩。

所以就有了文章開頭的那一碰。

見陳志東沒有反應，鄒文玉心裡暗自尋思開了，到底是當領導的，端得住架子。

鄒文玉聽說過這樣一句話，男人和女人之間的距離只隔著一張床。

眼下，床就在他們的身子底下，縮短距離的唯一辦法就是把這個過程加快。

沒哪個男人，會生硬地不近人情地拒絕這個加快的過程的，一念及此，鄒文玉側過身子，頭一歪靠在了陳志東的肩頭。

陳志東躲了一下，沒躲開。

陳志東臉色硬了起來，說，小鄒你看著我！

鄒文玉就拿一雙噴了火的眼睛看陳志東，她看到什麼呢，兩顆石頭，是的，陳志東眼眶裡只有石頭一樣冷而硬的光芒。

鄒文玉蠕動一下紅唇，說，不可以麼？

陳志東拿手拍一下她的肩頭，說，不可以！

你們男人，不都希望女人投懷送抱麼？鄒文玉不解了，一臉羞怯整理自己的衣衫。

不是所有的狗都愛咬人的！陳志東笑一下，他不想太深地傷了鄒文玉的心，怎麼說，這也不是一個很壞的女孩，真正壞的女孩直接傍大款去了，誰看得上縣電視台播音這種位子啊！

這種小地方電視台，除了播一播什麼治療性病和賣假藥的廣告外，稍有點品味的人，都不會多看一眼的。

風光，幾個人眼裡的風光啊！

鄒文玉嘟一下嘴巴，她真的只想，以身相許一回，那您總該允許人咬狗一回吧，當是聽新聞了！

陳志東起身，端起茶來，說，回去吧，我寧願我們之間，沒有新聞！

話音剛落，門恰到好處地開了，進來的是路文君，賓館是路文君訂的，路文君還有一張這個房間的房卡。

在路文君猜疑的目光下，鄒文玉一臉尷尬地走了出去。

門被送客出門的陳志東順腳帶上，加了反鎖。

這一次，他們忽略了過程，直接上了床。

有了上一次的鋪墊，這一次，他們顯然輕車熟路多了，但陳志東在進入路文君身體時，還是感覺有那麼一絲不對勁。

陳志東是個幹什麼都追求完美的人，他停止了運動，在這種事上，享受比得到重要，他在意的是彼此的享受。

找出癥結就很有必要了！

這一找吧，居然讓他看見路文君眼角有淚花正慢慢滲出。

怎麼啦？陳志東輕輕用舌頭舔乾淨路文君眼角的淚花。

你不會，跟鄒文玉之間有什麼吧？路文君到底忍不住把這個疑問拋了出來。

你當我是那種見人就咬的瘋狗啊！陳志東歎口氣，把身子放平，躺了下來。

可她要是備不住想咬上你一口呢？路文君說出了心中的疑慮，你們男人，有誰能坐懷不亂啊！

這就是我在你心目中的形象麼？陳志東慢慢坐起了身子，拿手去撓自己的脖子。

那脖子上還有一個傷疤的印痕。

一看見那印痕，路文君想起什麼似的，爬起來從床頭櫃上拽過自己的皮包，從裡面掏出一條圍巾來，這麼多年了，今天總算可以把它圍在你脖子上了。

路文君以為，陳志東見了這條圍脖，會欣喜若狂的，但令她吃驚的是，陳志東並沒有半點驚喜的表情，他慢吞吞扭過頭，看一眼螢幕上的鄒文玉，再看一眼床上的路文君，艱難地開了口，說，你還記得范長江對新聞的闡述嗎？

記得啊，新聞就是廣大群眾欲知應知而未知的重要事實！路文君很奇怪陳志東這個時候會有此一問，奇怪歸奇怪，她還是老老實實作了回答。

那我就以一個部長的身份告訴你一句，陳志東看一眼路文君，鄭重其事地說，我跟鄒文玉之間，沒有新聞！

路文君滿以為，說完這話，陳志東會抓緊時間再次撲到她身上雲雨一番的。

令她意外的是，說完這話，剛才還全身每一個毛孔都充滿了激情的陳志東不知怎麼回事，整個人萎頓了下來。

這前後才一瞬間的功夫，咋就判若兩人了呢？

跌下來

　　宋小月在網上淘寶。

　　其實她並沒什麼非買不可的東西，即便真有非買不可的東西，也不至於跑到網上來淘吧！

　　她只不過是，無所事事而已，

　　事隔多年，多到什麼年份呢？多到宋小月的一顆心都千瘡百孔了，當然，她的身體還是千嬌百媚的，她還時不時祥林嫂般在心頭自言自語責罵自己，好端端的，淘個什麼寶呢？

　　這裡面，肯定有故事！

　　是的，你若有興趣走進這個故事，我還可以提前爆點猛料給你，這故事的裡面，跟一張床，大有干係！

　　呵呵，激動了吧，這年月，似乎一提到床，人們都會沒來由的激動起來。

　　只不過，這個讓宋小月人生為之千瘡百孔的一張床，自始至終，並沒在宋小月面前顯示出它的廬山真面目來。也就是說，這張床，於宋小月來說，僅僅是一個概念，一個清晰存在但又模糊不見的概念。

　　如同宋小月一網友的個性簽名說的，上海的春天，就像胖子的脖子，實有則無。

　　那張床，也是實有則無的！在宋小月的生活中。

　　毋庸置疑，宋小月是上海人。

　　哪怕宋小月只是一個住在郊了不能再郊的郊區上海女孩，我們

也不能剝奪宋小月身上那些大上海人的喜好與特性吧！

網上淘寶，無異於是大上海人最早興起的一種時尚，眼下宋小月，只不過在時尚的尾巴上撲騰幾下罷了，真正的時尚遠在N年前的潮頭浪尖上。

姑且稱之為偽時尚吧！

偽時尚的宋小月在淘寶網上漫不經心地閒逛著，這有點像她對程小奇的態度。

程小奇是她的「情況」。

宋小月這人吧，對男女戀愛關係發展到什麼程度，通常喜歡以一句什麼個情況來定位。

眼下宋小月和程小奇屬於什麼個情況呢？未婚！而且也未同居！

在這大上海這樣連試婚都不覺得稀奇的年輕人中，不多見，基本上可以說是罕見了。

宋小月的罕見還在於她對婚床的堅持，她在魯迅文章《阿Q正傳》中讀到秀才娘子那張老式雕花的寧波床後，一直念念不忘，老式的寧波床，還雕了花，躺上去，什麼感覺呢？

這念頭打從她和程小奇建立戀愛關係開始，她就琢磨上了，一張老式的寧波床，再配上一對銅製的老式燭台，最好還生有那麼一點綠鏽在上面，她宋小月呢，大紅蓋頭下是鳳冠霞帔，哎呀，跟穿越劇情都一模一樣了。

程小奇會是什麼樣子呢？在宋小月穿越時空的婚禮上，他不會急不可耐一上來就扒自己衣服吧！古裝電視劇裡可不這樣。程小奇再急，也得喝了交杯酒吧，還得假裝斯文一揖到地唱個大喏，說，小生不懂雲雨之歡，還望娘子海涵什麼的！

說真的，在兩人戀愛期間，宋小月都不知海涵程小奇多少次了。

這個程小奇啊，什麼都好，就一點，見不得兩人獨處，一旦有

了這個機會，目光就色眼迷離起來，心頭就蠢蠢欲動起來，手腳就張牙舞爪起來。

為此，宋小月沒少替程小奇爹媽教育他，苦口了又婆心，婆心了又苦口，還大人不計小人過的海涵了程小奇一次又一次的居心不良之舉。

以至於，程小奇入了N次寶山，都來了個空手而歸，正確的說法，叫折翼而返。

一個女人，最珍貴的一次，哪好隨隨便便就在一張床上給輕易付出了呢？

這是宋小月的想法。

這想法一點也不自私，女人嗎，哪個人骨子裡不渴望浪漫一把呢，宋小月對浪漫的要求也不高，一張秀才娘子的老寧床而已。

因為這份渴望一直在心頭作祟，在淘寶的過程中，宋小月到底忍不住，把這想法給說了出來。

這想法，遭到一個女網友的置疑。

女網友有她質疑的道理，她說，我恰好，就有一張秀才娘子的那種老式寧波床，三年了，一次我們都沒用上！

那是為什麼呢？宋小月很奇怪，躺在上面，可以做一把穿越夢的啊！

女網友發出一個哂笑的表情，沒哪個男人，會喜歡在逝去的歲月裡做愛的，他們在意的是如何在未來歲月裡做愛。

這倒是事實，只有女人喜歡沉緬在過去中。

知道床對男人和女人分別具有什麼意義嗎？女網友質疑完了又以過來人的語氣問出了這麼一句。

不知道！宋小月回答得很乾脆。她是真的不知道，沒必要不懂裝懂。

　　難怪你會刻意要淘一張老式寧波床？女網友歎息說，這床麼，於男人來說，是千辛萬苦要爬上去，千方百計想爬下來。

　　謬論！宋小月打出這麼兩個字。

　　女網友不接她的茬，繼續說，於我們女人來講，則是千嬌百媚躺上去，千瘡百洞跌下來。

　　跌下來？至於嗎？還千瘡百洞？宋小月不以為然撇一下嘴，既然千嬌百媚躺上去了，應該千姿百態綻放開才對啊！

　　你別撇嘴！女網友在那邊明察秋毫般又打過來一行字，這樣吧，為了證明我所言不虛，那張老式寧波床我可以一元錢轉讓給你！

　　一元錢，轉讓？宋小月腦海中電光火石般一閃，很熟悉呢，當年金庸似乎就是一元錢把自己的作品拍攝權賣給了中央電視台。

　　這個一元跟那個一元，有區別嗎？

　　縱然有，也只在意義上，在日常生活裡，它們的身價相當。

　　而且在市場上，一元錢頂多只能買那張老寧床上的一個榫頭，其實這樣說都有點輕視那榫頭的價值了，這年月，手工炮製出來的榫頭，比機器生產的鐵釘價格要高昂得多。

　　宋小月是個懂得換算的女人。上淘寶網為的是什麼？還不就是為了淘到物美價廉的寶貝兒嗎？

　　寶貝兒就在面前了，一元錢！成交！宋小月是沒有理由拒絕的，真要拒絕了，她會不消一天，就人比黃花瘦的！

　　為什麼，後悔唄！

　　程小奇這會兒正百無聊奈地躺在床上，後悔來著。

　　他的後悔，跟宋小月有關，或者換個方式說，宋小月應該承擔絕大部分責任。

　　程小奇在書上讀到過這麼一句話，男人們所有的痛苦，不幸，和災難的根源，不在於不瞭解女人，而在於沒有聽女人的話！

在與宋小月的交往中，程小奇是嚴格遵循了這句話的指導的，可結果卻大相徑庭，因為聽了宋小月的話，他的痛苦不幸接踵而來，好在，災難還是極富同情心的，沒有現身。

當然，說痛苦，是站得住腳的，說不幸，則有點誇張了。

程小奇的痛苦不是所有未婚男人的痛苦，別人未婚歸未婚，卻做了已婚夫妻常做的事。相比而言，他的未婚就實至名歸了，想一想啊，果實就掛在自己院子裡的枝頭上，自己卻只能望著天上的月亮發呆。

可望而不可及的感受，的確不能稱之為幸福，有時候，程小奇寧願眼前什麼也沒有。

人，一旦看不到希望，就會沒了念頭，一個沒了念頭的人，頂多算是行屍走肉，有誰見過，行屍走肉臉上有痛苦的表情呢？

程小奇的痛苦就在於，他偏偏還不是行屍走肉。

痛苦歸痛苦，他卻還是沒有改變自己的人生方向，方向的那一端，勿庸置疑，是宋小月。

像是受到感應似的，這會兒，宋小月及時把電話打了進來。對宋小月的電話，程小奇是既無限期待又莫名反感。但他還是接了，從這點上來說，程小奇的修養還是不錯的，正是緣於這個不錯，他才能忍受宋小月這麼久而沒說分手。

分手了又如何，再花費心機去找個女朋友？

那不是多此一舉麼？給自己的人生路多繞一道彎麼？

程小奇一直以為，人生就是一個從一而終的女人，你不妨盡自己力量去打扮她，引導她，不管她最終變成什麼樣子，你好歹還得愛著她。

程小奇就盡自己力量很溫柔地衝那邊說，小月啊，有什麼需要我效勞的？

按慣例，宋小月但凡主動給程小奇打電話，就是有了自己做不了的事兒，需要抓他一回壯丁。

很明顯的，要弄回女網友那張老寧床，程小奇是唯一的人選。

宋小月可是選婚床呢，換個壯丁去，程小奇臉上會是什麼表情？縱算他大度，別的男人也未必願意當這種壯丁啊！費力不討好的事，用腳趾頭想一想，也沒人願意去幹的。

嗯，小奇你知道麼？我買了一張老式的寧波床！宋小月在電話裡興奮得不行。

老式寧波床？程小奇不興奮，一張床而已，還老式的！自己身下的新式床都學會動舊心思了，動得千辛萬苦了也沒爬上去。

這興奮，與他有關麼？

就是，就是，秀才娘子的老寧床啊！宋小月激動得有點口吃了！

宋小月很少這麼激動的，這讓程小奇有點驚奇，秀才娘子？哪個秀才娘子啊？你的新網友？程小奇忍不住回問了一句，他們共同的朋友中，沒這麼個人。

阿Q啊，魯迅啊！宋小月口氣語無倫次的，神情很嚮往的，那個，阿Q，革命了，要搬了回家的，秀才娘子，的老寧床！

程小奇到底明白過來，明白了也就恍然大悟，莫非宋小月一直不肯和自己上床，就是沒找到一個合適的載體，而這個載體眼下浮出了冰山一角，那就是，就是秀才娘子的老寧床？

有點悖理了啊！宋小月這人不阿Q啊，真要阿Q的應該是程小奇才對。

管它呢，程小奇眼下，恨不得衝那張老寧床跪下了，如果真有——那張床的話。

這種效勞，於他來說，是嚮往的，如同阿Q對秀才娘子老寧床的嚮往。

在這種嚮往的支配下，程小奇去見了宋小月的女網友，電話是宋小月給的，地址是女網友提供的。

就見了面，自然是宋小月的女網友家裡。

女網友什麼長相，程小奇沒留心，他留心的是那張秀才娘子的老寧床。

宋小月為什麼執意要淘這樣一張床呢？而且是作為婚床隆而重之去淘的！

程小奇是個對床沒概念的人，只要能容他躺下棲身的東西，他都可以毫不吝嗇冠之以床的。

女網友的那張寧式床，卻讓他大開了眼界。

嚴格說是女網友對那張床的介紹，讓他開了眼界。

女網友說，這床在古時，有名字的，叫寧波拔步床，民間也有叫八步床的。

八步床？程小奇猶豫了一下，在腦海裡尋思，是上個床還要走八步，還是上個床要分八個步驟？

呵呵，諧音而已！女網友似乎讀出了程小奇腦子中的疑問，這床說到底奇就奇在六個字，床中床，罩中罩！

床中床，罩中罩？程小奇抬起頭來，靠近那張床，邊打量邊尋思。

是的，女網友湊上來，跟他講解說，這床的獨特之處在於架子床外增加了一間小木屋，從外形上看像是把架子床放在一個封閉式的木製平台上，這平台奇就奇在居然長出床的前沿二三尺，這也罷了，你看見沒，這平台四角還有立櫃，鑲以木製欄圍，喏，在這兒！女網友上前一步，指著平台兩邊說，這上面還安有小窗戶，可以使空氣對流的，好玩不！

程小奇也上前一步，不過不是感受空氣的對流，他用自己的眼

神跟女網友對流了一下。

滿含欣賞的對流！

女網友顯然是感覺到了，但她並沒停止解說，喏，你說這個平台，看起來像不像是一個小長廊？

嗯，像的！程小奇點頭，點完又搖頭，這床前弄個小長廊，有什麼用啊？

用處多了去！女網友嘻嘻一笑，你看過紅樓夢沒？

看過啊！程小奇一怔，這秀才娘子的老寧床咋又扯到紅樓夢上了。

看過你就應該知道啊，這小長廊相當於是一張床呢，微型的床！

這兒，也能睡人？程小奇真的覺得自己OUT了，跟古人比都OUT了。

是啊，舊社會的丫環就是睡在這踏板上的，女網友指一下長出床沿那個二三米的平台，紅樓夢裡不是有王熙鳳坐於床上跟平兒閒話，平兒坐於踏板上麼？

可，這個，就能證明踏板就是睡人的麼？程小奇還是不解。

你想啊，女網友臉上紅了一下，平兒可是有身份的大丫頭，後來還被賈璉收房作了姨娘，怎麼可能席地而坐？那書裡說的踏板自然就是這個平台了！

程小奇就拿目光測那平台的長寬，測完點頭附和說，想起來了，紅樓夢裡說寶玉睡床上，晴雯襲人等丫環在踏板上陪睡以備主人起夜的描寫，也可以間接證明的。

嗯，你倒是觸類旁通啊！輪到女網友來欣賞程小奇了。

這一回，是程小奇慢慢漲紅了臉，他慢吞吞抬起頭，盯著女網友吭哧一聲說，那這樣，就沒有隱私可言了啊！

隱私？呵呵，女網友忍俊不禁，開始一串趕一串地笑，笑到後

來，眼裡有淚花閃爍起來，你們男人，會在意自己的隱私麼？

程小奇很納悶，我們男人，幹麼就不在意自己的隱私呢，你當男人都是陳冠希啊！

女網友擦一把淚花，可我的男人，是把自己當主子的！

當主子？程小奇再次納了悶，哪跟哪的事啊，風馬牛不相及了。

主子和奴才是沒隱私可言的，在主子眼裡，奴才只不過是一個工具而已！女網友幽幽歎口氣，說出這番話來。

饒是程小奇再悶葫蘆一個，他也聽明白了女網友話裡的意思，在她男人眼裡，她只是一件工具！

稍微往深處發揮一下，女網友只是她男人一件洩欲的工具。

程小奇眼前沒來由地浮上《金瓶梅》裡的一段故事，西門大官人和瓶兒幹那事時，還指使丫環在一旁幫忙。

放著這麼個有力的佐證，你別說，這主子和奴才之間，還真沒了隱私！

這樣的一張老寧床，不要也罷！

所以你把床一元錢轉給了宋小月？程小奇把思維收回來，心裡或多或少有點悻悻的。

女網友絲毫不掩飾自己的意圖，是的，我憎恨這樣的一張床！

選擇這樣的一張床作婚床是不明智的！程小奇空著兩手從女網友那兒回來後，對宋小月直接說出了自己的顧忌。

宋小月倒擺出一副百無禁忌的嘴臉來，寧式床，說到底只是一件古時的傢俱，而傢俱有時也就是社會生活習慣的一個反映，值得那麼耿耿於懷麼？

宋小月的言下之意很明瞭，新社會了，你不是主子，我也不是奴才！

這話很值得程小奇掂量，掂量的結果是，程小奇發現，在兩

人沒曾上過床的日子裡，他一直處於被動地位，跟奴才比強不到哪兒去。

這是事實，在兩人的交往中，宋小月一直處於強勢，只有主子才有的強勢，要不強勢，程小奇會跟她相戀這麼多年始終在她身上無所作為麼？

試想一下，在這樣的一張床上，那踏板沒準就成了程小奇被宋小月苦口婆心教誨後的棲身之地呢！

這個試想一冒出頭，程小奇心裡就沒來由地悽惶起來，悽惶歸悽惶，宋小月的指令他卻不敢有半點違抗。

沒辦法，他還得再一次去見宋小月的網友，跟她商談如何搬運這樣的一張古床。

該死的阿Q！該死的秀才娘子老寧床！

該死的嚮往！

程小奇在心裡排比句般這麼詛咒著，最後一句該死的宋小月他沒敢詛咒出來。

真把宋小月詛咒死了，他的人生怎麼從一而終，那就不是多繞一道彎的事了，那就是要多過一道坎。

坎跟繞的區別在於，再大的彎都有能繞過去的可能，但坎大了，未必你就能越得過去。

那不是跟自己較勁麼，有百害而無一益的事呢！

程小奇就這麼在心裡一遍又一遍詛咒著這三個排比句子，第二次走進了女網友的家門。

因為心裡帶著氣，他的臉色就沒第一次進去時那麼自如，怎麼看都是一副受了委屈的孩子模樣。

女人的母性讓女網友注意到了程小奇的委屈。

怎麼了，做主子也有受氣的時候？

程小奇這一回，不看床了，認真看眼前這個女人，女人是很善解人意的那種女人，眸子裡寫滿了同情。

程小奇在女網友的同情注視下，忽然掏出一元錢來使勁往女網友手裡塞，邊塞邊沒頭沒腦地說，這床，我轉賣給你了，行不？

轉賣？呵呵！你都沒拖走它呢！女網友不接程小奇手裡的錢。

程小奇把錢縮回來，舌頭卻彈出來，你知道麼，我們買回去，是作婚床用的，你們用過的床，不吉利！

女網友慢慢止住笑，說，宋小月沒告訴你麼，這床，整整三年了，我們一次也沒用上。

三年了，一次也沒用上？為什麼？程小奇大惑不解了。

很簡單，因為我不想當工具！女網友一點也不隱諱。

程小奇也不隱諱，把目光從女網友身上移到床上，再從床上移到女網友身上。

你怎麼，會是工具呢？你應該是千嬌百媚地盛開成一朵千姿百態的花兒才對的啊！程小奇脫口而出。

我也想在上面盛開上一次的，女網友撩一下額前的劉海，可做主子的，哪能容許你千嬌百媚地去開放啊！他們只會千變萬化地摧殘！

程小奇就知道了，那是一個只顧床上享受不懂床下尊重的男人。

我倒是非常願意，在這樣一張床上，成為奴才，欣賞一朵花兒千姿百態地盛開！程小奇忽然沒頭沒腦衝女人這麼說了一句。

女網友不撩額前的劉海了，一臉潮紅地盯著程小奇，你是說，現在？

嗯，現在！程小奇點頭。

女網友不說話了。

程小奇也不說話。

兩人就那麼互相凝視著。

　　你等等！女網友忽然轉身，快步走向老寧床，從小長廊一頭的小櫃裡翻出一對燭台，一瓶紅酒，兩個酒杯，然後點上燭台，然後打開紅酒，然後斟滿酒杯。

　　末了，女網友有點遺憾地衝程小奇報報一笑說，可惜了，沒大紅的鳳冠霞帔！

　　程小奇湊過去，把手輕輕攬上女網友肩頭，悄聲說，有沒有鳳冠霞帔都無所謂，知道奴才對主人都抱著什麼心態麼？

　　什麼心態？女網友把頭側向程小奇肩頭，有暗香開始綻放。

　　一種是崇拜，一種是喜歡！程小奇輕輕吐出這十個字來，吐完了又覺得奇怪，自己跟宋小月獨處時，一向是急不可耐的，不光心頭蠢蠢欲動，連手腳都張牙舞爪的，這會兒，咋就按兵不動引而不發了呢？

　　女網友側過臉來，紅唇正對著程小奇，那你說說，你對我是崇拜呢，還是喜歡？

　　程小奇也側過臉來，那要看你如何選擇了，崇拜是因為經常不見面，喜歡則是緣於朝思暮想。

　　女網友沉思一會說，那我寧願你崇拜我！

　　說完這話，女網友輕輕吻一下程小奇的面頰，然後輕盈地走上踏板，脫鞋，徑直上床。

　　程小奇猶豫一下，也上前，脫鞋，走上踏板。

　　架子床和踏板之間還隔有一層帳幔，程子奇清晰地聽見，女網友在床上窸窸窣窣的脫衣聲穿過半透明的帳幔鑽進自己耳膜。

　　程子奇忍不住揉了一下自己的眼睛，女網友象牙般光澤的肌膚在裡面若隱若現。

　　跟著是女人的嬌喘聲順著架子床的震顫傳遞到踏板上。

　　程小奇知道，女網友這會兒，已經千嬌百媚地躺了上去，那身

體自不消說，正一點一點千姿百態地盛開。

架子床外的燭光跳躍著，閃爍著，程小奇端過一杯紅酒遞進帳幔，柔聲說，喝了這杯合歡酒吧！

女人如玉般溫潤的手臂探出來，閃著幽光，程小奇輕輕俯下頭，在臂上吻了一下，說，小生不識魚水之歡，還望娘子海涵！

完了把酒一飲而盡，席地坐在踏板上。

這一坐竟是大半天。

這半天裡，程小奇聽見有青草拔節的聲音在自己心頭響起。

帳幔裡呢，是花兒千姿百態綻放的氣息散開。

這樣的魚水之歡，是配得上這樣一張古色古香的老寧床的，也是不需要海涵的。

走出女網友家門時，程小奇聽到從帳幔裡面傳出這樣一句話來，我相信了，男人也是在意自己的隱私的！

程小奇搖一下頭，心想，我在意自己的隱私了嗎？我只是成功地越過一道坎而已！

程小奇只注意越過了女網友這邊的一道坎，他卻忘記了，宋小月那兒還有一道坎等著他去翻越呢！

宋小月在家，已經點上了銅製燭台，交杯酒她也準備了，只是尚未開啟，至於鳳冠霞帔，她倒是去婚紗店裡租了一套。

萬事具備，就差那張老寧床進門了，她要讓女網友看看，床於女人來說，並不是千嬌百媚躺上去，千瘡百洞跌下來的地方。

她還要，在老寧床上千姿百態盛開一回呢！

在那樣的床中床上盛開，無異於金屋藏嬌的。

然而，程小奇又一次兩手空空回來了。

秀才娘子的老寧床呢？宋小月把玩著手中的紅蓋頭，問程小奇，鳳冠霞帔她已穿戴上了身。

程小奇不急於回答宋小月的問話，他很細緻地從頭到腳把宋小月掃描一遍，這才開口說，你知道那張老寧床有什麼獨特之處麼？

宋小月當然不知道，她對老寧床的嚮往帶著那麼點葉公好龍的意思，也是的，魯迅文章裡的床，一定差不到哪兒去。

程小奇要的就是她不知道，那樣他就可以從從容容敘述給宋小月聽，這床的獨特之處在於架子床外增加了一間小木屋，從外形上看似把架子床放在一個封閉式的木製平台上。

平台？宋小月怔了一下，她想像不出那平台的模樣。

喏，就是這樣的！程小奇伸出手來比劃著，長出床沿二三尺的那種平台，四角還有立櫃，鑲有木製欄圍的。

一張床，咋那麼複雜呢？宋小月在程小奇的比劃中腦海浮出個大致輪廓來。

複雜的不是床，是人性！程小奇慢慢把話題往自己要表達的主題上引。

一張床而已，還複雜到人性上了？宋小月撇一下嘴，你程小奇少給我玩深沉行不？

那你知道架子床前那類似於小長廊的平台是做什麼用的麼？程小奇開始現賣從女網友那得來的一點見識。

作什麼用？宋小月瞪大了眼問。

睡人的，睡舊社會的丫環，或者，叫奴才！程小奇喉嚨哽了一下，故意把奴才兩個字說得很重。

奴才？宋小月不瞪眼了，瞪圓了嘴巴。

紅樓夢裡賈寶玉就睡這樣的床，襲人晴雯等丫頭就輪流陪睡平台上以備他起夜什麼的好使喚！程小奇淡淡把這話說完，末了不無深意地盯著宋小月。

宋小月被程小奇盯得心裡有點發虛，說你什麼意思，想讓我睡

平台？

程小奇冷笑一聲，說，那哪能呢？

宋小月就恍然大悟起來，那你是想讓我學王熙鳳，找一個平兒那樣的給你當二奶？

程小奇再次冷笑，那個我更沒敢奢望！

這也不是，那也不是，你究竟什麼意思？宋小月粉面生了威。

很簡單，我怕你把自己當主子，把我當奴才了！程小奇一字一頓說出這句話來，所以那床，我堅決不會拖回來的！

宋小月說怎麼會呢？顛倒黑白的事我不會做的！

程小奇說是嗎，你都顛倒我這麼多次了，當我傻啊！

宋小月當然明白程小奇口中的顛倒這麼多次指的是什麼，不就是沒允許他進入自己身體麼！

宋小月不再說話，開始一件一件脫自己衣服，大紅的鳳冠霞帔脫起來很費力，她脫得氣喘吁吁的。

奇怪的是，一向毛手毛腳色眼迷離的程小奇一點也沒喘氣的反應，他就那麼一臉平靜地看著宋小月把自己脫得一絲不掛地躺到了床上。

宋小月的胴體是迷人的，潔白無瑕的肌膚，玲瓏有致的曲線，如玉般溫潤的色澤。

可這一切，都沒讓程小奇有任何舉動。

宋小月傻了眼，她已經千嬌百媚地躺床上了，程小奇咋就無動於衷了呢？他之前，千辛萬苦想爬上來的不就是這樣一張床麼？

看來自己盛開得還不夠啊！

一念及此，宋小月開始千姿百態地綻放自己。

程小奇的眉頭開始一點一點地往一處糾結，糾結成一團。程小奇的雙手開始拚命地捶自己的頭，他明明聽見了自己內心深處青草

拔節的聲音，可他眼前偏偏讓一道帳幔擋住了。

那帳幔一層一層裏向程小奇，裹得他最終喘不過氣來，程小奇再也忍不住，一雙手開始張牙舞爪地在空中亂抓。

不是這樣的，不是這樣的！張牙舞爪的程小奇這麼喃喃自語著衝了出去。

宋小月盛開到一半的身軀就那麼著凝固在床上，許久許久，有風把臥室的門吹響，她才解了凍般撲通一聲從床上跌下來。

像從癮症中醒來，宋小月使勁揉了揉心口，奇怪的是，胸口一點也不見有痛的感覺，倒是全身上下，千瘡百洞似地無一不疼痛起來。

該死的阿Q，該死的秀才娘子老寧床！

該死的嚮往！

允許暗戀

　　這麼驚惶，在做什麼呢？陳小藝電話打進來時，我正陷入無邊的冥想中，不期而至的鈴聲讓我嚇了一跳，著實的！

　　陳小藝是出了名的細心，單從我接電話時一斷一續的呼吸氣息中就發現了我的驚惶。

　　沒做什麼啊，我麼？只是，想一點事情！調理順了呼吸我這麼敷衍她，反正她看不見我撒謊時的表情，我一向，不會很好的掩飾自己。

　　想一點事情會想這麼投入，一定是很值得一想的事吧？陳小藝在那邊旁敲側擊。

　　呵呵呵呵呵呵，我用一連串的假笑來掩飾自己的心虛，有些話，是不宜往下接的，容易露出蛛絲馬跡來。陳小藝不笑，很嚴肅地警告我說，奉勸某人一句啊，腦筋這玩藝，還是少動點為好！

　　為什麼？我一向不喜歡被別人警告，尤其是女人警告，還某人，矛頭所指的不就是我麼？

　　很簡單啊，動多了腦筋，容易把事情想歪的！陳小藝一針見血點了出來，一點也不顧及某人的臉面。

　　好在，她這會看不見某人的臉面，不然作為某人的我真就無地自容了。

　　我剛才，確實動了陳小藝的腦筋，在冥想中，我太無恥了，居然想和她來一場豔遇。

　　這是眼下孤男寡女之間常有的事兒，也是出門在外人的通病啊！

都占上天時地利了，難道不允許我在冥想中人和一回，太不厚道了吧，這樣的警告。

有必要插播一下，我是孤男，沒成家的那種，陳小藝是寡女，離異了的那種。我們同在一個單位，雖不親近，但也低頭不見抬頭見來著，這會兒，又同時被領導安排在一起出差。

你說，這算不算老天爺賜給某人的良機啊？

本來，像出差這種八輩子都修不來的美事是落不上我頭上來的，但上蒼眷顧了我一回，讓我出上差了，而且還是和陳小藝一起。

要知道，在我們單位，出差就等於變相安排你去旅遊，何樂而不為的美事一樁啊！別人有沒有望眼欲穿這差事我不知道，反正我是夢寐以求很久了。

何況還有一個賞心悅目的美女陪著。

瞧見沒，這就是我的出息，孤男一個的出息。

只曉得美女可以賞心悅目，不知道一個離異的美女心中有怒火熊熊燃燒著，曾經有個網友在QQ簽名上這麼警示過我，不要和怒火燃燒中的女人偶遇！

瞧瞧，連偶遇都不行，我還，冥想著豔遇。

自掘墳墓不是？

而且我還掘得沾沾自喜的，夠賤的了！

關於發賤這事可以從我的聲音中聽得出來，這不，我吧嗒一下嘴巴，衝電話那邊的陳小藝嬉皮笑臉說，想歪了不要緊，允許你給我撥亂反正的機會啊！

滿以為這一撥撥會換來陳小藝凌空一指虛點過來，還伴隨著嬌嗔地一罵，你要死啊，趙大德！我之所以會這麼遐想，是因為在陳小藝離異前我不曉得聽多少男人用這麼個腔調和這麼樣的一句話撥撥過她，而她差不多都千篇一律用前面四個字回敬過去，後面再綴

上那個男人的名字的。

這樣的遊戲我也可以效仿一把的，電視台還經常上演模仿秀呢？

可偏偏是，事與願違了，什麼事一輪到我這兒就改變了遊戲規則。

陳小藝在那邊啪一聲，掛了電話，那個凌空虛點一指自然沒有，更別說那嬌嗔地一罵了！倒是電話那餘音，有點振聾發聵的氣勢，我說錯什麼了麼？握著電話，聽著那邊傳來嘟嘟嘟嘟的盲音，我的重心一下子從陳小藝身上跌到地上。

還冥想個俠，早點醒事吧！

這一醒事吧，我那夜就嚴重失了眠，人在異地他鄉，孤獨感也不失時機地以恬不知恥的姿態襲了上來。

我不睡了，也不冥想了，反正是失眠，那就學古代那個叫張繼的詩人，玩出個不朽的失眠，不在姑蘇城外不要緊，沒有夜半鐘聲也無所謂。不在客船的我隻身出了賓館的門，坐上一輛環城公車，一元錢，可以盡情一覽這座城市的萬家燈火，這種投資是值得的，雖然離張繼的不朽失眠相去甚遠。

但我有自己的不朽的失眠方式，我可以在公車上冥想車上任何一個女人，而不用擔心她們的警告。

比方說剛才吧，在沒找到座位之前。

當然，在這種公車上，沒有找到座位的大有人在，你大可不必同情我的。這群人中有男有女有老有少，說到這兒，我的公德心出來了，咋就沒人主動為老人孩子和女人讓一讓位呢！

抬一抬屁股，美德就上身了，這也是不朽的事兒啊！遺憾的是，沒人肯或者願意這麼做。

我用手拽著頭頂的拉環，展示完自己的公德心後，一點也不慚愧地對著懷裡的女人展開了冥想。

　　是的，公車太擁擠，以致於我前面的女人緊緊貼在了我懷裡。原諒我，實在找不到比貼更合適的詞兒。

　　這種場面很滑稽，兩個素不相識的男女，就這麼著緊緊依偎著，如果不是我們身上都隔著一層紗布的話，我不知道這算不算是古人說的那種如膠似漆的關係。

　　冥想一把是很有必要的，在這種狀態下。

　　換誰都忍不住要冥想一把的。柳下惠同志也許不會冥想，那是因為古時沒有這麼擁擠的公共汽車，沒準那女子坐懷時候柳同志四周正虎視眈眈圍著一群人呢，他的心思早就神遊八極了，怎麼亂？亂是要有條件的！

　　我現在就有這個條件，儘管我身邊虎視眈眈圍著不少人，但那些人的眼裡只有隨時可能空出的座位，對我，人家顯然是不屑一顧的。我的心思不亂一亂，實在對不起面前這個女人的貼胸之舉了。

　　如果她是個從事不良職業的女人就好了！這是我腦海中最先躍出的念頭，好像這念頭潛伏了好久，在我體內，這會都迫不及待要破土而出了。但我還是狠一狠心，痛下殺手，滅了這個念頭，吾都知道，但凡從事不良職業的女人，是不會在公車上攬客的！

　　像給我剛剛滅下的這個念頭一點小獎勵似的，公車哧一聲停了下來，所有人身子不約而同向前傾，像集體葬禮上那種禮節性的不帶半點悲傷的鞠躬。嗯，葬了好，那種念頭怎麼可以不葬呢？為表示感激，我把這個躬鞠得比較到位，結果是，下巴，一下子擱到了懷中女人的肩頭上。

　　是夏天，我聞到了一抹暗香從女人半裸的肩頭淡淡撲進我的鼻子裡，按常理來說，我應該閉上雙眼，張開鼻子深深地呼吸一下，然後陶醉一把的。可是，我沒有，我的眼光在下巴擱上女人肩頭時無意中順進了女人的乳溝裡。

真的，我可以發誓，我是無意中順進去的，誰能擔保，隨時隨地管住自己的眼睛呢？

只不過，順進去之後，就撥不出來了，從這點來說，我是個意志力不夠堅強的人。

我很羞愧於自己意志力的薄弱，這容易讓我走向犯罪的道路，或者讓我靈魂滑向邪惡的深淵。好在，公車為它剛才的行為負責似的，及時啟動了，所有人的身子又不約而同地向後仰了一下，尋找依靠似的，我當然很樂意成為懷裡女人的依靠。

於是我就中流砥柱了一回，讓女人身子踏踏實實依靠在我的胸脯上。

我是提前作了防範的，所以身子沒往後仰，硬生生用胸脯接住了女人，別有用心的防範，呵呵，這叫做未雨綢繆！

女人的頭這一回是抵在了我的下巴上，我的眼光很明目張膽地又順進了女人的乳溝裡。這一回，我承認，是有意的。

一瞬間的事兒而已！我順進去了又如何？明目張膽了又如何？充其量就驚鴻一瞥的感覺，那裡面，很幽深，讓人暈眩的那種幽深。

一掠而過呢，算是！

一陣騷動迅速歸於平靜，我臉上不顯山不露水地跟著乘客一起噓出了聲。

別人的噓出了聲是自然反應，我的噓出了聲裡多了一層意思，是的，暗含著慶幸。

慶幸沒被懷裡的女人發現。

真的沒被懷裡的女人發現麼？我的冥想深遠了一點，就算她不是一個做不正當職業的女人，也不排除她可能會是一個放蕩的女人啊！如果這個推斷成立，那就是，懷裡的女人享受了我的明目張

膽！一念及此，我的心裡翻起了波瀾。

正是有這種放蕩女人的存在，才讓這個世界多了幾分絢麗的色彩！

潘金蓮的故事為什麼讓人津津樂道這麼多年還經久不衰？不就是因為她的放蕩麼？古往今來，從事不正當職業的女人多了去，可風頭蓋住潘金蓮的，似乎還只是絕無，不存在僅有！

這樣的冥想是不朽的，很值得大書特書一筆的！

姑且就當她是一個放蕩的女人吧，我腦海裡剛浮上這個念頭呢，懷裡的女人忽然就艱難地轉過身來，還衝我嫵媚地笑了一下。

乖乖，比我還明目張膽呢！

我的身子不由自主往後退了一下，潛意識的，不料，卻沒退動，我的屁股抵在座位上了。

原來不知不覺間我已經被擠到了車廂的最尾端角落處，那兒空著一個座位呢！估計是有人剛下了車，嗯，是這樣的，我依稀記起身子往前傾時有人和我擦肩而過了，應該是個男人！

要是女人的話，我絕對有感應的。

你不打算坐那個位子嗎？女人開了口，在熙熙攘攘的車廂裡，聽著有幾分失真。

我點一下頭，拚命縮小自己的身體，以讓女人可以緊貼著我換個方向，去佔領那個位子。

那是一個死角！

我自然就成了一夫當關萬夫莫開的守衛者。

女人的胸是豐滿的，她到底成功地得到了那個座位。我望著那個座位，一點遺憾的想法都沒有，在剛才跟女人的胸部發生摩擦時，我得到了美好的想像。

呵呵，有點齷齪不是？

沒辦法，我一直不認為自己是一個品格高尚的人。不然我不會對陳小藝產生要豔遇一把的冥想，怎麼說，她也是我身邊的人啊，那麼熟，熟得都不好意思下手的！

可我卻在冥想中下了手。

你，是故意為我留的這個位置吧！女人坐好後輕輕碰了碰我的大腿，悄聲說。這一回，聲音沒有失真，夾雜了一絲的甜，還有，一絲的柔。

甜裡包含有感激的成分，柔裡呢？應該包含著魅惑的成分，或多或少的。

我不置可否地一笑，這樣的順水人情我不打算送，這樣的魅惑我不打算接受。儘管我品格不怎麼高尚，但我還不想失去做人的本真。

我知道的！見我不置可否，女人自以為是地又補了這麼四個字！

你不知道的！我無功受了祿，心裡就不大得勁兒，幹嗎要自以為是呢？像陳小藝似的，好像男人的想法女人都一清二白一樣。

多可怕的事兒！

哦，那是怎麼一回事呢？女人顯然沒料到我這麼不合作，萍水相逢而已，多少男人渴望獻出這樣一份殷勤的，我的表現，純屬於不識抬舉了。

要聽實話麼？我不識抬舉地一笑。

嗯，當然！女人的好奇心促使她支起了耳朵。

我就俯身過去，在她耳邊，一字一頓地說，我剛才吧，腦子裡只想著怎麼緊貼著你，沒注意後邊，空了一個座位！

滿以為女人聽了這話會滿臉緋紅的，孰料她居然，呵呵呵地大笑起來。

笑得五官差點變了形。有那麼好笑麼？

笑完了，女人才不緊不慢地說，我是不是可以這樣斷定，你在暗戀我？

暗戀？我怔了一下，你別說，還真是這麼回事，書上說過，愛是一瞬間的感悟與判斷，那麼，暗戀應該是一剎那的碰撞與摩擦。

不然，我怎麼會對這個陌生的女人冥想不已呢？暗戀確實是一種最好的解釋了。

人，一生可以有很多種暗戀方式的！女人見我發怔，再笑一笑，補充，有些暗戀，可以一輩子不說一句話，一輩子不牽一次手，一輩子不擁一次抱的！

啊？這能叫暗戀麼？我有點不解了。

怎麼不能叫，只要她能走進你的眼中，你的心中，你的夢中，就是百分之百的暗戀了！女人一本正經的，聽不出語氣裡有任何調侃的成分。

我一下子窘了起來，像被人扒光了衣服，在眾目睽睽之下。她剛才，明顯走進我眼中，心中了，至於夢中，我還沒機會實踐呢！

女人顯然看出來我的窘態來，她眉眼彎了一下，衝我招手，示意我俯耳過去。

我像受到遙控，自然而然隨她手勢彎下了身子，那一刻，她的乳溝又一次順得我心慌意亂的，亂歸亂，我還是明明白白聽到了令我一下子更心慌意亂的幾個字，我可以，允許你的暗戀！

呵呵，特赦的感覺呢！我擦一把頭上的汗，擠出兩個字來，謝謝！

女人擺擺手，意思是不用謝，跟著又冒出一句令我大吃一驚的話來，其實，我也暗戀的，經常！

啊！這麼放蕩的女人？我嚇了一跳。

這個，跟放蕩無關的！女人白了我一眼，似乎讀出了我的心

思，輕輕歪一下頭說，但凡女人，都會暗戀的！

但凡女人，都會暗戀？這就不僅僅是嚇我一跳的事了，可以嚇得全世界男人都面帶懼色的呢！

我們以後，還能找到一個純潔的女人嗎？我在心裡嘀咕了一句。

女人像是又讀出了我的心思，不疾不徐地再白我一眼說，暗戀跟背叛，是兩回事，拜託你想清楚點！

我承認我想不清楚，以我的觀點，暗戀了某個女人就得和她發生點什麼，我咽了口唾沫說。

那是你們男人的事！女人捂一下自己的嘴巴，比方說我吧，就經常暗戀的！

你的意思是你沒有背叛過？我挑釁地看了女人一眼。

截止目前為止，尚未背叛！女人不捂嘴了，從牙齒縫裡一字一頓地彈出這句話來。

公車哧一聲，又剎住了。

我這一次，因為沒有做中流砥柱的想法，就沒有未雨綢繆，人，自然就隨慣性往前傾了一下。但是，什麼也沒貼著，奇怪，車上人滿為患呢！我回頭打量一下女人。

女人正在竊笑，笑完拋過來一句，知道為什麼麼？那是由於前面的人走不進你的視線，所以你才會有身邊空空如也的感覺。

別說，還真是這麼個理呢！我雖然身子往前傾斜了，可心思卻在向後轉移著。

打算怎麼安置我的暗戀？等她身邊座位空下來，我一屁股貼近她坐下，傻傻地問了這麼一句。

能怎麼安置，合理想像唄！她輕輕把手拍一下我的膝蓋。

我的想像一點也不合理，因為我想起了留在賓館裡獨處的陳小藝，她這樣的女人，也會暗戀嗎？

你這就不對了！女人又拍我膝蓋一下，既然暗戀人家，人家又給了你機會，就該好好珍惜的！

怎麼珍惜？為一個不打算背叛自己感情的女人！我苦笑了一下，你鼓勵我做無用功啊！

呵呵，女人抿起嘴巴來，看起來她是真想不讓自己笑，卻到底沒成功，因為一波一波的氣息衝開了她的嘴巴，你太現實了！

現實不好嗎？我不笑。

確實，沒什麼好笑的。

現實好，太現實不好！女人把身子向我側了側，那模樣，不知道的人見了，還以為她打算要委身於我呢！

換個人，也許就借機蹭女人的身體揩點小油，在話沒挑明以前，我也許會這麼做的，問題是，女人已把底交給我了，你說，我還有存這份心的必要麼？

很多東西之所以會美好，全部得益於人的冥想。

現在，美好蕩然無存了，我心中的衝突自然淡了下去。

一直到下車，我都沒把目光再往女人身上順，儘管我有非常便利的條件。

有什麼意義呢！

甚至我還主動讓了一次位，把座位轉贈給一個一看就是個好色的老男人。

果然，人一老就沒臉沒皮起來，那男人坐下去沒多久，就肆無忌憚往女人身上靠。

女人沒允許這個老男人的暗戀，她憤憤然起身，使勁從鼻子裡哼了一聲，艱難地貼在了我的身後。

我扭過頭，剛要說話。

女人卻把食指豎起來，摁在嘴唇上，示意我別出聲。

我只好把話摁回肚子裡，回過頭，作出事不關己的樣子。

這女人，也真的與我無關呢！

有關的事是在車下發生的，那時公車已環城跑了一圈，到了我下榻的賓館，再坐下去就有點無賴的意味了。為一元錢，做無賴的想法我絕對沒有。

車已空了許多，我和女人也已經有了一段距離，這個距離更多的產生在心頭，身體嗎，兩人之間也不過隔了三尺寬。

我就在這三尺寬的間隙裡衝女人點點頭，意思是我要下車了。

女人的胳膊環抱在胸前，眉眼裡寫滿了笑。笑什麼呢？我沒多想，因為車門開了，我緊走幾步，下車，車呼一下，開走了。

我身邊多出一個人來。

你一定猜出來了，是那個女人。

你，也住這家賓館？我怔了一下，問女人。

女人說，不住啊！

那你？我抬頭四顧一眼，沒看出有人來接她的跡象，也沒看出她往哪個方向走的打算。

我只是想讓你也允許我暗戀一回！女人慢悠悠開了口。

我沒說不允許啊！我很奇怪她有此一說。

但你，從心底拒絕了我！女人歎口氣，別瞞我，我看得出來的！

這女人，眼光夠凌厲的，心思也夠縝密的。

你的意思是，你還沒被男人從心底拒絕過？我點燃一根煙，靠在賓館門前的一根廊柱上，似笑非笑地望著她。

有點貓戲老鼠的小得意。

女人估計受不了我的小得意，她把眉頭皺了幾皺，終於說出了口，你知道麼，家敗離不開個奢字，人敗離不開個逸字，討人嫌離不開個驕字！

居然，是個讀過曾國藩的女人。

是我走了眼！

為了不讓自己成為討人嫌的人，我收回了臉上的似笑非笑，換上一副似懂非懂的表情問女人，你既然都知道曾國藩，一定是讀過不少書的！

女人不點頭也不搖頭，繼續看著我，她知道我問話的重點不在這一句上。

是的，女人猜的沒錯，我衝女人眨眨眼，繼續說，我想知道你為什麼在意我要從心底允許你的暗戀？

女人似乎等的就是我問出這麼一句話來，她仰頭望一下天空，我受到感染，也抬頭望一下天空。城市的夜晚，天空是遙遠而不真實的，因為街頭的霓虹變幻莫測的燈光，太真實太切近地制約了我們的視線。

真實的東西是不是總讓我們遙不可及，你覺得呢？女人收回目光，像是感慨更像是喃喃自語。

我知道這句話沒必要接下去，女人顯然是想引申出後面的一句話，果然，女人咬了咬紅唇，很飽滿，飽滿得足以讓我的呼吸停頓，我很聽話地停頓了呼吸，凝神屏氣地等她口吐真言。

女人的話從紅唇中迸了出來，比如說，真實的情感，你能觸手可及嗎？

顯然，我不能觸手可及！我吸了一下鼻子，這就是你想我允許你暗戀的理由？

嗯，暗戀，應該是最真實的情感！女人長長地呼出一口氣來，這年月，情感的墮落導致了人性的缺失，女人風情不起來，成了蕩婦！

呵呵，我接上嘴笑，說，那男人紳士不起來，是不是就成了

嫖客？

是的，所以我才渴望有人從心底允許我真正的暗戀一把！女人抬起頭，跟我目光做了個對接。

很清澈的目光呢！什麼叫清水洗塵，這才是！我的心在一瞬間聽見了石頭開花的聲音。

可以，進去坐坐嗎？我忽然有了和這個女人暢談的願望。

女人抬腕看看錶，說，謝謝你的邀請，如果是白天，我很樂意接受這個邀請，這會兒，不合適了！

說完這話，女人撩一下被夜風吹亂的頭髮，轉身，嫋嫋婷婷往公交車站台走。

我倚在廊柱上，一直看著女人上了公交。

她會走向哪兒呢？在車上，又會有多少男人對她想入非非呢？

她又能接受多少男人的暗戀呢？

謎一樣的女人，漂亮而淡定，優雅而從容！這樣的女人，呵呵，陳小藝有得一比麼？

早先，我居然還打算和陳小藝豔遇一把來著。呵呵，多麼可恥的想法。抽完那根煙，女人乘上的那輛公車也絕塵而去了。

我一步三回頭進了賓館。

大堂的值班小姐衝我職業化的笑了笑，算是打了招呼，跟著又埋頭發她的手機短信去了。我知道，這些小姐因為走進太多人的視線，被太多的人偶爾惦記，她們已熟視無睹於各種男人的眼光了。

哪怕這眼光中會夾雜那麼一絲真實的暗戀，可是，有什麼用呢？

我沒打算饋贈自己的暗戀給她。

直通通就那麼上了樓，這令值班小姐有點奇怪，我從大堂的一面巨大的鏡子裡看見她驚奇地抬起頭，盯住我的背影看了一下，又一下。

一般像我這麼晚歸的客人，差不多都會找個由頭跟她搭訕幾句，臉皮厚的還會打個情罵個俏啥的，像我這麼一言不發的倒讓她意外起來。

因而她看我的眼神就有那麼點迷離，很好，迷離是暗戀的前提。

由她暗戀去吧！

揣著這種美妙的感覺上樓，我忍不住又在腦海中合理想像起來，這個值班小姐會不會因為這份暗戀而勇往直前一回呢？

女人的勇往直前是很值得期待的。

當然，我期待的不是值班小姐的暗戀之後的對情感的背叛，我期待的是這個故事發生起來的戲劇性。

生活，往往比藝術作品要來得更精彩，更有衝突。

在異地他鄉的夜晚，這樣的衝突，我需要！

很迫切的那種需要。

如果我一走進房間，裡面電話就響起來的話，那一準是值班小姐打來的，她有這麼便利的條件。

暗戀也得具備一些條件不是？

像給我的設想做彩排似的，我剛打開房燈，裡面的電話響了起來。

提起話筒的同時，我腦子裡浮現出值班小姐迷離的眼神。

應該怎麼和這個小姐往下延伸劇情呢？我的冥想還沒展開呢，陳小藝的聲音鑽了進來，你要死啊，趙大德！

我，這會兒，活得精精神神的呢！衝著陳小藝這話，我一點也沒客氣地回了過去。

那你怎麼不接手機？打了你那麼多遍！陳小藝氣呼呼地。

是嗎？我怔了一下，摸出手機來，果然，上面有二十多個未接電話，全是陳小藝的。

我一向，對電話很敏感的啊！我有點疑惑地調試了一下手機的震動功能，是好的！莫不是我，對那個女人的暗戀太投入，忽視了心靈之外的震動？

只能是這樣的！

可我明明從心底拒絕她了啊！至少表面情況是這樣的。

有什麼事嗎？我把思緒收回來，問陳小藝。

睡不著，想和你說會兒話！陳小藝在那邊用一種慵懶的口氣說，女人的慵懶是一幅可視的圖畫，我眼前立馬浮現了陳小藝斜倚床頭一臉嫵媚的嬌柔樣子。

那，說唄！我信口回了過去，允許你跟我說話！

不許你思想開小差！陳小藝的警告又上來了。奇怪，她怎麼知道我思想開了小差，我剛才，確實心思跑到了那個允許我暗戀的女人身邊。

那，怎樣才能禁止我開小差呢？我在這邊笑，這陳小藝，太有想法了。

嗯，陳小藝在那邊似乎在想招，嗯了幾下之後，她突然興奮起來，有辦法了。

什麼辦法？我有點不以為然，這女人一離婚，怎麼變得喜歡大驚小怪的呢？

陳小藝說，你過來，坐在我床頭，我用眼睛盯著你，你就開不成小差了！

這倒是個辦法！聽得陳小藝口氣中流露出來的自得，我沒了退路，那我過來了啊，但你不許說我動了你的歪腦筋！我先聲明。

也是的，半夜三更摸進她的房間，我得先洗清自己不是。

哪那麼多廢話啊，陳小藝在那邊掛了電話。

我洗了澡過去的，一般女人都有潔癖，蓬頭垢面過去算個什麼呢？

本來我打算敲門的，孰料門卻虛掩著，我腳步聲剛停到門口，陳小藝的手臂就探出來，把我拽了進去。

沒開燈，但窗簾沒拉上，房間裡一切都顯得朦朦朧朧的。

唯一不朦朦朧朧的是陳小藝的身體，她直接貼上了我，我一驚，憑感覺，陳小藝的身體是赤裸的。

我往後退了一步，後面是床。

陳小藝往前進了一步，她似乎算計好了，只一步，就把我摁在了床上。

我掙了一下，說，不能這樣的！

陳小藝竊笑，你都在冥想中對我動了腦筋，為什麼不能實際操作一回呢？

她以為，是施惠於我呢！

你錯了，我冷冷一笑，使勁把她從身上掀了下來，我的冥想，頂多屬於暗戀！

可豔遇，正是暗戀的後續啊！陳小藝不解了，她以為，我只是不好意思，你們男人不都渴望有豔遇發生麼？

我搖搖頭，坐起來，說，男人跟男人也有不同的，比如說我！

你跟其他男人，有什麼不同？陳小藝以為我是在故弄玄虛。

我一直認為，不真誠的豔遇比偷情更可恥！說完這話，我站起來，輕輕拽過床單給陳小藝披上。

臨出門時，我聽見了陳小藝的啜泣。

想了想，我回過頭，衝她又輕輕說了一句，我可以允許你在心底暗戀我的！

可你明明拒絕了我啊！陳小藝顯然聽不明白我話裡的意思。

我拒絕的，是我自己！我在心裡歎息一聲，人，是不能背叛自己情感的。

不期待的傷痛

張曉玉是看書看出這麼個瘋狂舉動的，有點匪夷所思不是。

她看的是一本新上市的《中國作家》雜誌，二零壹壹年第五期的，那上面有著名作家秦嶺一篇叫作《心震》的小說。

一般年齡過了三十歲的女人，還看這種純文學刊物，多半是對生活還抱期望或者對未來還存有幻想的女人，張曉玉恰好就不幸劃歸在這種女人之列。

這種女人，好不好呢？應該是好！

請留心一下應該這兩個字，它明顯是居心叵測的，果然，這叵測居心立馬在張曉玉身上得到了了印證。

事實勝於雄辯，還是讓事實說話吧。張曉玉這會兒讀到了這麼一段話，「如果說我們女人的身體是男人眼裡的風景，女人的睡衣則是風景中的小橋流水，或者是柔媚的春風和盛開的花兒。」

真如文中所說的那樣，像有股柔媚的春風吹過，張曉玉臉上盛開了花兒。花兒般的張曉玉把眼睛眯上了一會兒，似乎在品咂這字裡行間中蘊含的滋味。

字裡行間中能有什麼滋味呢？肯定有的，不然古人不會有咬文嚼字一說了。

張曉玉咬文嚼字的結果是，腦海中出現了一個畫面，那是陳東博出國回來時的一個畫面。

陳東博近來經常出國做一些學術交流。那一次出到了享譽世界的水城威尼斯，張曉玉念書時念過《威尼斯上的小艇》一文，知道

那個地方的小艇別具風情。

作為一個喜歡看點文學書刊的女人，知道這一點不足為奇，但作為一個女人，不知道產於威尼斯的夢芬黛爾睡衣，就相當地足以為奇了。

偏偏，張曉玉就是讓人相當足以為奇的女人。

所以，當陳東博在洗澡間慢條斯理洗了異國風塵出來，再慢條斯理地從拉杆箱裡掏出那件真絲的夢芬黛爾睡衣送給她時，她居然還有那麼點無動於衷。

陳東博顯然是有所期待的，這從兩個細節上可以看出，第一個細節是他這次洗澡共花了半個小時，以往他可不，兜頭淋上一通熱水就完了事。第二個細節在於，他竟然破天荒地用了沐浴露，因為有淡淡的香味正從他身上散發出來，把他雄性荷爾蒙的體味很好地中和了。

張曉玉一直不太接受陳東博身上的雄性荷爾蒙味道，說是容易讓她聯想到動物世界裡那些公的獅子，公的老虎，公的豹子，還有公的野牛。總之，沒來由地讓她感到排斥，抑或是拒絕。

這讓陳東博一直對人類進化頗有微詞，好端端進化個啥呢？弄得非要彼此之間隔了毛衣隔了肚皮，隔了那些病態繁榮的物質文明！

張曉玉呢，對他的期待沒能表現出夫妻之間小別後應有的默契，她拎著睡衣一臉疑惑地衝陳東博抖開，這麼透明，你讓我如何穿得出去啊！

陳東博有點哭笑不得了，睡衣，是擱家裡穿了讓家裡人看的，是給別人看的麼？

而這個家裡人就是他陳東博啊，透明點才有誘惑啊，書上說了的，人可以抵抗一切，誘惑除外！

不過，張曉玉這一問並不多餘，大街上，經常有女人穿了睡衣去買早點什麼的，圖的就是一個自在，不存在去誘惑誰。一般那種睡衣，基本是很中國化的睡衣。

張曉玉是把那件夢芬黛爾睡衣穿上身後才發現自己不自在起來的。

她的身體吧，原來也算不上凸凹有致玲瓏精巧的，可這睡衣一套上來吧，居然就風情萬種了，居然就妙曼多姿了。

這讓她情不自禁想起書上的一句話來，情人可以有萬種風情，老婆卻只有一副嘴臉！

用文學的思維模式引申一下，可不可以這樣說呢，睡衣就是張曉玉的情人，而身體則是張曉玉的嘴臉。眼下，這兩者有機地結合到了一起，給張曉玉的，自然是全新的感受了。

不僅僅是張曉玉。更有全新感受的，是陳東博。

他那天晚上的眼光是迷醉的，但保持著局部的清醒，陳東博到底是出了幾次國，受到了薰陶。那一夜，毋庸置疑，兩人在床上是達到了一種巔峰狀態的。

久違了的巔峰狀態啊！

張曉玉，這個讀了不少閒書的女人，在那一夜第一次領略到了西方文化式樣的寬衣解帶，不是用手，是用陳東博的嘴。

那張嘴，呵呵，事後回想起來，張曉玉都會竊笑半天，一如初婚時分的羞澀與不安。

畫面就在張曉玉的羞澀與不安中做了定格，張曉玉放下手中的雜誌，往臥室裡走。她忽然有了欣賞一下自己身上風景中小橋流水的想法。

睡衣！

是的，你猜對了，張曉玉這會兒是去尋找那件夢芬黛爾睡衣了

去了，孤芳自賞也是賞啊，可以劃歸為賞心樂事的一賞。

我們可以想像得到張曉玉此時的心情，像熱戀的女子，極其渴盼著自己的情郎出現在自己眼前。

這份期冀無疑是迫切的，是無法讓人分享的那種迫切，夾雜著淡淡的羞怯。

不足為外人道也的羞怯。

只是，為什麼我們老祖宗造字要造出「只是」這兩個這麼不合時宜的漢字來呢？

只是這兩個字一出現，我想以大家的智商都能猜測到情況出了點意外。是的，事情並沒按我們的謀篇佈局往下發展水到渠成，或者叫按著張曉玉的想法順理成章讓她欣賞到自身風景中的小橋流水。

那件睡衣，竟然，不翼而飛了！

能進這家門的，除了張曉玉只有陳東博，而且，家中也不曾有被盜的跡象。

連被強盜踩點的跡象都沒有。

先前我們交待過，張曉玉看書比較多，多和雜一般是相近的兩個字。張曉玉因而也知道強盜踩點會留下一些符號，比如加減號表示家裡白天有人，晚上沒人，減加號則正好相反，打鉤表示已進入，五角星則是動手目標，打叉表示非目標。

那麼，這個不翼而飛表示什麼呢？張曉玉呼出一口長氣，站直身子，再四顧一眼，才疑慮重重走出了臥室。

客廳裡有一幅小橋流水的水彩畫，這會兒正不懷好意地盯著張曉玉。

我的小橋流水啊，就這麼無緣無故消失了！張曉玉的心頭，忍不住，就波濤洶湧起來。陳東博該不會，把睡衣拿出去送人了吧？

這個想法顯然是能夠成立的，因為一同不翼而飛的，還有他從威尼斯帶回來的睡衣的包裝盒，賊是不會抱個包裝盒出門的，目標太顯眼啊。

張曉玉在這個能夠成立的想法上遲疑了一下，遲疑是因為她不敢把這個想法，像拍電視連續劇一樣往下延伸劇情了，可以有很多情節衍生出來呢，而任何一個情節的衍生，都是足以讓張曉玉受到致命打擊的。

一定，要把那件睡衣找回來！夢芬黛爾這會兒已不僅僅是一件睡衣那麼簡單了，它是張曉玉身體的情人。有了這個情人，張曉玉的身體就可以滋生出萬種風情，足以讓陳東博的眼光眯醉的萬種風情呢！

她不能不明不白就讓這萬種風情從自己身上消失殆盡。

當面跟陳東博追問睡衣的下落，顯然是不明智的，這點張曉玉心裡明鏡似地。女人一旦過了三十歲，生活的智慧往往比實際年齡要先行一步，有沒有發令槍響起來都無關緊要，因為那智慧，一直都蓄勢勁發著。

張曉玉蓄勢勁發的結果是，她開上自己那輛紅色馬自達轎車瘋一般開始了行動。尋找那件夢芬黛爾睡衣的行動。

這種睡衣，張曉玉敢擔保，在小城找不出第二件。這個擔保不幼稚，在小城，陳東博是唯一去過威尼斯的男人。別的男人也許也出國，但都是美國英國等比較熱門的大國。

能夠配得上陳東博送夢芬黛爾睡衣的女人，應該是個跟陳東博走得比較近的女人。

陳東博一向不大愛跟人交往，不光不跟女人交往，也不跟男人交往，他只跟學術交往。

那麼，愛屋及烏，能跟學術沾點邊的女人，他是有交往的必要

的，這麼一琢磨吧，，像冥冥之中有人指路似地，張曉玉把車直接
開向了名流花園。

他們也曾經，差一點搬進名流花園來住。

張曉玉隱隱約約給記得，跟陳東博一起搭檔搞學術研究的，只
有那個叫丁翠雲的女人。

而丁翠雲，恰好就住在名流花園。

這是政府為籠絡人才特意修建的一項惠民工程，陳東博最終沒
搬過去，也是因為這個丁翠雲。

原話陳東博好像是這麼說的，我最不喜歡跟同事住一起了，白
天吧，頭一抬，面對面，除了談學術，還是談學術。好不容易八小
時之外了，冷不丁一對眼，還是一副學術的嘴臉，讓人覺得一輩子
都賣給學術了，多沒情趣！

陳東博所謂的情趣在張曉玉看來也不見得上升到了什麼層次，
他不過是喜歡搬了躺椅，在陽台上泡一杯茶，微眯著眼，聽風，聽
雨，沒風沒雨時聽鳥鳴，如果連風雨鳥鳴都沒有了呢，也難不住陳
東博，他還有鼻子啊！

這時他鼻子的嗅覺就相當靈敏了，不放過空氣中一點點的花
香，當然，也不排除空氣中夾雜有倒人胃口的污水臭。陳東博從不
拒絕這種來自大自然的饋贈。

啥叫天籟，這就是！

當然，天籟也不排除陳東博在撫摸張曉玉胴體時發出的呢喃。

比如說那天陳東博用嘴咬開張曉玉睡衣時就忍不住呢喃了又呢
喃，啥叫雲想衣裳花想容，這就是啊，難怪李白也會寫出這麼俗的
詩呢，可見在女人面前，男人都是俗的。

俗不可耐的那種俗！

沒準這會兒，陳東博正俗不可耐地用嘴咬著丁翠雲身上的夢芬

黛爾睡衣呢！

丁翠雲，那麼古板的一個女人，永遠一副學者嘴臉的女人，也會被一件睡衣穿出千萬種風情麼？張曉玉有點不敢往下想了，她把馬自達的時速開到極限，目標直指名流花園。

這天的風很好，陽光也很好。

如果，不是那件睡衣的不翼而飛，張曉玉肯定會將睡衣穿在身上在陽台上有意無意向外展露一點春光。睡衣是低胸的，這無關緊要，是半透明的，也無關緊要，張曉玉要的是局外人對自己身體的一種遐想。

遐想意味著什麼？意味著欣賞；而欣賞又意味著什麼？意味著承認！

試想一下，一個女人，一個過了三十歲的女人，在人生的拋物線呈下滑的狀態時分還有人遐想，有人欣賞，有人承認，是何樂而不為的一件美事啊！

丁翠雲，肯定也會在陽台上有意無意展露一點春色，讓陳東博遐想，欣賞，並承認的！

偏不讓她得逞！一念及此，張曉玉憤憤然了。

名流花園這天的風也很好，同樣的，陽光也很好！

好到很多女人都在陽台上晾曬自己的小私物，乍一看，像內衣展覽似的，只不過，每一個展櫃的品種不一樣而已。

儘管不一樣，但家家的陽台上，女人的三樣東西或不可缺，底褲文胸還有睡衣。

確切點說，這也是跟女人身體接觸最親密的三個夥伴。

原諒我，用了夥伴一詞，有點人為地拔高它們待遇了。

張曉玉一向對這些花花綠綠的小東西不是很上心，連多看一眼她都會覺得不好意思，總覺得有窺人隱私之嫌。

　　怎麼說，那些絲質，棉織的，縷空的，蕾絲的，提花的千嬌百媚的衣物都是女人身體最私密部位的飾品啊！

　　是的，靠了這些精緻的飾品，女人才能各具風情起來，否則你想想看，大街上清一色赤條條的女人，還有什麼美妙可言，還有什麼情趣可言。

　　張曉玉就把車速降到最低，慢慢滑行著在名流花園裡，像一尾悠閒的魚兒。

　　跟魚兒不一樣的是，魚兒悠閒時會從嘴裡吐出一串串的氣泡，張曉玉呢，吐出的是一串串探詢，不用嘴，用目光吐出來的。

　　名流花園裡住的人，一般是上得了檯面的，張曉玉的目光在那些花花綠綠琳琅滿目的內衣中游走半天，她那件夢芬黛爾睡衣卻始終是千呼萬喚不出來。

　　莫非真的猶抱琵琶半遮面來著？這會兒它還在丁翠雲身上？

　　嗯，女為悅己者容！也許丁翠雲正穿了那件睡衣當窗理著雲鬢對鏡貼著花黃來著？

　　那麼，陳東博這會應該幹點什麼合適呢？

　　張曉玉腦海中忍不住展開了豐富的聯想。

　　應該是在洗澡間裡沖洗身體吧，還應該用上了沐浴露，那樣可以有淡淡的沐浴露香沖淡陳東博身上雄性荷爾蒙的味道的。

　　張曉玉天真地以為，所有女人都跟她一樣，不太接受男人身上雄性荷爾蒙的體味，以她的推理，丁翠雲更應該是這樣。

　　丁翠雲是不是這樣的呢，顯然不是！

　　她這會兒，正泡了一杯茶，在陽台上愜意地躺著，眼微眯著，幹什麼呢，聽風，風很好，間或抽一抽鼻子，不是聞花香，是聞陽光的味道。

　　在丁翠雲看來，陽光是有味道的。

丁翠雲身上，的確是穿了一件睡衣的，當然這是丁翠雲的叫法，做學術的女人，一般對身體內部的飾品不怎麼在意，她們在意的是自己身體內部的學識。

　　她的睡衣，說白了，就是做姑娘時穿過的一件淘汰掉的短裙，棉布的成色很舊了，因為舊，穿起來就隨意，估計是長期跟自己身體摩擦，丁翠雲對它因習慣而有了依賴性。總之，丁翠雲對這件所謂的睡衣，是可以用愛不釋手來形容的，再誇張一點來說，都快跟她身體融為一體了。

　　陽光這會兒很熨貼地鑽進丁翠雲的睡衣裡，讓丁翠雲忍不住想站起來伸個懶腰。

　　丁翠雲是個心動就會行動的女人，她就在這個想法裡站起身子來，很大幅度地伸展了一下自己的身體，可以想像得到，這樣的伸展於丁翠雲來說嗎，無疑是幸福的。

　　這麼大幅度伸展的一個幸福，自然讓許多人都看見了，這許多人中，自然就包括張曉玉。

　　張曉玉的車，那會恰好滑到了丁翠雲的樓下，張曉玉目光也恰好吐出一串探詢往上拋，兩下裡無形中作了一次對接。

　　這一對接吧，張曉玉的心裡針刺了一下似地，傷痛了起來。

　　丁翠雲身上，穿的可不就是那件淺紫色的睡衣麼，夢芬黛爾睡衣啊！

　　必須讓丁翠雲，給自己一個說法，一個過硬的說法！張曉玉氣咻咻打開車門，抬起頭，剛要向陽台上的丁翠雲質問呢，可陽台上的丁翠雲，倏忽一下，不見了。

　　哼哼，典型的做賊心虛呢！

　　張曉玉冷笑一聲，再看一下剛才丁翠雲展示自己幸福的陽台，數清了樓層，開始殺氣騰騰往樓上邁步。

書上對張曉玉這種行為有說法，叫宜將剩勇追流寇。

丁翠雲，顯然不是流寇。

她之所以倏忽一下不見了，不是要迴避張曉玉的目光，她甚至都沒看見張曉玉，那個所謂的目光對接，只不過是張曉玉一廂情願的認為。

丁翠雲去是看見了張曉玉的車，當然也是陳東博的車。丁翠雲以為，陳東博是為某個學術方面的問題找自己交流來了。

這樣的先例，不是沒有過。

陳東博一旦遇上學術上的事越不過去了，要找她探討解決時，可不管是不是節假日，也不論是白天還是黑夜，說要來找她就要來的。

估計，這會兒陳東博又遇上難題了，丁翠雲一見到他的車停下來腦子裡就條件反射般聯想到學術問題上來。他們之間，除了學術上有交流外，其餘的交流，幾近為零。

再請注意了，只是幾近為零，並不等於為零。

比如說夢芬黛爾睡衣！出國回來那次久違的巔峰狀態，讓陳東博把這一切都歸功於夢芬黛爾睡衣了。張曉玉還是那個張曉玉，但夢芬黛爾睡衣一上身，得，就纖腰美臀曲線儘管還風情月意半含了。

儘管陳東博只對做學術感興趣，但男人喜歡將女人放在一起比較的本性他還是有的。

所以第二天上班時，陳東博難得地花了兩分多鐘時間來研究丁翠雲的身體，研究的結果是，陳東博破天荒地跟丁翠雲開了句玩笑。

無傷大雅的那種！

陳東博是這麼開的玩笑，他很響亮地喝了一口茶，一般這時候

就意味他有話要說。

丁翠雲就轉過身子，把眼光直射到陳東博臉上，按常例，陳東博的眼光應該跟丁翠雲眼光的對接一下再開口才對的。偏偏這一次，陳東博的眼光自上而下掃描在丁翠雲的身體上，沒跟丁翠雲眼光對接的意思。

眼光沒對接也就罷了，跟著從陳東博嘴裡還冒出一句讓丁翠雲思維一瞬間也對接不上的話來，小丁啊，你的身體可塑性很強呢！

這跟學術研究是風馬牛不相及的事啊！

丁翠雲就有理由發呆發懵甚至發傻了。

陳東博沒理會丁翠雲的發呆發懵甚至發傻，他沉浸在自己的興奮中繼續跟進說，知道麼，女人，只需要一件夢芬黛爾睡衣，就可以具備萬種風情的！

陳東博這麼一跟進，丁翠雲就知道了個大概，陳東博顯然，因為這麼一件什麼夢芬黛爾睡衣，而得到了意外的收穫。問題是，這種收穫，哪好與女人來分享呢，尤其是一個跟自己男人分居了的女人。

是曖昧的提示，還是明顯的挑逗？

丁翠雲這一次的發呆發懵甚至發傻，延續了五分又三十秒之久。

記住，是五分又三十秒，多麼可怕的巧合啊！一本書上曾經說過，哲學家不是法定的，當你想同一件事情超過了五分三十秒時，你就成了哲學家。

一不小心成為了哲學家的丁翠雲，面對陳東博因一件不知所云的夢芬黛爾睡衣所得到的意外收穫而津津樂道，忍不住皺起眉頭十分反感質疑了一句，是麼，一件夢芬黛爾睡衣就讓你有所得了啊，主任您知不知道有所得是低級快樂，有所求才是高級快樂啊。而且吧，主任您作為一個高級知識份子，怎麼會為這種低級快樂而得意

忘形呢？

　　陳東博是他們研究室主任。丁翠雲總算留了面子，沒撕破臉皮，但苔都聽出來了，這質疑明顯是柔裡帶了鋼的，鋼裡絮了刺的！

　　陳東博被丁翠雲這麼一質疑，立馬省醒悟到自己有點過了，怎麼可以把幸福建立在別人的痛苦上呢，多不人道的事兒啊！

　　是自己的疏忽！

　　不過，那件夢芬黛爾睡衣，確實能讓女人生出萬種風情的！陳東博在深度挖掘了自己內心的不人道因素後，十分誠懇地補了這麼一句。

　　他依稀聽說，丁翠雲丈夫之所以跟她分居，就是嫌丁翠雲是個不解風情的女人。可能吧，女人做學術久了，在房事上也過於程式化了。

　　應該怎麼補償自己給丁翠雲無意間帶來的傷害呢？事後，陳東博對著一身職業套裝的丁翠雲陷入了沉思，丁翠雲是那種把套裝都能穿得體的女人，看不出她有隆起的小腹，更看不出她有下垂的乳房，也看不出她有並不翹挺的臀部。這樣一個女人，如果有一件夢芬黛爾睡衣上身的話，什麼概念？用丰姿綽約也不為過的！

　　丁翠雲是在張曉玉急促砸響的敲門聲中，倉促換下的睡衣，她一向，在陳東博面前，都是以乾淨俐落的形象出現的，居家也不能例外。

　　急促就急促吧，能有多大的事呢！丁翠雲一向不待見陳東博把做學問看成天下一等一的大事。所以，她採取了好以整暇的態度，洗了臉，又梳了頭髮，本來還想打一點唇膏的，打了一半又覺得沒必要，找出面巾紙邊擦嘴唇邊去開了防盜門。

　　防盜門沒開，她的聲音卻先遞了出來，陳東博你乾脆扒了我家的門行不，砸什麼砸，因為惱火自己的幸福被打斷，丁翠雲就第一

次直呼了主任的大名。

呼完了，人卻傻了，門外站著的是陳東博的妻子張曉玉。

扒你這門？我可沒那個興趣，張曉玉冷笑著接了上來，我只想扒下你的睡衣！

張曉玉是這麼盤算的，只要丁翠雲一開門，她就直接撲了上去，三兩下扒下那件淡紫色的夢芬黛爾睡衣，然後甩給丁翠雲一記耳光，再接著呢，當著她的面，把那件睡衣套在自己身上，然後挽了陳東博的胳膊揚長而去。前提是，如果陳東博在張曉玉家的話，不在也不要緊，她會打電話要陳東博一定前來這麼做，把場面做得足足的。

你丁翠雲能怎麼樣，穿了夢芬黛爾睡衣又能怎麼樣，具備了萬種風情又能怎麼樣，充其量只不過是陳東博的練愛對象，連戀愛對象都算不上。

自己，可是陳東博的法定的做愛對象！

呵呵，多大快心意的事兒，光想一想，就能令自己豪情萬丈激情飛揚的。

張曉玉就在飛揚的激情中去扒丁翠雲的睡衣，孰料，人家丁翠雲早有防範意識似的，一身正裝迎的她，睡衣呢？張曉玉下意識地迸出這麼一句話來。

丁翠雲有點懵了，這張曉玉怎麼回事，一來就跟自己的睡衣較上了勁，是寒磣自己吧，肯定是！

不就是陳東博出國給你從威尼斯帶了件夢芬黛爾睡衣麼？有必要男人賣弄了不算，女人還當面上門炫耀！

僅僅是因為自己質疑了那句，有所得是低級快樂，有所求是高級快樂，這張曉玉就興師問罪尋上門來了？丁翠雲的推理一向跟做學術一樣嚴謹，這麼一推理吧，丁翠雲的幸福被無故打斷的委屈一

下子躥出心頭，睡衣？你當天下女人都像你張曉玉，要依賴一件睡衣來提高男人的情欲？

這話，是暗藏殺傷力的，言下之意不言而喻，陳東博對你張曉玉的身體早沒了興趣，是那件夢芬黛爾睡衣撩撥了他的情欲，到底是做學術的人，話裡智慧含量就是高。

張曉玉不去分析這話裡的殺傷力，也無暇品味這話的智慧含量，她琢磨的是另外一件事，那件夢芬黛爾睡衣，一定就在丁翠雲這裡。不然她何以知道陳東博要依賴一件夢芬黛爾睡衣來提高情欲，這個分析讓她心裡無端地有點惶恐，陳東博跟丁翠雲一定也在這件夢芬黛爾睡衣的撩撥下迷醉過，達到巔峰過。

我的夢芬黛爾睡衣啊！張曉玉在喉嚨裡低吼一聲，不管不顧衝了進屋，開始滿屋子尋找那件夢芬黛爾睡衣。

她是，志在必得了！

其實，丁翠雲那件剛換下的睡衣，就擱在臥室床上，丁翠雲還沒來得及收起來。睡衣是淺紫色的，很打眼，但卻不是張曉玉要找的那件。一無所獲的張曉玉這會滿臉狐疑地停下漫無目的的尋找，眼睛開始金屬探測儀一樣掃描丁翠雲的身體。

丁翠雲被張曉玉的眼神掃描得毛骨悚然的，她感到那眼神像長了勾子，正一件件扒她的衣服，丁翠雲忍不住下意識地抱住了自己的膀子。

這一抱事小，傳遞給張曉玉的卻是這樣一個訊息，那件夢芬黛爾睡衣丁翠雲一定不捨得脫，貼身穿在套裝裡了。

哼哼，我還偏就要給你扒下來！張曉玉心裡這麼盤算著，人也一步步逼了上前。丁翠雲不明就裡，只好一步步往後退。

兩人就這麼著，亦步亦趨地，直到張曉玉這麼著把丁翠雲逼到臥室裡。

張曉玉冷不防就動了手，猝不及防地去扯丁翠雲的衣服。

臥室太小，丁翠雲見躲不過去，被動地開始還擊，她也奮力去撕張曉玉的衣服。女人在情急之下都一樣的想法，你讓我痛苦，我就讓你難受。

想扒光我衣服侮辱我是吧，那我也讓你赤裸裸羞上一通，存著一樣心思的兩個人因為扒得很投入，誰也沒注意到從沒關嚴實的防盜門外走進一個人來。

一個男人。一個拎著兩件同樣款式睡衣的男人。

這個男人，無疑是陳東博。

他手裡的兩件睡衣，一件是他從威尼斯帶回來的夢芬黛爾睡衣，一件是仿冒這件睡衣選的料，配的花邊，整個就一夢芬黛爾睡衣的再版。

陳東博的用心是良苦的，為了彌補自己無意間給丁翠雲帶來的傷害，他才自作主張拿了家裡那件夢芬黛爾睡衣去訂做了一件可以亂真的仿製品，以便讓丁翠雲的身體可塑性很強，喚回男人的久違的激情。

只是讓他意外的是，丁翠雲會和張曉玉兩人同時一絲不掛的在裡面候著他，而且還纏雜不清的低吼著什麼睡衣睡衣。

好像知道他要送睡衣來似的。

這也，太低級了吧！陳東博口氣像結了冰，沒有半點表情地拋下兩件睡衣說，你們女人啊，非得依賴一件睡衣來撩撥男人的情欲麼？

你們女人？張曉玉和丁翠雲互相對望一眼，在陳東博眼裡，她們居然等同於大街上賣弄風情月意的風塵女子了？奇恥大辱呢，這是。

看著陳東博眉頭顯山露水的不屑，兩人不約而同地癱了下去，

這不屑是惡毒的，屬於老實人的漫不經心的那種惡毒。

忠厚老實人的惡毒，像飯裡面的砂子，或者魚肉裡面未剔離乾淨的骨刺，會給人一種不期待的傷痛！這話是誰說的呢？誰說的都不重要了。

重要的是張曉玉也好，丁翠雲也好，對這兩件突如其來的睡衣冷不丁地都深惡痛絕起來。

陽光刺眼

陽光很刺眼！

這是陳銀大流落到柳城街頭的第一眼感覺。

說流落有點誇張，陳銀大只不過是將腳從車上踏到柳城街頭上而已。但若干年以後，陳銀大偶爾能靜下心來回想時，這第一眼的感覺，還就是他流落的開始。

或者叫他人生的分水嶺也對。

不贅言吧，還是回過頭來說陽光。

那應該是他人生道路上第二大感覺，第一大感覺是什麼呢？是刺鼻的奶香，呵呵，這也是很多人的第一大感覺。

這兩樣感覺，讓陳銀大在若干年後，我說的若干年是他把屬於自己人生的光陰咀嚼得差不多了時，忍不住放任自己痛哭了一場，一個男人，哭得稀裡嘩啦的時候並不多見。

奇怪的是，打那一場痛哭之後，陽光再也沒刺激過他的眼睛，奶香再也沒有刺激過他的鼻子，好像這兩樣東西，功能都退化了似的，其實退化的是陳銀大的眼耳鼻的功能，書面語說那叫失聰。

失聰之前，陳銀大可是以機靈出名的，那是眨眼動眉毛的機靈，同樣機靈的，是他的媳婦李滿芝。當然，李滿芝的機靈更多時得益於陳銀大的言傳身教，近朱者赤近墨者黑，從這點上我們可以相信，古訓大都是經得起考證的。

兩人是一同走上柳城的街頭。

他們到柳城，不是為了謀生，是為了見世面，這點上來說，他

們小倆口跟其他來柳成的外地人是有明顯差異的。

柳城，是這個北方大省的小深圳呢！

既然都傍上深圳的名字了，其繁華程度自然是不用質疑的了。

李滿芝就站在滿柳城的繁華程度中傻了眼，她的那點淺顯的機靈勁兒，在柳城這種繁華面前顯不出半點底氣來。

因為缺乏底氣，李滿芝就犯了一個致命的錯誤，一個是女人都容易犯的錯誤。她像那些老式電影鏡頭裡常出現的第一次進城鄉下女人那樣，死死拽住了陳銀大的胳膊，亦步亦趨的，不知道的，還以為他們是連體人呢！

這情景，但凡腦筋沒被漿糊塞滿的人都曉得，他們是一對鄉巴佬。

果然，就有人眼前一亮，大搖大擺走了上來同他們打招呼說，老鄉，找事做嗎？

陳銀大一把扒拉掉李滿芝的手，仰頭，眯一下眼，這一眯讓他看起來跟李滿芝有了很大的區別，帶有城裡人常有的那種不屑。

那個大搖大擺的男人怔了一下，就一下，不趾高氣揚了，口氣委婉了許多，兄弟來柳城，做啥呢？

陳銀大這才漫不經心打量一下男人，從鼻子裡衝出一股氣體來，在柳城，有啥不能做呢？

這話回得很有策略，一不至於被動，二不會顯得沒見過世面，李滿芝對陳銀大這個無懈可擊的回答是充滿了崇敬的，她忍不住就牽了一下陳銀大的手，孰料，漫不經心的陳銀大手裡全是汗水。

他原來，也和自己一樣緊張的！那是鄉下人對城裡人固有的敬畏。

李滿芝偷眼看了一下陳銀大，陳銀大顯然是有了感應，臉上就莫名其妙地紅了起來。

男人似乎被陳銀大的漫不經心給震住了，十分友好地伸出了手，兄弟有氣魄啊，要說在柳城，有啥不能做的我還真替兄弟想不出來！

陳銀大受了恭維，臉上有了得色，伸出手去象徵性跟男人碰了碰。

男人碰了陳銀大的手，又碰一下自己胸脯，男人說，我叫陳奇大，在柳城，有用得著兄弟的，只管吱個聲！

什麼？你叫陳奇大？李滿芝用眼光指一指男人，回頭再指一下陳銀大，呵呵呵地樂了起來。李滿芝人樣子長得好看，這一笑吧，雖然說是跟書上說的花枝亂顫有點距離，卻也是胸脯亂顫了。

男人的眼光在李滿芝胸脯彈了幾下，彈回到陳銀大臉上，一臉的疑惑，問陳銀大，她笑個啥呢？

陳銀大自然知道李滿芝笑啥，她笑自己和那個男人的名字只一字之差呢！

在陳銀大老家，只有親兄弟才有這種可能的，陳銀大就如實告訴了陳奇大。

陳奇大流露出一臉的欣喜來，說我叫奇大叫了半輩子了，還第一次遇見這麼奇的大事！啥叫親兄弟才有這種可能，咱們這叫落地為兄弟，何必骨肉親！

陳銀大就看腳下的地，地是水泥路面，亮得很，亮是因為頭頂的陽光很刺眼，陳銀大在刺眼的陽光下衝李滿芝說，找個地方歇腳去吧！

找什麼找？陳奇大有點生氣了，都是兄弟了，只管跟我走，還少得了你們吃的喝的？

那多不方便！陳銀大嘴裡這麼說，心裡卻盤算著，真能白吃白喝搭幫著認這麼一個兄弟，還是值得的，自己兩個大人，還怕拐了

賣了不成？

瞧得起兄弟就是方便，瞧不起兄弟我也不勉強！那男人嘴巴一撇，來了個欲擒故縱。

李滿芝的機靈一般是順著陳銀大發揮的，她這會兒就不失時機插了一下嘴，銀大啊，依我說，這一筆寫不出兩個陳字，一溝流不出兩股水來，你要真見兄弟的外，就不近人情了呢！

男人果然就做出生分的樣子衝陳銀大說，要說兄弟啊，不是我說你，見識還不如弟妹子！

李滿芝得了誇獎，眼睛一下子亮晶晶的，亮得直刺陳銀大的眼睛。

陳銀大怔了一下，下意識地抬頭看了一下柳城上空的陽光，這兩種光都刺人，不同的是，天空的陽光刺的是他身體，李滿芝的目光刺的是他內心。

陳銀大的內心受到了無聲的警告，李滿芝的旁白響起來，別豎起尾巴裝大灰狼了，人家真扭頭走了，在柳城咱們可是舉目無親的！

一念及此，陳銀大就衝這個不舉目就親上了的兄弟點了頭說，那就恭敬不如從命了！

從命的結果是，他們倆口子誤入了傳銷的陷阱，陳奇大是傳銷隊伍裡的老油條一個。

天底下就沒有免費的午餐！事後陳銀大這麼埋怨李滿芝，你說，到哪兒弄三萬塊錢來上線？

李滿芝說你怕啥，反正咱們兩個人在一起，沒錢上線就不上線唄，你兄弟不是管咱們吃喝來著？

這也好意思叫吃喝？陳銀大說你別忘了，咱們到柳城是幹什麼來的！

當然是長見識來的啊！李滿芝白一下眼，咱們這不是，長了見識麼？

這也叫見識？陳銀大哂了一下。

咋不叫？信不信明天我出門，照樣套上一個人進來？李滿芝挺一下胸脯，自負地說。

天天蘿蔔白菜，頓頓寡油少鹽的日子讓陳銀大對李滿芝的胸脯已失去了興趣，老祖宗說了的，飽了暖了才思淫欲的。

陳銀大這會兒，忍不住恨上了陳奇大。

陳奇大是他的上線，陳奇大同時是很多人的上線，他的日子是既飽了又暖了，簡直飽暖得過了頭。

但他卻沒思淫欲，這讓陳銀大或多或少在恨陳奇大的同時，又多了份對他的依賴。

要不，哥哥你帶上滿芝出去？陳銀大的意思是，有李滿芝跟著，陳奇大再套進來的人，上了線好歹也有李滿芝一份不是，古人還曉得見一面分一半的。

陳奇大對陳銀大的這個要求是欣然接受的，多個女人，尤其是李滿芝這種長得比較漂亮又還顯得質樸的鄉下女人，很容易讓心生信賴的，那樣成功的機率就高多了。欣然歸欣然，陳奇大嘴裡卻淡淡地，不怕我拐走你媳婦啊！

這話暗含試探的成分，陳奇大是想知道陳銀大是真放心他帶李滿芝出去呢，還是就嘴那麼一說。

陳銀大心裡明鏡似的，哈哈大笑說，行啊，拐吧，只要能給我拐個下線來！

一個下線三萬！到手的提成也不過三千。

李滿芝不高興了，嘟著嘴罵了一句陳銀大，敢情在你眼裡我就只值三千啊！

　　三千，不少了啊！陳奇大幫陳銀大的腔，顯示出關鍵時刻的兄弟情分來。

　　李滿芝惡狠狠瞪了陳奇大一眼，氣哼哼地出了門。

　　一般落在傳銷窩點的人，弄不出上線的錢是被限制了人身自由的，李滿芝能出門，擔保的責任自然落在陳奇大身上。

　　陳奇大在這個窩點，屬於元老級的人物了，錢也掙了一些，窩點於他，如進自家菜園子門一樣方便，換個人，早就跑了。陳奇大怪就怪在這兒，不僅不跑，反而很熱衷這一行似的。

　　當然說熱衷吧又欠妥當，他雖是元老級的人物，卻又一直在這個組織的核心。

　　這就讓人奇怪於他的行為了，要說陳奇大，也還真有點與眾不同，那就是，他的下線，全是街頭上套來的，沒一個與他沾親帶故的。

　　一般誤入傳銷陷阱的人，都是騙了親戚騙朋友，騙了朋友騙父兄，淨找熟人下手。

　　一句話，陳奇大這人，要琢磨透得費點心思。

　　李滿芝沒打算琢磨透陳奇大，她只是借這個機會出來透透氣，看看柳城！

　　是的，她是來柳城見世面的，問題是，她只來得及見了一眼柳城一座接一座的高樓，和一片嘈雜的車站廣場，就在一頓稀里糊塗的酒飯攛掇下，跟在陳奇大屁股後面直通通鑽進了那個傳銷窩點。

　　其實，也沒什麼不好的！

　　強似於那些一進城就沒頭蒼蠅一樣四處討生活的外鄉人，要受多少人的白眼才能掙到一碗飯吃啊！李滿芝打小因為漂亮，從沒吃過人的白眼，她寧可吃苦也不願受這份委屈。

　　在傳銷窩點，換個被騙進來的，會鬧會吵會嚎，到最後，折騰

得叫天不應叫地不靈的時候就會順從。

在這點上，李滿芝的心思跟陳銀大表現出了驚人的一致，他們，隨遇而安了！

還安之茹素！這讓陳奇大多少有了點不解，主要是對李滿芝的不解。

你們，咋就沒想過要找機會往外跑呢？出了門，走到大街上，陳奇大實在按捺不住心頭的好奇，問了李滿芝這麼一句。

跑，幹麼要跑？我們千辛萬苦到柳城來，容易嗎？李滿芝嘴裡說著，眼裡卻不閑著，四處巡視。見陳奇大沒吭聲，李滿芝又補了一句，我們本來就不是討生活來的！

有為不討生活而到號稱小深圳柳城來的，這讓陳奇大著實嚇了一跳，他先前還提著的心落了下來，這個李滿芝看來是不會借機溜走了。

那你們來柳城是？陳奇大想了想，還是問了出來。

見世面啊！李滿芝隨口答了出來。

可關在傳銷窩點，見不了多少世面的啊！陳奇大撇撇嘴說。

那裡面的事情，就是世面啊！李滿芝笑，笑完還揚了一下頭，不是所有人都有這個經歷的！

呵呵呵！陳奇大被李滿芝的一本正經搞得捧腹大笑起來。

李滿芝不笑，說我這叫知天命，你不明白的！

知天命？那是五十歲人的事呢！陳奇大搖一下頭，不說話了，往前走。

李滿芝走了幾步，滿腹狐疑說，這不對啊，車站廣場好像不在這個方向。

我說了非去車站廣場嗎？陳奇大回過頭笑，怎麼，還想重溫一把我請你們吃飯的場景啊！

小氣！李滿芝撅起嘴巴來，一頓飯而已，還念念不忘，多大個施捨啊！

小氣？陳奇大轉過身子，大有深意看一眼李滿芝，那麼我就讓你看看小氣鬼今天是怎麼大施捨的

陳奇大是真的要大施捨一回，他居然請李滿芝去了西餐廳。

李滿芝卻沒吃得滿口生津來。

她實在想不透，牛排為什麼還有血絲，那些生菜為什麼就直接夾進了麵包片裡，在鍋裡走一下也行啊！

想不透不要緊，可以多想幾下，可以在想的過程中還可以多看幾眼，李滿芝一多看吧，看出門道來，來這兒吃飯的，差不多都是穿戴得體的男女，一對一對的。

自己的穿戴，土了！時髦的說法，叫不合諧。

好在陳奇大對她的呵護是合諧的，這讓不知情的人看起來，會誤以為他們是一對。

那一天，他們沒套到人。

陳奇大沒套人的打算，他只想套住李滿芝的心。吃了西餐，陳奇大還帶著李滿芝逛了公園，逛了商場。

只是很單純的逛，逛得李滿芝的眼睛不夠用了，腦袋也不夠用了，柳城到底是柳城，那個窩在柳城的傳銷窩點算什麼呢？柳城的一粒頭皮屑都算不上，她居然，把那裡也當成了一種世面。

多麼恥辱的事啊！

不行，我得找下線！回來的路上，李滿芝在肚子裡暗暗發誓。

陳奇大似乎聽到了她肚子裡發的誓，衝李滿芝莫名其妙說了一句，就這點追求？

啥叫就這點追求？李滿芝不滿了，怕我搶了你的財源？

呵呵，蠅頭小利而已，好意思叫財源！陳奇大笑，笑完詭譎地

衝李滿芝笑，以弟妹的自身資源，可以找到更大的財源！

自身資源？李滿芝滿臉狐疑低下頭，在自己身上掃描一遍，她看不出自身有什麼資源。

她身上有的，別的女人都有啊！

確切來說，是柳城的女人身上都有，而且，柳城女人身上要比她細膩，白嫩，光滑。

但她忘了一點，她的身體，比許多柳城女人健康！

只不過，作為女人，她忽視了自己的健康，她更嚮往於，柳城女人那種病態的美。

柳城女人的美，在這兒有必要囉嗦一句，是病態十足的，很多人，瘦得屁股都只剩一個轉捩點了，卻還樂此不疲地瘦下去。光瘦還不要緊，柳城女人還不約而同的不願意奶孩子，說是會影響自己身材。

陳奇大在柳城待久了，知道柳城人眼下最缺的是奶娘，這年月，人們談奶色變，很多家境好的，都把眼光轉移到鄉下剛生了孩子的女人身上。

李滿芝不是剛生完孩子的女人，她的孩子，已經半歲了，李滿芝這次到柳城，除了見世面，還有一個目的，那就是給孩子隔奶。

在鄉下，孩子半歲才隔奶的很不正常，一般也是在八個月以上，有那賴皮點的孩子，吃奶吃到一歲的都不新鮮。

陳奇大之所以肯收不到他們倆口子上線的錢還管吃管喝供著他們，就是聞見了李滿芝身上的奶香。

六個月隔奶，於李滿芝也是一種煎熬，沒孩子吃，奶又一時回不去，她只好動手擠，擠完了倒掉。每次倒之前她都會噴噴歎息說，可惜了！可惜了！

陳銀大不覺得可惜，他不習慣帶奶腥味的香氣。而且吧，李滿

芝的乳房被乳汁那麼鼓漲著，動不動就濕了胸脯，讓他很是覺得繁瑣。手偶爾癢了上去攥一把吧，弄得粘糊糊的。

人，是繁瑣不得的，一繁瑣就容易起脾氣，為這，陳銀大已經甩了幾回臉了，好在，是在別人的窩點裡。陳銀大甩歸甩，卻不敢拉下臉來發作。

人家不發他的作已是萬幸了。

這不是危言聳聽，他也親眼看過有人因反抗逃跑而被抓住打得鬼哭狼嚎。

陳銀大的機靈勁就在這兒，好漢還不吃眼前虧呢，何況他陳銀大還不是好漢。

不是好漢的陳銀大早上故意說李滿芝在自己眼裡也就值個三千，說到底也是激李滿芝一下，李滿芝這人，經不得激，一激就會跟你對著來。

對著來的結果會怎樣呢，你說她只值三千元，她就非得掙個六千元，甚至更多。

兩手空空的李滿芝一聽說自身有資源，自然不願放過，她掃描一遍不見端睨，忍不住就攥了陳奇大的手說，大哥你咋只說半頭話，我的資源在哪兒呢？

這是你問的啊！陳奇大賣一下關子，不是我非要說的！

算我逼你說的，行麼？李滿芝央求。

呵呵，陳奇大就拿手指了指李滿芝的胸脯。

李滿芝胸脯上有什麼呢？兩團被乳汁洇透了的濕塊清晰可見。

要死啊你，耍流氓也不看看地方！李滿芝羞紅了臉，她以為陳奇大尋她開心呢！

誰要流氓了，我指的是你身體裡面，不是衣服外面！陳奇大被李滿芝罵了流氓，就有點口不擇言了，委實來講，陳奇大這人一點

也不流氓。

裡面，還身體裡面！李滿芝佯裝揚起雙手，要去抓陳奇大的臉。

陳奇大一邊作勢護自己的臉，一邊喊了起來，乳汁，你的資源是你身體裡面的乳汁，我怎麼要流氓了？

乳汁，資源！李滿芝到底機靈，立馬就聯想到電視上的毒奶粉事件來，你是說，乳汁也能賣錢？

當然啊，還是大價錢！陳奇大故意把表情做得很誇張，誇張得一雙眼睛肆無忌憚地盯著李滿芝的乳房，似乎那是兩座金山。

別說，那還就是兩座金山，只是還沒被開發而已。眼下，陳奇大應該最先擁有了開採權，李滿芝在柳城純粹是兩眼一抹黑，再大價錢的乳汁，也得有買家不成？

古人還曉得學成文武藝，賣與帝王家呢！李滿芝在這點上，絕不會輸給古人。

晚上，吃了蘿蔔白菜飯後，李滿芝破天荒地沒有去擠乳汁，她只隔著衣服用掌心輕輕揉了揉，脹就脹吧，多蓄一點奶水，就是多存一筆錢呢！

陳銀大被李滿芝揉出的奶香弄得心裡無名火直往上躥，說，嘖嘖，還敝帚自珍上了啊！

切！李滿芝白一眼陳銀大，虧你還在柳城待了幾天，咋見識一點沒長呢！

李滿芝第一次用這種居高臨下的口氣跟自己說話，讓陳銀大很是吃了一驚，什麼見識，你說！他有點不服氣。

李滿芝驕傲地挺一下胸脯，這裡面有資源呢！

資源？陳銀大不以為然撇一下嘴，你以為你那胸脯城裡人會看得上？

瞧你，天生就下三濫的想法！李滿芝使勁抽一下鼻子，咋三句

話不離本行，只能想到男女之間那點破事呢，要學會用發展的眼光看問題。

陳銀大的眼光自然發展不了，李滿芝沒弄回下線，他的眼光就只能盯住眼前了，陳奇大他是不是故意的啊，滿芝你說說看！

故意什麼？李滿芝被他這沒頭沒腦的一問弄了個雲裡霧裡。

他故意套不來下線啊！陳銀大分析說，一準怕你從中分了成，他有理由這麼猜測，也是的，像他們這麼機靈的倆口子都上了他陳奇大的套，怎麼可能帶了幫手出門還勞而無功呢！

李滿芝知道這勞而無功個中原委，但她懶得解釋，她還指望明天靠著陳奇大把乳汁變成錢呢！背後說人長短似乎不夠地道。她就冷哼了一聲，瞧你這點出息，就不知道釣大魚還要放長線呢！

長線，大魚，對陳銀大來說，似乎有點遙不可及了，他已經幾天沒跟大魚大肉見過面了，特想念，親人不在身旁的那種想念。

因而對於身邊的李滿芝，他是長線短線都沒多放一眼，他直接把視線落實到了枕頭上，呼呼進了夢鄉。

李滿芝沒能睡好，一個是生理上的原因，那些源源不斷往乳頭擠的乳汁脹得她乳房發疼，發燙，還有一個原因是心理上的，她不停地琢磨著，明天，將會有個什麼樣的孩子來吃她的乳汁呢！

那一刻，她的心裡充滿了母性的溫暖，在這溫暖裡她甚至做了一個很短暫的夢，夢見兒子一隻小手使勁攥著她的乳房，她的兒子吃奶時很貪婪，嘴裡含著一隻乳房還不算，另一隻手非得攥住另一個，生怕別人搶吃了一口似的。

眼下，真有人來搶吃了！李滿芝在夢裡使勁去掰兒子攥住自己乳房的那只小手，孰料，卻把自己掰醒了。

哪有兒子的影呢？分明是陳銀大半夢半醒中把手探向了自己乳房，這一掰吧，把陳銀大也給整醒了。

一手粘糊糊的乳汁讓陳銀大很是敗興，他使勁在被單上蹭了蹭，轉過身子，頭一蒙，又呼呼大睡過去。

蹭吧！哼哼，有你蹭不著的日子！李滿芝迷迷糊糊也睡了過去。

再次走出傳銷窩點時，陳銀大不冷不熱在李滿芝身後給了一句，機靈點，別又跑一趟空。

跑空？哼哼！李滿芝揉一下自己鼓鼓的乳房，當然要把這兒跑空了才算數。

陳奇大這一次沒多話，一出門，直接招了輛的士，然後遞給司機一個位址。

你怎麼不說話呢？李滿芝有點好奇。

昨晚為了你，我都說一夜了！陳奇大笑一下，李滿芝這才發現，他的嘴唇有點發乾，不然，哪有這麼順當？

陳奇大的順當是在計程車停了之後說出口的，那是一座豪華的別墅門前，陳奇大按了門鈴，一個大腹便便的男人出現了，上上下下打量了幾遍李滿芝又特意把眼光盯在了李滿芝胸前，李滿芝很不好意思地縮了一下胸，那兒，又被洇濕了兩團。

男人打了個手勢，意思讓他們進去。

一個月五千，怎麼樣，剛一落座，男人就開了口。

五千，李滿芝瞪圓了雙眼，乖乖，自己身上還真埋了兩座金山呢！

這個價位，讓陳滿芝看陳奇大時，眸子裡有了深深的感激，陳奇大不需要這種感覺，他有仲介費可拿，在柳城剛興起的奶媽市場裡，他做得風生水起的。

陳奇大走了，李滿芝被奶脹得難受，她羞澀地看一眼男人，說，孩子呢，讓我去給他餵奶！

孩子？那男人一怔，陳奇大沒給你交待清楚嗎？

李滿芝心說，做奶媽這事，女人比男人在行，需要陳奇大交待個啥呢？面對男人的問話，她輕輕搖了下頭。

男人撓了一下頭，臉紅了一下，是這樣的，不是孩子吃奶，是我吃！

啊？李滿芝嚇得一雙手緊緊捂住了自己雙乳。

男人笑笑，說，你別那麼緊張！

李滿芝見男人並無惡意，心裡放鬆下來，她扭一下頭，見四顧無人，忍不住問道，你這麼大人了，還吃人奶？

男人哈哈大笑起來，似乎笑這話的幼稚，笑完男人說，你知道在我們柳城，超級富翁的標誌是什麼嗎？

李滿芝想起電視上那些富翁的排場來，就吞吞吐吐回答說，豪華轎車！

男人搖搖頭，說NO。

那，是私人遊艇？李滿芝想起港台片中的情節來。

男人又搖搖頭，說OUT了！

莫非，是豪華鑽戒？見兩次都被否定，李滿芝腦子裡又浮上泰坦尼克號上的那顆海洋之星鑽戒來。

男人不說NO也不說OUT了，他指一指李滿芝的兩個乳房，輕描淡寫地說，擁有一個人體奶瓶！

李滿芝儘管有了思想準備，但還是覺得不可思議，人體奶瓶？

是的，男人翹起二郎腿來，因為人奶中含有大量的人體必需的氨基酸和維生素，而且還有多種至今不為人知的活性因數，它不但可以強身健體，而且更能延年益壽，不光男人喜歡，連女人也喜歡的，男人喜歡是因為它能補精旺血，女人喜歡是因為它能美容養顏。

真長見識了，李滿芝聽完，忍不住接上一句話來，看來什麼東

西都一個道理，有需求就有市場！

男人知道李滿芝接受了這個市場，男人就說，這飲用方式嗎，分兩種，一是直接飲用，一是間接飲用，直接飲用，我會另外加錢的！

李滿芝選擇了直接飲用，那是因為她看出來，男人根本對她的身體沒興趣，既然能多掙一筆錢，何樂而不為呢，間接飲用，豈不是多了一道麻煩事。

事情是在飲用的過程中起的！

李滿芝打從和陳銀大踏上柳城的土地，兩人就沒正經親熱過一回，這會兒在男人的吮吸下，她的身體竟沒來由地起了反應。

反應的結果是，她主動糾纏起男人來。

男人到底沒有拒絕。

事後，男人扔出一遝錢說，記住了，你只是我的人體奶瓶！

李滿芝只拿了屬於自己的那份錢，多餘的她沒有要。

男人很奇怪，說你不是為了錢嗎？

李滿芝搖搖頭，說，我是為了證明自己是個見了世面的女人。

李滿芝見的世面到底多了起來，男人給她又介紹了幾個富翁，這些人，把吃奶只是當作一種身份標誌，每天的需求量並不很大。

李滿芝開始穿梭於柳城的高級別墅，那個傳銷窩點，她已經很少回去了，偶爾回去，也是丟下一筆錢就走。

陳銀大很快有了上線的錢，在他獲得自由的那天，李滿芝請他吃了一頓飯，完了塞給他一筆錢，說，你回老家去吧，柳城這地方，不適合你！

陳銀大當時正據案大嚼一個雞大腿，他含糊不清回了李滿芝一句，柳城咋不適合我了？

李滿芝抬頭望一眼陳銀大，低頭看一眼自己胸脯說，柳城的陽

光很刺眼的！你曉得嗎？說完這話，李滿芝站起身子往外就走，走不幾步，撂下一句話來，那錢，剛好三萬，你點點！

陳銀大停止了嚼雞大腿，果然伸手撈起那筆錢點了起來。

那錢上有很多奶汁印兒，但陳銀大硬是沒嗅出一絲刺鼻的奶香來。

請我喝茶吧

于大志走著走著，手機鈴聲又響了。

是短信提示！

該死的垃圾短信，該死的天氣預報！

于大志惡狠狠掏出手機，調出短信，開始一個個地刪除，刪著刪著，短信鈴聲又響了。

這個號碼，剛才于大志已經刪過一次，垃圾短信也這麼執著，實在是想不到啊！

于大志的手指就停下來，他一向都不是一個怎麼執著的人，一條一條刪除短信讓他失去了耐心，乾脆來個全部刪除，管他有用的還是無用的短信啊，統統來個一鍵消失。

像是阻止他這念頭似的，又一個短信提示鈴聲響了起來，很及時！

號碼，還是先前的那一個。

于大志忽然來了興趣，他得看一看，是誰這麼執著得不近人情。

調開短信，居然不是賣車辦證開業天氣預報之類的那種短信，匪夷所思的五個字——請我喝茶吧！

于大志心裡，忍不住慶幸了一下，是個女人發來的，他敢肯定！

男人要是發，就不會說請我喝茶吧，多數是請我喝酒吧！

認識于大志的人都曉得，于大志愛酒，貪杯不貪女人的那種愛，這應該是于大志身上難得的一點優秀品質了。

這年月，美酒一向是伴著美女比肩而立並行於世間的。

于大志之所以慶幸，不是他這會兒有多麼想女人，而是吧，他渴望有個女人讓他醒一醒神。

于大志，已經有日子沒喝酒了。

一個男人，除了煙酒能醒神之外，最有效的醒神方式，還是女人。

于大志歪著頭，默誦了幾遍那串字，很陌生，通過這串字，他嗅到的是一個陌生女人的氣息。

幹嗎非得喝茶呢？幹嗎非得我請呢？他想了想，回過去這麼一句短信。

那邊卻答非所問，傳過來這麼一則短信，我只喝最便宜的菊花茶！

這是一個比較好打發的女人，從這句短信透露出的資訊讓于大志又在心裡慶幸了一回。

人家的要求很低，引用張愛玲同志的話來說，都快低到塵埃裡了，而且還不打算開出花來。

不請上人家一杯菊花茶，似乎很不人道呢！

于大志就抬起頭，望一眼天空。

天空很高遠，但再高遠，也高遠不過人心。

心比天高說的就是沈小翠這種女人，可誰都知道，這種人到頭來都落了個命如紙薄的結局。

你一定猜出了，沈小翠就是給于大志發短信的那個女人。

她這會兒就在天然居茶樓下面電梯房那發著呆。

客上天然居，居然天上客！

沈小翠不是第一次在這兒發呆了，她在天然居茶樓的電梯房那有個小櫃檯，不到兩米寬的樣子。賣香煙，飲料和一些袋裝食品，很典型的小本生意，見縫插針的那種，收入雖然不高，但能養活自

己，節省點的話，還可以多養活一個人。

眼下，沈小翠還沒有多的一個人要養活，她還沒有孩子。沒孩子並不等於沒結婚，沈小翠和丈夫，目前都是自己養活自己。

看起來，很獨立！

其實，一個女人，怎麼可能獨立呢？獨立這詞，忽悠一下不諳世事的女孩子還可以，一旦進入婚姻再嚷嚷獨立的話，就很可笑了，用滑天下之大稽來形容都不為過的。

沈小翠顯然不想做這麼個可笑的女人，天下那麼多的女人，幹麼非得由她為滑天下之大稽的的女人代言呢？不公平啊！

從在天然居茶樓的電梯房擺小攤位開始，沈小翠就忘記了從前的歲月，也就是婚前的日子。

從前都有啥呢？她經常翻撿著抽屜裡的鈔票這麼很努力地追憶從前，結果是，一抽屜的零鈔被她一張張抹得平展展的了，從前的點點滴滴卻沒有平平展展從她的大腦思維中抹出來。

那裡面，一定生銹了！

生銹，很危險的一個信號！沈小翠怔了一下，回轉身，身後有一面不大的鏡子。

可別小看了這面鏡子，它有兩個功能是不容忽視的。第一自然是為沈小翠梳妝打扮用的，當然，這是一個假設，女為悅己者容，沈小翠眼下沒人來悅，丈夫在另一家茶樓下的電梯房擺攤，抽不出空來悅她。鏡子的另一個功能就凸現出來，是的，可以防止有人順手牽羊攜走櫃檯上的樣品貨物。

有時候，沈小翠背過身子從箱子裡拿東西時，只要眼角一掃，就能從鏡子裡把身後的一切看得一清二楚的，相當於背後長了雙眼睛。

發著呆的沈小翠就從這面空空如也的鏡子裡看出一個淡淡的人

影來。

那個淡淡人影的主人，是于大志。

是幾天前的事了！那天沈小翠正對著鏡子發呆來著，是的，屬於發呆進行時，因為鏡子裡的她身子懶懶地，眼神空空的，一副無關風月的模樣。

偏偏，一個男人的身影撞進了鏡子裡面，乍一看，像是沈小翠偎在于大志的懷裡，這，就有點關風月了。

于大志有點急，就忽視了沈小翠光潔的後頸，以及盤在腦後烏黑的頭髮，見沈小翠發呆，他使勁拍了一下櫃檯。這一響，令沈小翠驀地回過神來，很自然地順著于大志的手指方向看。一般上茶樓的顧客都是這德性，買什麼東西就指哪兒，好像言語比手中的鈔票更金貴。

就算沉默是金，也不至於金貴得連哼一聲都不屑吧！這種無聲的指指點點讓沈小翠很是惱怒。

分明是無視她的存在嗎，分明是沒拿她當人嗎，一個女人，尤其是像沈小翠這種心比天高的女人，是不能容忍別人的無視的。

但這一回，沈小翠傻了眼，她的眼光順著那個男人的手指方向指引著停下來的地方，居然是在自己的胸脯上。

沈小翠潛意識地，把胸脯往裡縮了一下，她的胸脯比較飽滿。

那個，借我用用！男人不沉默了，開了金口。

流氓！沈小翠在心裡罵了一句，罵完居然很暢快，她已經很久，沒被男人這麼赤裸裸地流氓過了。

確切點說，她只被自己丈夫張成伍流氓過。

可丈夫流氓過之後呢，就沒了下文。

這個下文，沈小翠是有所期待的，那就是生活的激情，比如說花前月下的漫步，月白風清中挽手，小橋流水邊依偎，沒有，都沒

有！連做那個事都安排了固家的時間和固家的地點。

狗日的固定！

沈小翠有點後悔自己戀愛的草率和婚後的輕率了。要不草率和輕率，她能一直把自己的身體固定在這個電梯房邊的攤點上嗎？她完全跟那些上樓喝茶的女人樣，可以把自己打扮得花枝招展地，盡情地享受著男人們的殷勤呵護，矜持地站在電梯前，等男人上前為自己摁下電鈕，然後笑吟吟地邁步進去，一任男人們在身後亦步亦趨跟著——至於後面還會發生什麼，沈小翠聯想不出了，在她的視線被局限了，電梯門關閉後發生的一切她都無從知曉。

但有一點她可以肯定。

那些男人會為女人點上一杯茶的。

哪怕是最便宜的菊花茶。

想起來都心疼呢，最便宜的菊花茶她都沒喝過，沈小翠的喝過，是指被別人請了上去，帶著自己被男人寵被男人品的那種喝。

那應該，是一杯可以讓一個女人身心滋潤的一杯茶。

這個指著自己胸脯的男人，顯然不是要請自己喝茶的，這點上沈小翠再明白不過，因為他眉眼裡沒有殷勤之意，更別指望他行動上有呵護之舉了。

他的口氣帶有不可抗拒的命令。

這是一個得體，光鮮，大氣的男人，跟她是兩個世界的人。

沈小翠的胸脯還沒完全縮回去呢，男人的手冷不防就探了過來，沈小翠嚇一跳，你幹啥呢？雖然被流氓讓她心裡暢快，但她畢竟不是可以隨便輕薄的女人。眾目睽睽之下，總算她可以隨便輕薄也得有所顧忌吧。

手機！男人突然追加了兩個字！

沈小翠這才想起來，自己胸脯前掛著的不光有乳房，還有手

機，她的臉，忍不住紅了。

呸，自作多情？還是第二青春期萌發了！

好在，男人只關注她胸前的手機，沒關注她的臉，那紅就變得毫無價值了。

原來男的手機忘了帶，他要借沈小翠的手機一用，他想知道自己電話放哪裡了，家裡，辦公室，還是茶樓。

沈小翠很奇怪，說，家裡，辦公室叫忘了帶還說得過去，但在茶樓，那應該叫丟了。

男人笑笑，往電梯那兒望一眼，才打量一眼沈小翠，慢條斯理說，我在茶樓，有一個固定的包間，經常把包啊文件什麼的放在裡面，忘帶手機，有什麼說不過去的嗎？

沈小翠就沒了話。

這年月，說不過去的事兒多了，也許這男人一杯茶的價格，是她辛辛苦苦賣一天所得呢，沈小翠聽人說過，那裡面稍微上點檔次的一杯茶，都過百。

男人像看出她的心思來，嘴角撇一下，一絲淡淡的笑意瀉出來，跟著瀉出來的還有這麼一句話，我只喝最便宜的菊花茶，十元一杯的！

十元一杯，還叫便宜啊？沈小翠伸一下舌頭，把手機從胸前取下來，遞了過去。

男人撥過去，響了一遍，沒人接，再響一遍，還沒人接，男人想了想，撥出第三遍，只響一聲就掛了。然後往電梯那兒瞟一眼說，果然忘茶樓裡了！見沈小翠一臉的不解，男人補充說，家裡也好，辦公室也好，隨時都有人接的！只有茶樓，沒人接。

還了手機，男人說了聲謝謝，謝完就往電梯那兒走，沈小翠收了手機，又往胸前掛，掛完對著鏡子仔細端詳了一番。

沈小翠很在意手機在胸前的掛法，她把手機當飾品用了，儘管她也知道，手機掛在胸前對心臟有影響，可能有多大的影響呢？

　　只要不影響自己心情就行，一點電磁波輻射而已。

　　沈小翠知道自己胸部飽滿，會引得很多男人的眼光著陸。掛上這麼個手機，一蕩一蕩的，多少能轉移別人視線不是？

　　說移視線呢，沈小翠在鏡子裡冷不丁發現，已經走到電梯門口的那個男人忽然一扭頭把視線轉移到鏡子裡來了，沈小翠的眼光就和男人鏡子裡的眼光來了個對對碰。

　　盡管這一碰屬於潤物細無聲的那種，但沈小翠心頭卻沒來由地萌生了曉看紅濕處，花重錦官城的意境。

　　因為男人目光之後緊跟的一句話觸動了她塵封多年的心事。男人說，我叫于大志，哪天閑了，請你上去喝杯茶！

　　憑良心說，沈小翠不是貪圖一杯茶的女人，讓她動心的，是喝茶的氛圍，幽暗得恰到好處的燈光，低迴的纏繞人心的音樂，包廂內方桌木凳，壺盞清潔，水沸茶舒，清香四溢，一絲淡雅的懷舊，一縷古典的浪漫——呵呵，人生難得的一種韻味呢，在那種環境的薰陶下，有讓雲浮過頭頂，把水流於腳下的愜意與舒爽呢！

　　之所以會貪圖這麼一杯茶，還是因為，沈小翠一直以為，自己是個無舊可懷的女人。

　　雖然她也曾年少過青春過，可她的年少青春只是被歲月一筆帶過了，如同她小時候的作文，她的智商，往往只允許她寫出一個艱難的開頭，隨之就如趙本山小品中所說，此處省略二千字了。

　　莫非，這省略的二千字跟這個叫于大志的男人有關？確切點說，跟一杯茶有關？或者換句話來說，她一直以來的發呆，就是為了心裡這麼一個模糊的渴望？

　　現在，這個渴望以十二分的明朗展現在她眼前了，很具體地落

實到這個叫于大志的男人身上，落實到一杯茶的身上。

這樣的場景，她是陌生又熟悉的。

熟悉，是因為她從小就對這種生活蘊含著期盼，希冀，一度在其門外徘徊而不得入內。陌生，是由於她一直只能站在不遠處窺探著，覷覦著，心裡千百遍地憧憬著。

她的艱難的開頭，在她心思發了這麼多年呆以後，終於，天可憐見，有了下文了。

沈小翠幾乎不敢相信自己還有機會讓這省略了二千字的一段時光再現。

現在，她已經一腳門裡一腳門外了。

一連幾天，沈小翠的神思都這麼恍惚著，這讓張成伍或多或少有了不滿，原因很簡單，沈小翠居然在固定的時間固定的地點做固定的事兒時分了神。

本來，張成伍對沈小翠是滿意的，從認識到結婚到擺攤，他都沒怎麼費勁兒。好像沈小翠來到這個世界上，就是為給他張成伍一個合法妻子的名分而存在的！

這是讓任何一個男人都覺得是很說得過去的事兒，甚至，張成伍還有這麼個長遠的打算，那就是，將來有了兒子，讓兒子也擺這麼個攤位，兒子娶了媳婦，照樣這麼再擺這麼一個攤位，這樣的小攤位連鎖著開下去，收穫雖不敢說是很大，但日子可以順風順水往前淌的。

張成伍眼下，就是為兒子作著努力，沒有兒子，再多的攤位也連鎖不下去。

他們一直沒有孩子，起先都沒在意，日子久了，覺出了恐惶，藥胡亂吃了一些，不見效，雙雙到醫院檢查一番，都很正常。

再努一把力吧！醫生衝他倆笑笑，注意營造點氛圍！

這叫什麼話，幹那個事，怎麼不是幹？張成伍嘟噥了一句，還注意營造點氛圍！有必要麼？

醫生把口罩從耳邊摘下來，說，瞧你說的話，怎麼乾澀澀的不好聽啊，這裡面有講究的，你多看點書就明白了！

張成伍懶得看書，沈小翠倒是看了，雜七雜八地看的，她無形中看到這麼一句話，所有美好的東西都有鋪墊，紅花不得有綠葉相襯嗎？造橋得有引橋吧？哪怕一首曲子也有過門呢！張成伍把她算什麼了？機器？造人的機器？一點尊嚴也沒有！

是的，沈小翠就是在張成伍的努力造兒子時神思恍惚起來的，他居然給她規範了動作，量化了時間，設計了方式，安排了步驟。

奧運運動員上場比賽也沒這麼一絲不苟的吧，沈小翠在心底忍不住歎息了這麼一聲。

張成伍一邊運動一邊及時提醒她說，努力點，行不？不用質疑，他發現了她的分神。

沈小翠惱了，身子還是配合著，口氣卻不怎麼醒合，都努力這麼多年了，也沒見收穫啊！

難得張成伍在這種情況下，還能做到一心二用，他一邊運動一邊很哲人的口氣來了一句，你懂什麼啊，努力了不一定能有收穫，不努力就絕對沒有收穫！

是的，不努力就絕對沒有收穫！沈小翠在當天晚上有了一個決定，明天，自己無論如何也要把腳邁向那扇嚮往已久的大門裡面。

而那樣的一個努力，也不耗費她多少心神。

只消一個短信就可以搞定，于大志的電話號碼還在她手機上呢！

只是，令她意外的是，短信發了三次，對方才有了回應。

茶是喝定了！

之所以這麼說，是因為于大志在看到沈小翠第三個短信後，腦

海裡終於浮上一個女人的身影來，先是背面，再是正面。

原諒于大志，他實在記不住沈小翠的面容了，他只記得她胸前掛著的那只不安分的手機，在兩個乳房間跳來跳去，對了，于大志眼裡亮了一下，那兩個乳房，似乎很飽滿。

他的情緒一下子也隨之飽滿起來。

儘管他的茶友中，引車賣漿之流是絕對沒有的，但偶爾破一次例也不是不行啊！

十元錢一杯的菊花茶，可以探出一個女人的隱秘來，這個換算是值得的。

于大志欣欣然發出了邀請。

行啊，天然居茶樓，我請！他給對方回了短信。

能不能換個地方？沈小翠的短信很快回了過來。

為什麼要換地方呢？于大志心裡只疑惑了一下，立馬就釋然了，是應該換個地方的，沈小翠天天在那個地方，即便進了茶樓也未必從容得起來。

在一個每天都被很多人忽視的地方，難得被人隆而重之地請一回，她一定是希望像舞台上的主角一樣，一出場就被一束光柱打在頭上。

那麼，場景有必要更換一下，觀眾更有必要更換一下了！

就換一下，于大志想了想，發過去四個字——雕琢時光！沈小翠怔了一下，雕琢時光，正是張成伍擺攤的那家茶樓呢！

也好，讓張成伍見識一下，自己不光是被他用來流氓一下就算了的，應該還有下文。

于大志的約請，正好可以讓他作一回參照物，有了這個參照物作對比，以後的時光，他張成伍好歹也該學會雕琢一下吧！

去之前，沈小翠特意回了一趟家，把自己雕琢了一下，她曾經

聽說過這麼一句話，婚前聽說的，女人用健康雕琢美麗！

沈小翠的身體無疑是健康的，這與她長期站立著以及小幅度的運動有關，當然，也沾了沒生孩子的光。

光健康還不行，女人更應該在意的是，人過留香，這也是沈小翠看雜書看出來的。要不然怎麼會有茶香女人一說呢！沈小翠是去喝茶的，自然得灑上一點茶香香水。

她的家裡，是沒有這種上點品味的香水的。

但不要緊，一個心比天高的女人，其心機是深的。收拾停當的沈小翠出門，直奔一間香水店，以試灑茶香香水為由往手腕和耳後各噴了一點，再出門時，果真是聞香識女人了，這是沈小翠的聰明之處。

手腕處灑香，為的是見面後那心有靈犀的盈盈一握，至於耳朵，呵呵，沈小翠臉紅了一下，書上說的耳鬢摩擦出處就在於此啊！

在這個驚心動魄的春夢之中，沈小翠嫋嫋婷婷出了門。

因為心情不錯，那一天的沈小翠看什麼都是賞心悅目的，包括張成伍的那個小攤位。

張成伍喜歡把自己弄成一副忙忙碌碌的模樣，以證明自己生意好得不行。

他甚至忙得沒朝電梯門口瞟一眼的工夫。

有什麼好瞟的呢？也許有人帶了情人過來，偷偷摸摸都來不及，你還瞟個不停，別人惱怒之下，明明打算買點什麼的念頭也沒有了，得不償失不是？

為瞅一眼女人，耽擱一筆進項，是不值得的。

何況他張成伍又不是沒女人可瞟，呵呵，這茶樓名字噱頭也太大了，任誰都知道，時光是經不起雕琢的，那些女人自以為雕琢了時光就雕琢了青春，切，膚淺了不是，還有更年輕的女孩，等著時

光來雕琢呢！

　　沈小翠走進電梯那一瞬間，失落感多少還是有的，她以為張成伍會瞪圓了雙眼張大了嘴巴，有如木雞呆而不解望著自己的背影，在于大志殷勤地邀請之下矜持入內的。

　　偏偏，事與願違了，她做足了的風情，居然沒有觀眾欣賞。

　　這令沈小翠或多或少有點沮喪，不錯，于大志是邀請了他，但他的殷勤她似乎沒感受到。

　　也許，于大志的殷勤不是在眼面上吧，要曲徑通幽才能看見呢！沈小翠這麼寬慰著自己，在電梯裡面到達茶樓後。

　　果然，于大志引著沈小翠走進一曲徑通幽處，推開一扇別致的籬笆，有風鈴聲清脆響起，古樸細緻的頂蓬，精緻小巧的吊燈，形態各異的根雕，年代久遠的活化石，呵呵，沈小翠暈眩了一下，如果在這樣的環境裡品上一杯香茶，那茶香女人真的就名副其實了。

　　面對一個茶香女人，于大志會有何舉動呢？

　　茶上來了，卻不是最便宜的菊花茶，而是一杯比較昂貴的法蘭西玫瑰，于大志的舉動呢，沒有！

　　他靜靜坐在那兒，他要讓這個女人在他面前自行褪下一切面具。

　　是的，于大志認定了，沈小翠是個有所企圖的女人，而且只要一杯最便宜的菊花茶就行。這讓于大志心生竊喜，他決定，為這個女人花一點心思。這杯法蘭西玫瑰，顯然是他的一點心思。最近一段時間，于大志對什麼都提不起興致，連酒都有日子沒碰了，不貪杯了，改貪一下女人也未嘗不可，再者他貪的只是如何看透一個女人的內心。

　　這個女人，恰到好處的出現在他面前，他是欣然接受的，他的接受，僅限於這個女人的隱秘在他眼裡一覽無餘。其餘的，他沒有興趣，儘管這個女人的身體，也有她的可取之處，比如說她飽滿的

乳房。

想到這兒，于大志把眼光很自然地移到沈小翠的乳房上面。這一回，他有點意外了，那只不安分地在兩個乳房間遊來蕩去像個二流子似的手機，不見了！

不安分的是沈小翠的兩個乳房，鼓漲漲地，從低領的真絲裙口往外掙，一副要逃脫樊籬的英勇。

沈小翠嗔了于大志一眼，說，咋這麼不含蓄啊？

于大志把雙手抱向腦後，身子往後一仰，在這樣一個曖昧的地方，你要我講含蓄，呵呵！我是說你可愛呢，還是說你可笑呢？

沈小翠一向聽不得呵呵二字，她一直糾結的是，天底下有那麼多的漢字，為什麼大家對這兩個字格外鍾情，動不動就呵呵上了。

有一次，她為這兩個字跟張成伍交流，結果是換來了張成伍兩聲呵呵一個白眼。

在沈小翠看來，呵呵就是對一個人的蔑視，或者不屑。

有了這個先入為主的想法作祟，沈小翠的脊樑不由自主地挺了一下，怎麼，覺得我很可笑？

沒啊，呵呵，于大志把身子往前傾了一下，我只是覺得你很可愛！

當然可愛了，為十元一杯的菊花茶給你發三次短信，沈小翠心比天高的稟性流露出來，是不是在你見識過的女人中，只有我才低到塵埃裡這麼可愛啊！

這話帶了刺，饒是于大志再遲鈍也能反應過來，何況他還一點也不遲鈍。

于大志笑一笑，說，你不是低到塵埃裡的人！

為什麼這麼說？沈小翠眼神裡疑惑了一下。

低到塵埃裡的女人，是張愛玲！于大志端起茶杯，衝沈小翠舉

了一下，示意請她喝茶。

你錯了，我可不敢去比張愛玲，沈小翠不喝茶，人家張愛玲低到塵埃裡還能開出花來，我呢，什麼都開不出來！

于大志把手遞過去，攥住沈小翠的手說，你還有心花可開啊！

我還有？心花？沈小翠喉嚨裡響了一下，于大志這一攥，讓她心裡莫名的有了緊張，當然，也有驚喜。

于大志身上有股她很喜歡的氣息，這個氣息不是小攤販張成伍身上所能具備的，于大志的氣息是一種無以言表的慵懶，慵懶得讓沈小翠有點想入非非了，那是居家過日子的一種慵懶，張成伍偶爾也慵懶，但那是一種死氣沉沉的慵懶。

沈小翠被攥得全身發軟，她顯然是渴望陷入這種慵懶的，沈小翠用一種與年齡極不相稱的天真衝于大志嬌喘一聲說，你能坐到我身邊來麼？

于大志很聽話地坐了過來，這期間他沒捨得鬆開沈小翠的手，他需要借助這種方式抵達她內心的隱秘之處，書上說了的，心手相通嗎！

心手相通之後呢，發生點什麼也應該是順理成章的。

沈小翠果然順理成章地把頭偎在了他的領下，耳鬢摩擦呢，有暗香流瀉開來。

于大志就勢摟了一下沈小翠的腰，悄聲調笑說，你的心花這不是開了麼？呵呵！

這聲調笑裡，或多或少帶了淺薄，尤其末尾那兩個拖長了音的呵呵，讓沈小翠再度起了反感，沈小翠本來以為他這麼一摟，應該順理成章過渡到下一章節的，至於下一章節是什麼，於沈小翠來說，是模糊的，儘管她一直期待著。

但她不期待自己在于大志眼裡成為一個下賤的女人，一個可以

為一杯茶而心花怒放的女人。

沈小翠就輕輕地一偏頭，離開于大志下頷，端起茶杯，徐徐在茶面上吹一口氣說，你不打算，問一下我叫什麼名字嗎？

于大志一怔，名字，很重要嗎，在我看來你的手機號碼更重要！于大志自認這一回答是機智的，手機號碼才是他們聯繫的關鍵呢！

但她萬萬沒有料到的是，自己的機智深深刺傷了沈小翠，他居然，連她的名字都不屑於知道。

這令沈小翠羞愧無比，在他眼裡，她始終就是一個擺攤的女人，平常得只消一個喂字或一聲呵呵就足以打發，那杯法蘭西玫瑰，應該是一種相當分量的施捨了，於她！

沈小翠心裡忽然有了一種倦怠，這樣的一扇門，自己千辛萬苦擠了進來又如何，根本沒她的立足這之地啊！

在幽暗的恰到好處的燈光下，在低迴的纏繞人心的音樂中，沈小翠的一顆淚滾落下來，溶進了手中那杯法蘭西玫瑰裡。稍停，沈小翠仰起頭，好像是看雲浮過頭頂，又像是聽水流於腳下，良久，她吐出一口長氣，緩緩地衝于大志說，我還是在意你知道我的名字的！

一個符號而已，真那麼重要？于大志不解了，他有不解的理由，他只是要看清她的內在隱秘，實在無意於其他。

那你這樣的一杯茶，我無福消受！沈小翠一字一頓說出這句話後，起身，出門。

她的動作，讓包房外的茶童看起來，更像是奪門而出。

令茶童奇怪的是，沈小翠跑到大廳中忽然停住，沒頭沒腦笑了起來，笑完從頸口拽出一隻小巧的手機來，開始發短信。

沈小翠一共發了三條短信。

第一條是，請我喝茶吧！

第二條是，我只喝最便宜的菊花茶！

第三條是，我在雕琢時光！

發完短信，茶童看見，沈小翠不沒頭沒腦地笑了，改成沒頭沒腦地哭了起來。

她的哭聲很含蓄，肩膀一抽一抽地顫抖著，大廳裡進進出出的人很多，沒人在意這樣一個女人的存在，其間有兩個男人還是留意到了沈小翠的失態。

一個男人是出去的，他的腳步經過沈小翠時遲疑了一下，就一下，伴隨著一個喂字出口，見沈小翠沒任何反應，略一停頓，又大步跨了過去。

一個男人是進來的，他的腳步直奔沈小翠的聲音而去，去了，就急切切地蹲下來，一臉驚惶地說，小翠啊，別說一杯最便宜的菊花茶，你就是要最貴的龍井，我也請你喝！

大家一定猜出來了，出去的那個男人是于大志。

進來的男人，是張成伍。

這一回，沈小翠胸前的手機沒像個二流子一樣晃來晃去了，很熨貼地停在她的雙乳間，離心臟很近。

能有多大的輻射呢？

人，偶爾讓電磁波輻射一下也不錯，心裡起碼會有疼痛的感覺，而疼與不疼最大的區別就是，他能提醒你疼的存在。

如同一個人的名字，只有讓人產生了疼痛，他的存在才有了意義。

唯一的運動

丁小冬想了想，到底把手勾上了蔡小玉的肩頭。

蔡小玉保持先前的姿勢，一動也不動，丁小冬愈發覺得無趣，即便是嫖娼，也不至於這麼了無情趣吧！他手上的力度加大了些，蔡小玉絲毫不理會他的無趣，只把身子拚命往床裡邊靠牆壁處貼。

乍一看，像張貼畫。

丁小冬再無恥，也不至於對一張貼畫噴薄自己的激情吧，丁小冬就惡狠狠在心裡罵了一句，當老子是嫖客啊！即便是嫖客，老子也花了錢的！

沒承想，丁小冬的肚子保密功能太差，這話就不是以畫外音的形式出現，而是以現場解說的形式出現了。

很不時宜呢！

果然，蔡小玉的脖子使勁梗了一下，就一下，便偃息了旗鼓。

這是那天晚上蔡小玉在床上唯一的運動。

而且還是分別了一年多的床上。

丁小冬徹徹底底傻了眼，他沒指望久別勝新婚，他也知道那是文化人玩的一種文字遊戲而已。新婚就是新婚，一切都透著新鮮。不然古人不會在人生兩大樂事中，把洞房花燭夜排在金榜題名前的。

至於久別這玩藝，古人連提都沒提上這樂事的桌面來，更別說排序了。

丁小冬的久別，這會兒就如同打進冷宮的嬪妃，連對影自憐的

想法都沒了。

怎麼會這樣呢？早先，別說一年了，一天不見，兩人都會在床上折騰得驚天動地的，以至於他們差不多半年都要換一張床，以至於結婚時他們特意花錢請人打了一張對節木的婚床。

對節木那材質可抗折騰了，這是其一，其二是對節木還有個好聽的名字，叫相思樹，那是因為對節木全是雙枝雙節相對而生的。

如今，床還結實著，但他們的婚姻，顯然是抗不住折騰了。

當然，這只是丁小冬的預感。

人，要是沒有預感，該多好！丁小冬歎口氣，在這個相思樹打成的床上，又一次開始了他的單相思。

而他的單相思，若干年以前，曾被蔡小玉譏諷為是沒有品質存活著的一種方式。

丁小冬一直是個胸無大志的人，按說一個人，已經活不出品質來了，那就乾脆有品質地死一回也是好的吧！但丁小冬不打算有品質地去死，他做不到慷慨赴國難，視死忽如歸。他不是曹植那樣的人物，自然就沒曹植那樣的氣魄。

面對蔡小玉的譏諷，丁小冬不以為然，他說，沒品質的活著也是活著，我的單相思說到底，不就是擔心他日活得苟延殘喘時落個久病床前無孝子嗎？

這話，顯然是有品質的！不然蔡小玉不會先是噗嗤一笑，繼而嗔了他一眼，跟著把頭埋在了他的臂彎裡。

有時候解決單相思的問題居然就是一句話。

一念及此，丁小冬不在相思樹打成的婚床上輾轉反側了，他坐起來，點燃一根煙，踱到了客廳。

他記得，蔡小玉聞不得一點煙草氣味，據說是對煙草過敏，很嚴重的過敏。

去他媽的過敏！丁小冬忽然想起蔡小玉下火車時，身上有股令自己熟悉的煙草味，當時蔡小玉的臉色蒼白，白得觸目驚心，丁小冬沒關注這觸目驚心的白，他只關注蔡小玉的身體了，滿腦子都是扒光了衣服的蔡小玉。

　　他一直迷戀蔡小玉的身體，一年多了，他有理由對這個身體先熟悉一遍，有些程式是不能遺忘的，哪怕是夫妻了。

　　溫故才能知新嗎！

　　眼下，丁小冬在腦海中不曉得對蔡小玉的身體溫了幾遍故，但新卻半點也沒能知出來。

　　肯定是蔡小玉那兒出了問題。

　　丁小冬在煙霧中扭過頭去，按以往慣例，但凡丁小冬從床上爬起來，蔡小玉總會從被窩裡探出頭，偵察著他的一舉一動，可這一回，蔡小玉根本沒偵察他的打算。

　　可怕的靜止。

　　丁小冬長長地歎口氣，挾著一身煙草氣息，再度上床，他忽然想讓蔡小玉過敏一回，最好過敏得死去活來的，那樣，也算一種折騰不是？

　　事與願違了！

　　蔡小玉依然靜止著，有那種不讓丁小冬拿去她這個群眾身上一針一線的意思。

　　丁小冬徹底洩了氣，不再作任何妄想，直接讓自己進入夢鄉，他明天，還得出門攬活呢！

　　丁小冬所謂的攬活，說白了，就是多跑幾個客戶，他是專門承接那種小廣告業務的，拉到了業務，就往印刷廠跑，從中抽點利潤，當年他就是在跑這種小廣告時把蔡小玉跑上的手。

　　丁小冬為方便，跑業務時掛了兩個頭銜，一個是廣告公司的業

務經理，一個是印業公司的市場經理，乍一看很唬人。

你別說，因為這兩個頭銜掛著，丁小冬對社會上三教九流都熟也都不熟。

說都熟，是他見了那些有點身份的人差不多都能打上招呼，說不熟，是那些人跟他打完招呼後根本想不起來他是誰。唯一的印象是，他們一起吃過飯，這就對了，不白讓丁小冬買一回單。

丁小冬一般在那種飯局上處於買單的角色，他央求了人，再由央求的人出面給牽線找能給他業務上幫一把的人。一般這種場合，他不好多說話的，唯有跑前跑後地侍候，一頓飯下來，業務有能成有不能成的。

但人，就混成了臉熟。

丁小冬是個有心機的人，這種單一般他也樂意買，畢竟出面幫他的主兒都有點分量。

能跟有分量的人稱兄道弟，哪怕卑躬屈膝一點，也是值得的，當人家喝得吆五喝六時，丁小冬還不失時機把一點小業務給攬上了。

這是丁小冬的聰明之處。

他是酒後發現的，那一次，他們那一桌鬧得有點過頭，居然碰翻了酒精鍋，把台布給燒了。蔡小玉當時在那家酒店作領班，見狀出來解圍說，燒了就燒了，舊的不去，新的不來。

完了換張新台布罩上。

丁小冬見新台布上還印有鳳凰山莊字樣，眼前一亮，拉了蔡小玉到一邊問，你們酒店專門印製的布標啊！

嗯，蔡小玉點頭。

要是加兩行字就好了，丁小冬沉吟一下說。

是啊，當初我也覺得就這鳳凰山莊的字樣單調了！蔡小玉揚了

一下眉頭。

這樣加，丁小冬眯上眼，神遊八極的樣兒，聞香下馬鳳求凰，知味停車任君嘗。

呵呵，蔡小玉也眯了眼，算是品嘗這兩句話。

對仗雖不工整，倒也應景，我可以幫你拉個業務的！一句話未完，蔡小玉就找到經理，經理一聽，妙啊，重新印製布標，正好台布不多了，那業務自然是蔡小玉幫丁小冬接了。

對丁小冬，蔡小玉自然就刮目相看了。

刮目相看的結果，是蔡小玉也喜歡上了他這個雙料的經理。

結了婚，日子的透明度就增加了，原來丁小冬這個經理，是經營的人家業務，服從的人家管理。

蔡小玉說丁小冬啊，你那麼機靈，咋不自己成立一家廣告公司啊！

丁小冬雙手一攤，我不懂策劃啊！

我可以去學啊！蔡小玉點了丁小冬一額頭，忘了你咋誇我的？

丁小冬當然忘不了，他當時誇蔡小玉是可造之材呢！

那就造吧，深造一把！丁小冬就把蔡小玉送去了深圳。深圳那地方，連吃一口喝一口屙一泡都講究個創意什麼的，蔡小玉這個人才要打造出來自然是指日可待的事。

沒承想，這一打造吧，居然用了一年。

其間丁小冬也沒閑著，要開一家屬於自己的廣告公司，人脈是第一位的，資金投入倒在其次，他得在蔡小玉學成回來後給她一個用武之地吧！

丁小冬就忙著燈紅酒綠中侍候人，忙著奴顏婢膝的買單。

人，是架不住這樣馬不停蹄的忙碌的。

丁小冬病了一場，也是蔡小玉走後唯一算得上大病的一場，一

般頭疼感冒什麼的，在丁小冬眼裡，算不上病，那是女人們的病。丁小冬認為，男人，只有累得動彈不了啦，才叫病，那是傷了元氣呢！

一個人，能有多少元氣可傷呢！

丁小冬到底給傷了，體力透支得走個路還要扶著牆，牆上有他的廣告公司宏偉藍圖呢！基於這個藍圖，丁小冬第一次歪歪斜斜進了一家社區診所。

要說，以丁小冬的雙料經理身份進社區診所屬於自降身份。丁小冬沒在意，他得的又不是什麼疑難雜症，要去大醫院出那個掛號問診費什麼的。他只是來掛一瓶葡萄糖，增強自身營養，提高免疫能力，這是很簡單的常識。既然簡單，那就簡辦，到社區診所顯然是上上之選了。

丁小冬掛了半瓶後，原來打算直接回家的，以前常和蔡小玉在一起時，有個頭疼腦熱的，蔡小玉都很重視，給他予一級護理，眼下，回家只能讓他觸景生情。

丁小冬想了一下，提著吊瓶進了裡面的點滴室。

掛了吊瓶，丁小冬百無聊賴地躺下，想了想掏出手機來，他忽然，想給蔡小玉打個電話。

至於說什麼，他也想好了，就說自己病了，輸著液！算是小小的撒個嬌吧！

按說，撒嬌不是丁小冬這樣大男人幹的事兒，可是沒辦法，丁小冬這會兒，特別地就想撒一回嬌，看來這人一病就會變得脆弱，丁小冬變得脆弱的徵兆就是，他想他在深圳深造的老婆蔡小玉了。

眼下，哪怕蔡小玉一聲帶痰的咳嗽他都會覺得親切！

似乎為慰藉丁小冬一下似的，真有一聲帶痰的咳嗽在點滴室外面響了起來。

丁小冬忍不住，把頭往聽診室那邊探了一下，他明明知道，這

咳嗽聲跟蔡小玉無關，但他還是覺得有種無以倫比的親切，在痰聲裡面。

咳嗽聲中，丁小冬聽見醫生聽診器響過之後下了結論，說是上呼吸道感染了，得掛吊瓶。

丁小冬望一下頭上孤零零的吊瓶，心裡滑過一絲溫暖來，馬上，就有吊瓶進來跟他的吊瓶作伴了。

果然就有吊瓶高高舉著晃了進來。

丁小冬側過身子說，要不要幫忙，這話純屬是廢話，比較客氣的一種廢話，他自己都還指望別人呢！怎麼幫別人。

丁小冬卻不認為這話廢在哪兒，男人麼，在女人面前，就得給女人一點依靠吧！

女人，總歸是無助的，尤其是病了的時候。

很顯然，吊瓶的主人是個女的。

女人，年輕而單薄，這點上跟蔡小玉很相像，丁小冬怔了一下，怔完又暗自好笑，這年月的女人，大都年輕而單薄。

女人衝丁小冬搖了下頭，意思是不用他幫忙，誠然，他也幫不上什麼忙。

踮起腳尖掛上吊瓶，女人坐在了床沿上，她本來也想躺一躺的，可看了看床上的被褥，女人打消了躺下去的念頭。

這樣的一張床上，曉得多少人躺上去過啊！

換了蔡小玉，也一準不願隨隨便便躺下去的。

丁小冬就十分尷尬地衝女人笑一笑，用沒打針拿著手機的那隻手支撐自己坐了起來。

他有些，不自在起來。

女人沒不自在的意思，衝丁小冬笑一笑，算是回報了剛才他虛晃一槍的客氣，笑完，又一聲咳嗽躥了出來。

丁小冬明明白白看見，那痰裡，帶了血。

丁小冬心裡就疼了一下，女人痰裡帶血，多是拖了有些日子的病了。

早先蔡小玉沒嫁他時，老熬夜，在酒店裡每日裡空調包圍著不覺得，下了班吧，夜風一吹，動不動就咳嗽，咳嗽得長了狠了，就帶血。

直到要嫁丁小冬，蔡小玉才辭了職。

辭完職，蔡小玉狠狠地病了一場。

病了好，充分給丁小冬顯示了自己作為好男人的一個見證。

那幾天，用丁小冬的話來說，是他有生以來馬不停蹄奴顏婢膝得最開心的日子。

蔡小玉被他的話逗得咳嗽一串趕一串往外躥，好像要把一輩子的咳嗽全躥完似的。

丁小冬嚇著了，說，小玉你別嚇我，這痰裡得帶出多少血啊！

蔡小玉捂了嘴，說，一點血絲而已，不礙事的。

丁小冬一本正經的，還一點血而已，你們女人的血金貴著呢，每個月還有固定的去處，一定要珍惜的！

也奇怪啊，打那以後，像誰用剪刀給咳嗽剪斷了根似的，蔡小玉再沒咳嗽過。

想到這些，丁小冬忍不住又瞟一眼女人，要是自己的話也能把女人的咳嗽聲給剪斷，多美氣，女人就不用咳得痰裡帶血了。

一念及此，丁小冬衝女人笑笑，搭訕說，妹子咋一個人來打針呢？

女人拿空著的手捂在插了針管的那只手背上，撩一下眼皮說，多大個事啊，不一個人來，還指望誰鞍前馬後的勞頓啊！

丁小冬就一拍大腿說，妹子你說得不假，這種事兒，就得男人

馬不停蹄地忙碌，奴顏婢膝地服侍。

咳咳咳，女人果真被丁小冬逗出一連串的咳嗽來，咳完了女人面露苦笑說，哪來那麼好的福氣喲！

那你都咳出血絲來了，你男人不心疼？丁小冬心軟。

我男人，呵呵，你問我哪個男人？女人的苦笑凝在了臉上。

丁小冬就不作聲了，不作聲是因為他從女人這句話裡揣摩出來了，女人是做不正當職業的。

見丁小冬不作聲，女人自我解嘲說，一點血絲而已，不值得你們男人心疼的，我知道！

丁小冬端一端身子，正色說，你們女人的血，很金貴的，每月還有固定的去處呢，怎麼不值得男人心疼？

女人聽了這話，本來要笑的，孰料，眼裡卻一澀，滾出兩行淚來。

丁小冬想了想，站起來，把吊瓶舉到女人那個床鋪的頂杆上掛起來，這樣，兩個人就是並肩而坐了。

坐下來之前，丁小冬從口袋裡掏出面巾紙，遞過去說，擦一擦吧，別讓人家誤以為我欺負了你。

女人接過面巾紙，胡亂擦一把說，我倒情願讓大哥這樣的人天天期負呢！

丁小冬一時不知如何接答，打從跟蔡小玉結婚後，他基本不和任何女人接觸了，更別說打情罵俏了。

要不，大哥借你肩頭給我靠一把吧！女人頭一歪，已把頭斜倚了過來。

丁小冬沒躲開，他是於心不忍去躲開，因為女人緊跟著斜倚過來的還有一句話，我還從沒打針時被哪個男人疼過呢！

如果這樣的疼能讓女人的痛苦減輕點，丁小冬還是樂意做一把

好事的。

人，不一定能讓自己偉大，但一定可以讓自己崇高！

一個崇高的人，不會在意被幫助的人是貴賤還是高低的。

他的手機就是在這個時候響起的，丁小冬瞄一下號碼，是蔡小玉從深圳打來的。

在女人咳嗽聲響起之前，他本來已調出蔡小玉的號碼，按下了撥出鍵，是女人的帶痰的咳嗽讓他又急忙掛掉的，蔡小玉一定是回撥過來了。

這是他們之間的約定，為不影響蔡小玉在深圳的學習，丁小冬一般有什麼事都會撥通蔡小玉電話後響兩聲就掛斷，等她方便時再打過來。

也是的，出錢學習的寶貴機會，哪能讓一些雞毛蒜皮的事給攪擾了呢！

丁小冬瞅一眼手機顯示幕上蔡小玉三個字，又瞅一眼女人，女人微眯著眼，說接吧，我不出聲就是！

丁小冬臉上驀地就紅了，自己這一瞅很有點小人之心呢，與自己心目中崇高之舉相去甚遠。

不過也好，先小人，才能後君子的！丁小冬把古訓倒了個兒。按下接聽鍵，那邊蔡小玉還沒來得及說話呢，他已經小小地撒上嬌了，小玉啊，我病了，輸著液呢！

蔡小玉明明白白在那邊啊了一聲，說這麼巧啊，我也輸著液呢！

這一啊有點出乎丁小冬意料之外，他腦子嗡了一下，趕忙屏住氣，他想聽一聽蔡小玉咳嗽聲裡有沒有帶痰。

但偏偏，那邊一聲也不出了。

丁小冬說，你說話啊！

蔡小玉說我等你說話呢！

丁小冬就說話了，小玉我咋聽不見你咳嗽呢？

蔡小玉顯然是惱了，女人的病多著呢，非得咳嗽麼？蔡小玉有理由這麼一惱，丁小冬那話，乍一聽，像質疑她是否真的生了病。

丁小冬一聽蔡小玉語氣不對，急忙插科打諢說，只要不流血就好，你們女人的血很金貴的。

還沒等他那句每個月都有固定去處的話說完呢，蔡小玉已冷冷打斷了他，丁小冬你還別說，我不光流血了，還流了很多的血！完了啪一下掛了手機。

不光流血，還流了很多的血！丁小冬不好意思衝身邊的女人晃一下手機，尷尬地說，什麼病會流很多血啊？

女人不說話，只是笑，那笑裡隱藏著很深的意味。什麼意味呢？丁小冬悟不出來。

那就不悟了！丁小冬把眼光盯著頭頂的吊瓶，看那葡萄糖水一滴一滴從瓶子裡往塑膠管裡滴，再順著針頭鑽進自己血管裡。

女人知道了丁小冬的眼光裡綴滿了沉甸甸的不滿，女人就把身子挪了挪，偎過去。

丁小冬把心事包裹起來，一任女人偎在自己肩頭，多多少少，有了點精氣神的樣兒。

只是這一點精氣神也聚不攏堆，丁小冬忍不住又想起了蔡小玉，她這會兒，會不會也有個肩頭供她斜倚著啊！

是點滴打完時，丁小冬才知道那個女人名字的，女人看著頭頂吊瓶的藥水漸漸空了，才把頭從丁小冬肩頭收回，邊收邊自言自語說了一聲，我們女人的身體就是這樣一點一滴給掏空的。

這話很奇怪，令丁小冬忍不住多看了女人一眼，女人就笑，說謝謝你的肩頭啊，我今天才發現，男人的肩頭比懷抱更讓女人踏實。

這是什麼邏輯啊？丁小冬剛要反駁呢，女人自顧自又接了一句，跟我上床的那些男人，一見我，只會死死地往懷裡抱，抱得讓我喘不過氣來。

讓人喘不過氣的感覺，肯定跟踏實相去甚遠。

丁小冬一下子想起來了女人的身份，走夜的女人。

想起來了就有那麼點嫌惡，丁小冬算不上潔身自好的男人，但他又確實不願意在想著虛幻的蔡小玉時，身邊坐著的卻是一個真實的走夜的女人。

偏偏，走夜的女人為證實自己真實的存在，走出點滴室門時還扭頭笑了一下，說，記住了，我叫蔡小玉！

她居然，也叫蔡小玉，她怎麼可以叫蔡小玉呢？丁小冬在牙齒縫裡使勁咬著這三個字，讓自己的情緒無法激動起來，一直到咬痛了自己的牙齒。

這疼就一直延續到了蔡小玉從深圳回來，回來了，帶給丁小冬的沒曾想竟是更大的傷痛。

有疼在身的丁小冬活兒攬得一點也不順利，一如他頭天晚上在床上對蔡小玉的一籌莫展同出一轍。

轉悠半天，他快快往回走，因為精神頭兒不足，他就沒走出往日虎虎生風的氣勢，頭耷拉著，腳拖遝著，乍一看，像隻病貓。

貓是悄無聲息的，這點眾所周知。丁小冬悄無聲息地推開門，進屋，估計是門的響動聲驚動了臥室裡的蔡小玉，裡面傳來手機翻蓋合上的聲音。

這聲音丁小冬再熟悉不過，每次她跟自己打電話一遇緊急情況，蔡小玉都會這麼刻不容緩地合上翻蓋，蔡小玉所遇的緊急情況不外乎就是上課鈴響了，或者遇見了老師。

這是對的，求學就得有求學的態度，認真有什麼錯呢？

可這會兒，蔡小玉是犯不上刻不容緩合上電話的，第一她是回到了自己家裡，第二他丁小冬的腳步聲不是上課的鈴聲。

丁小冬把頭往臥室裡探了一下，梳粧檯前，蔡小玉臉上浮上一層淺淺的紅來，跟她手中海棠紅的手機顏色一起，似乎要齊心合力掩蓋什麼似的。

能掩蓋什麼呢？這樣的努力顯然是白費的，丁小冬根本沒打探什麼的欲望。

他的探頭一望，純屬關心一下蔡小玉的睡眠品質，蔡小玉的睡眠品質顯然不怎麼好，臉上的淺紅掩飾不了唇齒間的蒼白和眉宇間的羸弱。

見丁小冬張望，蔡小玉輕輕咳了一聲。

這一咳，是虛張聲勢之舉。丁小冬默默退了回去，兩口子之間，用得著虛張聲勢麼？他在退出蔡小玉視線時，順便打了個呵欠。

意思是自己還迷糊著，一個跟睡眠糾纏不清的人，心裡縝密不到哪兒去的。

他需要蔡小玉的放鬆。

只有蔡小玉心思放鬆了，她的身體才會放鬆。

只有她的身體放鬆了，他在床上才不會只做唯一的運動。

蔡小玉果然放鬆了心思，她裸露出自己臉上的全部表情。衝丁小冬說，這麼早回來，怎麼，沒攬著活？

丁小冬眨一下眼，嬉皮笑臉湊上前，說，該幹的活都沒幹呢，攬什麼活！

蔡小玉皺一下眉，啥叫該幹的活沒幹啊，有什麼話你明著說！

丁小冬自然不能明著說，大白天說這個，有點無恥，丁小冬就拐了彎說，久別勝新婚的活兒啊！

蔡小玉臉上，忽然就流露出一個厭惡的表情來，你們男人，咋

就只記得那點破事呢，人家身上，不乾淨呢！

丁小冬一下子，無言以對了。

不乾淨的日子，是可以扳著指頭數過去的。

丁小冬當然不會扳著指頭數，他在心裡數，數的結果是，一周過去了，蔡小玉在床上，唯一配合他的運動，仍只是使勁梗一下脖子。

丁小冬徹底洩了氣。

連同洩了攬活的底氣。

那天，丁小冬一個人在大街上漫無目的的走著，他不知自己該走向何方，反正，只要腳下有路往前延伸就行。

一個無路可走的人，是悲哀的。

丁小冬腳下的路顯得很長，他就走得很投入，投入得近乎悲壯。

直到撞到一個人的身上。

是個女人！因為有香氣先入為主撲進了丁小冬的鼻子，跟著是一團很柔軟的東西彈了一下他的身體。

丁小冬垂著的眼皮像捲閘門一樣迅速翻彈起來，一張笑盈盈的臉兒印了進來。

是蔡小玉，那個以走夜為職業的女人蔡小玉。

撞上了，丁小冬卻沒有反應。

那個也叫蔡小玉的女人卻有了反應，女人捂著嘴笑，說，你是第一個這麼點我的客人呢！

點你？丁小冬疑惑了一下。

不點我你撞我幹啥？那個蔡小玉不捂嘴了，改捂自己的胸脯，瞧你把人家這兒，都撞腫了！

丁小冬臉騰地一下紅了，像潑了血，他偷眼看了一眼女人那個地方，確實，腫得夠高的。估計是戴了定型胸罩，裡面塞了不少海

綿，不過女人的屁股倒貨真價實，鼓翹翹的。

那個也叫蔡小玉的女人說話了，哎，你這人撞了人家咋不曉得道歉呢？

丁小冬梗一下脖子，我給你道歉，可誰又給我道歉呢？

女人聽出點苗頭來，問丁小冬，咋啦，叫女人給撞了，撞疼哪兒了？

丁小冬指一下自己心口，這兒，疼得滴血呢！

女人撇一下嘴，男人的血，沒我們女人的金貴，每個月還有固家的去處，讓它滴吧！

丁小冬知道這是女人拿他說過的話調侃自己呢，可丁小冬這會兒沒跟女人調侃的興致，他皺一下眉，問女人說，你們女人，什麼時候才會流很多的血啊？

女人抬起頭說，真想知道？

丁小冬點頭，他實在是想知道。

女人往後退了一步，抽身要走的意思，你還是不要知道的好！

為什麼？丁小冬有點奇怪了。

我知道你是問你媳婦病因的！女人有點憐憫望一眼丁小冬。

丁小冬急了，衝上前拽住女人說，你要不說，我就不放你走！

女人顯然是想走的，丁小冬沒點她的打算，她不想下一個生意被丁小冬給攬黃了，因為附近有幾個閒散男人正衝她張望呢。女人只好壓低了聲音說，生孩子，引產，刮胎，都會流很多血的！

丁小冬一聽這話，人就像被抽走了脊樑骨，一寸一寸地矮下了身子。

女人臨走之前，塞給丁小冬一張紙條，走兩步，回過頭說，我的電話，想點我就打過來，我為你免一次費！

丁小冬望著女人的背影，忽然冷笑起來，他看一眼手中的小紙

條，不說話，一點一點撕碎，往嘴裡塞，好像要把那串數字咬熟了嚼爛了埋在心裡似的。

咬熟了，也嚼亂了，丁小冬才邁步往回走。

進門時，蔡小玉依然在打手機，跟以往不同的是，這一回，她沒刻不容緩合上的意思，她打得很從容，當然，臉色是紅的，丁小冬可以斷定那紅是興奮所致。理由是丁小冬明明白白聽到蔡小玉關機前說了這麼一句，明天，明天我回來找你！

回來？回哪兒來？丁小冬腦子轟然響了一下，有什麼東西倒塌了。

晚上，丁小冬連澡都沒洗直接躺到了床上，面向牆壁。

蔡小玉是收拾了一番才上的床，丁小冬聽見了她窸窸窣窣的脫衣聲，跟著一隻手勾上了自己的肩頭。

丁小冬保持著先前的姿勢，一動也不動。

蔡小玉手上的力度加大了些，丁小冬絲毫不理會，只把身體拚命往裡邊靠牆壁處貼。

都快成了一張貼畫。

蔡小玉沉不住氣了，當我是雞啊，躲這麼遠！

丁小冬脖子使勁梗了一下，就一下，他原本要反擊蔡小玉一句的，想一想，沒那個必要了，便把話壓在了心底。

事隔多年，蔡小玉在深圳成了新家。

可她每每一躺到床上，就會不由自主地想到那天晚上丁小冬在床上唯一的運動。

挺能折騰的一個人啊，咋就一下子偃息旗鼓了呢？

被知情權

　　你聽著啊，這話是老許說的！聞小豔清了一下喉嚨，很有氣勢地揮了一下手，在呂冬梅面前，一副標標準準的上司對下屬訓示的樣兒。

　　呂冬梅不是聞小豔的下屬，自然不會畢恭畢敬地聆聽聞小豔的轉述，不光不畢恭畢敬，還用鼻子冷哼了一聲以示不屑，去你的，說話就說話，別老許那樣板板正正的好不？

　　老許是她倆共同的上司！

　　在老許這樣的上司下工作，兩人結成了同盟，自然就無話不說，包括老許每天的講話，但凡一方不在場，另一方必須義不容辭地進行轉述。

　　用聞小豔和呂冬梅的話來說，這叫不能剝奪了彼此的被知情權。

　　聞小豔就轉述老許的講話，原版的，標點符號都不帶漏的。老許說，這女人嘛，四十歲漂不漂亮是一回事，五十歲當不當官是一回事，六十歲有沒有錢是一回事！

　　那老許沒說說女人三十歲嫁不嫁人是一回事？呂冬梅刻薄地回問了聞小豔一句。

　　老許不老，長相偏嫩，甚至可以用豔壓群芳來形容，最起碼在她們單位是。但因為在感情問題上磋砣太久，以至於人過三十了，婚姻上還毫無建樹。就被她的兩個女下屬，給悄悄在嘴巴裡老上了。

　　這一老，讓聞小豔和呂冬梅心裡或多或少有點欣慰，沒辦法，

幸災樂禍是女人的本性。

　　儘管聞小豔和呂冬梅都自認為是本質上還不算壞的女人，但偶爾幸災樂禍一回，應該不影響一個人總體本質的。

　　面對呂冬梅的刻薄，聞小豔表現出了難得的大度，替老許開脫說，人家老許不是無人可嫁，是懶得嫁！

　　哈哈哈，呂冬梅忍不住像魚吐泡一樣，從喉嚨裡彈出一串笑來，只是她的笑像一串拋物線，還沒到巔峰上呢，卻突然，戛然而止了，像被攔腰斬了一刀。

　　聞小豔知道呂冬梅為什麼要戛然而止，那是因為呂冬梅在結婚前，懶得嫁這三個字，她也說過了N次。

　　要不是聞小豔及時踹了她一腳，沒準呂冬梅這會兒也跟老許一樣，繞過女人三十歲嫁不嫁人一回事，直接跳到女人四十歲漂不漂亮一回事那一章節了。

　　在嫁章冬華之前，呂冬梅一直猶豫著。

　　她猶豫的原因很簡單，聞小豔也再清楚不過，呂冬梅對她坦陳過心跡，說小豔啊，我真的，是懶得嫁！

　　為什麼會有懶得嫁的想法呢？呂冬梅知道對這個問題聞小豔一定也懶得問，她就自顧自地給出了答案，小豔啊，我只是覺得，我還有愛上別人的能力！

　　這個別人，聞小豔知道在呂冬梅心中沒具體目標，是泛指一切比章冬華更有潛質更有前途的男人。

　　聞小豔就冷笑，我就知道你不甘心這麼平庸地下嫁，我也知道婚姻是女人第二次投胎不假，可誰說一個女人投胎前必須有知情權的？

　　呂冬梅顯然聽出了聞小豔話裡的意思，人是沒長後眼睛的，可她還是不怎麼服氣，有知情權難道錯了？

　　不是錯了，是大錯特錯了！聞小豔一記警鐘敲下來，你看看老

許，知道嗎，老許就是因為掌握了太多的知情權，結果呢，想投胎也四下無門了！

呂冬梅就去想老許。

一想不打緊，竟想出一身的冷汗來。

老許論長相，論條件，論能力，哪一方面不超出自己一個紅星指數，卻沒有哪個男人肯為她有所作為。

那我，就嫁給章冬華了？呂冬梅一臉的委屈。

不嫁給章冬華也行，如果你願意自降消費水準的話，也可以再等等，聞小豔冷冷一笑下了結論。

呂冬梅一向對生活的要求是向上的，積極的，自降消費水準的事兒，她是相當警惕的。

她還沒那個勇氣年輕輕地去走下坡路。

於是，就順理成章下嫁了。

果然，如聞小豔所言，她比真正懶得嫁的老許比起來，幸福指數超出了許多。

同為女人，三十歲嫁不嫁人還真的不是一回事。

呂冬梅心念只這麼一轉，聞小豔就明白了個八九不離十，兩人對視一眼，不約而同地把目光遞向了對面，對面是老許的辦公室。

老許的辦公室從來是掩著的，不是虛掩，是實掩。誰進去之前都得費一番神兒，先敲門，最低三下，得到允許了，才能進去。

如同她的心，也掩得那麼嚴嚴實實的，這樣的一扇門，估許三次是敲不開的，得三十下！呂冬梅在心裡這麼尋思著。

尋思的當天晚上，她把這番話轉述給了章冬華，呂冬梅一向，喜歡把內心尋思的事兒轉述給章冬華，她認為，兩夫妻之間，彼此也不能剝奪對方的被知情權。

為什麼得敲三十下呢？章冬華不以為然，事不過三呢，她老許

難道不知道這個說法？

呂冬梅就呵呵大笑，說老許當然知道啊，問題是老許都三十歲了！

三十歲，有什麼說法嗎？章冬華還是不解。

人過三十天過晌，呂冬梅笑，這過了晌的當兒你去敲門，人家心正睡得沉呢，三下能驚醒夢中人麼，頂多只是讓人家甦醒過來！

一個人，從甦醒到清醒，是有很遠一段路程要走的！章冬華就作恍然大悟狀，信口開河誇獎媳婦說，冬梅你都可以成哲學家了！

呂冬梅很得意，那是啊，只要進入了婚姻，再不開竅的女人，也有幾句慧語慧語的！

這是事實！在婚前，呂冬梅給章冬華留下的印象就一喋喋不休的女人，動不動還被一些所謂的中年才俊所吸引！

難怪前一段時間網上有90後的男孩集體喊出，那些搶了我們女友的叔叔，你們高抬貴手吧！

幸好呂冬梅是80後女孩，意志比90後女孩堅強了一點，不然加入那幫吶喊大軍中的，極有可能多出他章冬華的聲音來。

想一想，都足以讓章冬華在冬天流出一身冷汗的。

老許這會兒，確實流出了一身冷汗。

老許有個很好聽的名字，許佩雲，想一想就挺有詩意的，在身上佩一朵雲，多飄逸的感覺！可惜，感覺也是別人的感覺，老許自己，飄逸不起來。

她遇到了點麻煩。

麻煩的源頭，如果非要追根溯源的話，與她自己的那番話有關。當時她應該是妒忌了，是的，妒忌聞小豔臉上顯山露水的幸福，不就是早上起了一陣霧嗎，又不是一陣瓢潑得不能再瓢潑的大雨，還值得她老公電話追到辦公室裡展示關懷嗎？

至於關懷的具體內容，老許是無從得知的，她只是剛好從辦公室出來，準備使用一下洗手間的梳妝鏡的。霧讓她感覺渾身上下粘乎乎的，很不舒服。偏偏，剛走近洗手間，更讓她渾身上下粘乎乎的聲音出現了，是聞小豔的，放心啦，人家又不是嬌滴滴的千金小姐，不就是場霧嗎？

那邊說了句什麼，老許聽不見，她只聽見聞小豔聲音千金小姐一般嬌滴滴響起來了，是嗎，那我可得感謝這場霧了，它讓我看出你有一顆呵護我的心啊！

嘖嘖，夠肉麻的！老許身上汗毛直豎。

還感謝霧，霧曉得領情麼，切！老許使勁在外面咳嗽一聲，以示自己的正大光明。也是的，一個未婚的老女人，偷聽人家小夫妻打情罵俏是很值得同情的事兒，要是一不小心傳出去的話。

老許不需要人同情，最起碼在這個有霧的早晨。

聞小豔及時掛了電話，對著鏡子一絲不苟地描眉。她的眉被霧給攪了，聞小豔可以不在乎臉，但對眉毛絕對是精益求清的。她的眉，比柳葉略寬了一線，這一線是肉眼看不出來的，且柔如飛絮，這飛絮也是肉眼看不出來的。能看出來的，是她眉眼裡翻飛出來的風情，有水波，一漾一漾的。

老許曾經，也有這樣一雙眉。

正是這雙眉，讓她跌得很深，深入到骨髓，所以她就冷不丁地冒出了那段由聞小豔轉述給呂冬梅的話，算是有感而發吧！

老許發得很直接，忘了顧及聞小豔的年齡。

女人嘛，四十歲漂不漂亮是一回事兒，五十歲當不當官是一回事兒，六十歲有沒有錢是一回事兒，這是一個越過三十的女人才有的感悟不假，任何事物到最終殊途同歸也不假。

問題，聞小豔還風華正茂著。

女人過了三十歲還被讀書人稱為青澀讓位嫵媚盛開呢，憑什麼讓人家這麼早就一回事兒了。

新婚的女人，調不調情當然不是一回事兒了。

風華正茂的聞小豔看了一眼三十歲就已當上官的老許一眼，擠了擠臉上的皮膚，弄出一個尚可稱之為笑的表情，然後低眉順眼地走開。

乍一看，是在領會老許的感言。

其實老許心裡明鏡似的，聞小豔心裡，一定不以為然著。

從洗手間回到辦公室，老許第一次沒將辦公室關死，她自己，則躲在門後屏聲靜氣捕捉對門辦公室的動靜。

收穫是有的，誤以為老許門掩實了的呂冬梅那句，老許沒說說女人三十歲嫁不嫁人是一回事的原話一字不漏地鑽進她的耳朵裡。

而是還順著耳朵鑽進心裡，生生地疼。

平平常常幾個漢字一組合，居然，可以讓一個人的內心翻天覆地的疼。

老許一瞬間被疼出了這樣一個哲理，成長是需要經歷的，而成熟是需要代價的！

她成熟的代價是被兩個黃毛丫頭無情地嘲諷了，還無處發洩，好歹她也身為她們的上司啊！

這令她眉眼裡有了忿忿的不平。

而且這忿忿的不平還使她犯了一個低級的錯誤，下午回家時居然把家裡鑰匙鎖在了辦公室。

本來，這種小事是很容易補救的，回單位讓門衛開一下大門就行了。

不算怎麼麻煩的事兒。

但老許就是老許，她冷靜地看到這件事背後延伸出來的麻煩。

門衛一向是個嘴巴紮不住的人。

這事要傳出去分明是授人以口實，聞小豔會怎麼說，瞧瞧，三十歲嫁不嫁人還真不是一回事，要嫁了人，一聲令下，老公不屁顛顛趕回家開了門！

呂冬梅呢，依照她的刻薄肯定不會在門上做文章，她會毫不留情地把問題往刻薄深處挖掘，嘖嘖，這女人三十歲嫁不嫁人不光不是一回事，應該是好幾回事，第一回事就是開始丟三落四！

天啦，丟三落四，這詞在老許的概念中是屬於那些在公汽上忘了拉褲子拉鍊的老頭，或者是大街上端著一杯豆漿卻又到處尋找自己剛買的油條的老太專屬的。

這樣的四個字，用她身上，實在是辜負不起啊！

為了不辜負這四個字，老許一咬牙，打了一家急開鎖的電話。老許居住的這座城市，差不多每棟樓梯間都貼滿了急開鎖的小廣告，撕了貼，貼了撕，執著得有點不像話，好像你非得用上一回似的。老許當然是急了，不急就不會隨便撥打這樣一個廣告上的電話，天知道來的都是些什麼人啦！

這自然屬於非得用上一回的狀況了。

老許的麻煩就是從這個開鎖電話開始的。

來的是個小男孩，當然這是老許眼裡的小，小男孩從隨身帶的小布包裡取出一柄帶彎鉤的類似於掏耳勺的東西，蹲下來，打量一下門鎖，又從布包的小口袋裡抽出一根鉤子來。

老許這才留意到這個小男孩。

估計有二十出頭的樣兒，他看鎖的眼神讓人疑心他在看自己戀人，一副含情脈脈的樣兒。

看夠了，才下手，下得很輕，生怕弄疼了鎖眼似的。依老許的想像，打開一把鎖不說要劈劈啪啪像地震起碼也得砰砰作響幾聲

啊，但偏偏，鎖眼只在小男孩手裡響了輕微的叭噠一聲，得，開門揖客了！

還是德國進口的防盜門，兩個細心的鉤子就給征服了，老許忍不住，多看了男孩一眼。

男孩是經不起看的，他羞澀而急促地喘了口氣，居然，就出了汗，頭上臉上眉眼裡都有。

老許的心，就軟了一下，她得給這個為她解決了可能衍生出麻煩的男孩一點小小的獎勵，純粹是，興之所至的一個念頭。

這個念頭一起，老許就沒急著給錢，而是柔聲衝男孩說，進來擦把臉吧！

老許特意沒說擦手，是怕讓男孩難堪，男孩的手估計長年累月和鎖具打交道，顯示出與年齡極不相稱的粗糙。老許知道，在她所在的城市，這樣的開鎖師傅大都經營一個配鑰匙的小攤位，應該是最底層的一種謀生手段了。

男孩打開防盜門，在門口猶豫了一下。

老許屋裡的佈置，是夠得上精緻二字的。其實從老許三十歲了還單身我們就不難推測出，老許是個精緻的女人。但凡精緻的女人，必然挑剔，這是顛撲不破的真理。

是老許眼神的鼓勵，外加在背後輕輕的一推，男孩才身不由己進的門。

洗完臉，老許發現，男孩的睫毛很長，比化妝師用睫毛膏做了手腳的明星眼睛上的睫毛還要整齊劃一。

老許由衷地誇了男孩一句，帶開玩笑性質的，用你這雙眼神去開女孩的心房，應該比你開鎖更有優勢！

是嗎？男孩的眼光一下子明亮起來，聚精會神地望著老許。

老許被男孩聚精會神的眼神弄得有點意外，嚴格說，老許不是

沒經歷過男人的女人，不過她沒經歷過比自己小十多歲的男人這麼肆無忌憚地用眼神傳遞一種訊息。

偏偏這會兒，更意外的話從男孩嘴裡彈了出來，男孩說，姐姐的心房也一定上了鎖吧！

你怎麼知道？意外的老許冷不丁被這一問擊中，也沒解釋順嘴就回問了這麼五個字，這等於，承認自己心房是上了鎖的。

男孩笑笑，抽一抽鼻子，說很顯然啊，這屋子裡沒男人氣息啊！男孩抽鼻子時他的兩排睫毛很快地合到一起又分開，一觸即發的模樣。

老許也學男孩抽鼻子，呵呵，男人氣息？為什麼女人一定得要生活在男人氣息中呢？

正暗自尋思呢，男孩忽然沒頭沒腦冒出一句話來，把我的氣息留在這裡，好嗎？

老許一下子被男孩這話撞傻了眼，這孩子，一定遭到過年輕漂亮女孩的拒絕，不然不會一時衝動要把氣息留到一個都可以叫姨的女人屋裡。

男孩就是老許傻眼的當兒冷不防衝上前抱住老許的。

老許怔了一下，輕輕用手往外推男孩的胳膊，孰料這一推像是給男孩助長了莫大的勇氣，他，抱得更緊了。

被一個小自己十歲的男孩抱著，令老許有種很新奇的感覺，她只好被動地承接了男孩的擁抱，用手在男孩後背上很長輩動作地拍了幾下，柔聲說，好了，好了，你該回去了！

男孩被老許拍得或多或少有點迷茫，他原本以為自己的唐突會換來一個耳光的。疑疑惑惑鬆開雙臂，男孩嘟噥了一句，就這麼，讓我走？在男孩看來，老許既然沒饋贈自己耳光，就是願意留下他的男人氣息，如果這樣，應該還會有點什麼發生的，男孩顯然是有

所期待的。

老許沒打算給男孩一個期待。

她之所以給了男孩一個模棱兩可的態度，是由於她內心的憐憫起了作用。

老許真的，內心只是憐憫了一下，以她的資質和閱歷，是不可能對一個這麼小的男孩動上心思的，問題是，這個小小的憐憫衍生出來的麻煩，卻不是小小的。

直到遇見了章冬華，她的麻煩才得以解除。

那會兒，章冬華和她還不認識。

老許要是知道自己的名字已經N次鑽進過章冬華耳朵裡，人家還曾經以她作過哲學的素材，打死她也不會由章冬華來見證自己的尷尬的。

差不多每天，只要到了下班時間，陳如東，就是那個會急開鎖的男孩，總會在路上攔住老許。

老許，自然是不理她的。

男孩不在意，一聲不吭，亦步亦趨地跟在她的後面走。

老許肯定是走不脫身的，老許往往就會一臉慍怒地回過頭衝男孩大叫一聲說，到底你想做什麼啊，陳如東？

陳如東往往會被老許的驚叫嚇一跳，如同打了張的兔子豎起耳朵左顧右盼一番，那眼神流露出的是明明白白的失措與驚慌。

老許一下子，又於心不忍了，輕輕歎一口氣。

這聲歎氣對陳如東來說，無異於一種暗示或者鼓勵，他一撐身子，又跟上了老許。

就這麼一直跟到進了老許的屋子，然後是冷不防的展開雙臂抱上去。

老許一般是先僵持著，一動不動的，像一截木頭。老許想過

了，一截木頭，你能抱出什麼感覺來呢？

陳如東也奇怪，他除了就這麼抱著，居然什麼動作也沒有。

總不能就兩人木樁一樣站半天吧！

多半時候，是老許選擇了妥協。

老許的妥協就是被動地伸出雙手在陳如東背後很長輩形式地拍兩下，再很溫柔地說上一句，好了，好了，你該回去了！

陳如東多半會疑疑惑惑看老許一眼後，再一臉迷茫往外走。

差不多，這個過程都被複製了下來。

老許也知道陳如東對自己造不成什麼傷害，一個三十歲還獨身的漂亮女人，還有什麼沒被傷害過呢？不說是百煉成鋼的話，起碼也是油鹽不進了。

老許只是承接不了這曠日持久的麻煩。

是的，她有預感，如果自己不想辦法解決的話，這個麻煩一定會曠日持久地進行下去，陳如東是固執的，他的固執源自他的耐心，能擁有開鎖手藝的人，其耐心可見一斑。

這天的老許是存了心的，她的目光一直是四顧著的。

一個游目四顧的女人，我們可以想像出其眸子中流露出來的風情。章冬華是無意中闖進一段風情的，他真的只是，路過。

老許那會兒正想來個拉郎配呢，她知道，再有兩分鐘，陳如東就會出現了。

老許是個有點憐憫心的人，這點先前說過，她只是想把這個麻煩給不露痕跡解決掉，至於傷陳如東的心，她沒那個打算，也沒那個必要。

陳如東只不過是喜歡她，而喜歡一個人，是沒有過錯的。人，在成長的過程中，這樣的錯誤我們永遠也繞不過去。

章冬華是唯一一個闖進老許視線，並讓老許迅速產生依賴的

男人。

為什麼會這樣呢？原因很簡單，熙熙攘攘的馬路上，老許明明白白看見章冬華跟在一個老太太的身後，伸出手臂隔出一個空間，免得後面的人擠到或者擦著了老太太。

章冬華做得很有分寸，他沒有直接攙扶老太太，為什麼不直接攙扶呢？老許是這樣給出的答案，他一定是擔心在人心不古世風日下的今天，萬一老太太有個閃失什麼的，他也難逃干係，這樣的事例報紙電視上並不鮮見。

也就是說，章冬華的愛心建立在明哲保身的前提下。那麼，要是這樣的一個人肯對老許施以援手的話，老許就不必擔心受了他滴水之恩要湧泉相報了，這是最明智的選擇，雙方都沒心理上的負擔。

老許自打過了三十，就不想給心理上再添任何負擔了，主要是負擔不起啊！三十歲，青春的尾巴梢了。

就在老許一眼認定章冬華時，章冬華還懵懂無知著，當他正為自己成功的不動聲色護送老太太過了馬路這一壯舉而沾沾自喜時，一個女人的臂彎忽然纏住了他的胳膊，哎呀，表哥，我等你好久了！

章冬華吃了一驚，腦海中狠狠過濾一番，七大姑八大姨都尋思了一遍，沒老許這麼漂亮臉蛋的表妹。

正要往外抽胳膊呢，老許壓低聲音把頭往他肩上一靠語氣很急促地說，救一下急，挽著我走完這條街！

章冬華打量了一下這條街。

街不長，這要求不難，救急的事兒，難也得做啊！章冬華就深呼吸了一下，老許的體香肆無忌憚地順著這一深深的呼吸鑽進了章冬華的身體。

章冬華條件反射般地順手挽緊了老許。

　　陳如東一下子傻了眼，這個心房上了鎖的女人，這麼快就給自己找到了一把鑰匙？

　　看來，他陳如東真的只是急開鎖一下，需要的時候視為珍寶，不用的時候棄如敝屨。他本來決定今天是無論如何也要嬉皮笑臉誘敵深入一把的，老許是一截木頭又能如何，石頭都可以捂熱的呢！

　　但今天，他什麼也捂不了啦，陳如東費了很大力氣才把雙手插進褲兜裡，假裝若無其事的樣子不緊不慢地離開。

　　陳如東的離開，無疑是倉促的，在內心。他自己都能感到一股氣體莫名所以地在身體內部躥來躥去，最終不知所蹤了。

　　章冬華是沒打算讓自己氣息留在老許房間的，責任在老許身上。

　　老許為了把卿卿我我的樣子搞得投入一點，很快入了戲，她一向喜歡把事情揣得太透的。不然以她才三十歲的人生閱歷也說不出，女人四十歲漂不漂亮是一回事，五十歲當不當官是一回事，六十歲有沒有錢是一回事。老許的揣摩是，陳如東肯定看到這個場面會心生疑惑，疑惑之後必定會跟蹤他們。

　　既然做戲，就乾脆做逼真一點，把這個男人請了進屋，請人家喝杯茶再走也不遲。哪有戀人一進門又急匆匆抽身而走的呢，於情於理都說不過去啊！

　　要想天衣無縫，只能委屈一下自己的房間了。

　　老許一直都以自己房間沒有男人氣息為豪，她要讓別人知道，女人，三十歲嫁不嫁人也一回事。

　　這個別人，矛頭顯然是直指聞小豔和呂冬梅的。

　　不嫁人也能活得挺滋潤的，這是她一直積極傳遞的訊息。

　　老許就滿臉彰顯著這份滋潤把章冬華往自己家中引領。

　　章冬華亦步亦趨地，一點也不覺得有什麼不對。早在很久以

前，他就渴望能有這麼一場突如其來的豔遇，他一直覺得自己身上有種不可言狀的氣流在沒頭沒腦地盤旋著，這應該是等一個女人的氣場出現吧。一旦相遇，就能發揮作用，令彼此心跳加速，身心出汗。

可憐章冬華，到這會兒也不知道身邊的女人就是在自己嘴口過濾了多次的老許。

只有陰差才能陽錯的！老祖宗在這件事早有定論。

更有陰差陽錯的事兒在後面呢，老許習慣性進了屋後，沒換鞋，也沒作別的任何舉動，而是一轉身，面對著章冬華，伸開了雙臂。

她已經習慣了每天回家，陳如東給自己那樣的一個冷不防的擁抱，這都相當於安裝電腦上的一道程式了，沒了這個擁抱，老許都不知道下一道程式如何運作。

章冬華是被老許突然擁進懷裡的。

這個突如其來的擁抱令他大腦缺了一下氧，缺了氧的身體我們都知道，是和木頭一樣沒有區別的。

好在章冬華這截木頭，很快就反應了過來。對一個陌生女人的投懷送抱，他還暫時不怎麼習慣，所以他只好繁衍了一把，輕輕把手在老許背上拍了兩下，然後俯在老許耳邊說，好了，好了！我該回去了！

章冬華是該回去了，呂冬梅明天生日呢，他得商量一下明天的生日該如何過。

老許被章冬華輕柔的語調喚醒過來，臉迅速地羞紅了，老許低下粉白的頸脖，俏臉含著小女孩般的嬌嗔，你不會竊笑一個三十歲未婚女子的失態吧！

怎麼會呢？章冬華一臉善意的笑笑，一個三十歲未婚女子的失態應該是真性情的一種流露啊，我應該慶幸自己才對的。

為什麼慶幸？老許聞言一怔。

因為你讓我知道了，女人，三十歲嫁不嫁人絕對不是一回事兒！

哦，願聞其詳！老許腦海中電光火石般一閃。

章冬華笑笑，這女人嗎，三十歲嫁了人的，沒幾個還會臉紅，更沒幾個在意自己的失態！

那她們在意什麼？老許擺出一副虛心求學的認真勁兒。

她們只在於自己嫁得失不失敗！章冬華歎了口氣。

怎麼才能知道自己嫁得失不失敗呢？老許繼續不恥下問。

找身邊的未嫁女子作參照物啊！章冬華再輕輕歎一口氣。

找了又怎麼樣呢？老許是真的來了興趣，她冷不丁想到，自己也許一不小心就作了聞小豔和呂冬梅的參照物。

找到了就拚命展示自己的幸福啊！被男人呵護著的招搖過市的幸福啊！章冬華一臉的無奈，這就算了，還非得讓自己一個局外人擁有對參照物的知情權。

知情權？老許一下子瞪圓了雙眼，仿佛自己一次又一次被扒光了衣服被素不相識的男人正品頭論足著！

老許有點憤怒不已了。

章冬華沒理會這些，他被老許的鍥而不捨勾起談興。平日裡都是呂冬梅用話題牽引著他，他一直處於被談的對象。今天，難得自己牽引一回別人，而且這個別人吧，不光是一個豔壓群芳的女子，還是一個未婚的會嬌羞失態的女子，這種牽引無疑讓容易滿足一個男人的成熟感的。平時寡言的他就黃河決堤樣一發而不可收地侃侃而談起來，比如說我吧，我媳婦單位有個女的，三十歲了，未婚，更重要的，她還是個領導，章冬華咽一下喉嚨，看著老許，你猜怎麼著？

怎麼著？老許冷冰冰地問。

章冬華一臉的興奮，這個女人吧，曾說過這麼一句話，女人

嘛，四十歲了漂不漂亮是一回事，五十歲了當不當官是一回事，六十歲了有沒有錢是一回事！

老許臉一寒，這話有錯嗎？

沒錯啊！章冬華呵呵一笑，問題是她忘了一點，女人，三十歲了嫁不嫁人絕對不是一回事！

怎麼就不一回事了？老許咬了一下唇，繼續發問，她的頭有點疼，叫這些話砸的。

嫁了人的女人，是不會隨便找人救急的，章冬華故意停頓一下而後才慢條斯理地吐出後面至關重要的幾個字來，因為，丟不起臉！

未嫁人的女人呢？老許臉上血色迅速隱去。

章冬華臉露得色，未嫁人的，只好病急亂投醫了！章冬華正準備還幽默一句，我願意隨時醫治你臉上的羞澀呢！誰知眼前的老許臉色大變，猛然喝斥一聲，滾！給我遠遠地滾！

這聲滾喊得地動山搖的，章冬華身邊的氣場唰一下沒了影蹤。

十分狼狽的章冬華剛躥出屋門，防盜門就砰然關上了，章冬華怔了半晌，百思不得其解，沒理由這樣啊，她好歹得給自己一個理由啊！

他有被知情權的啊！

一臉憤然的章冬華便回過頭去敲那扇防盜門。

敲一下不行就兩下，敲兩下不行就三下。

章冬華尋思著，最低也敲他個二三十下，發洩一下自己的被剝奪了知情權的不滿。

渴盼麻煩

陳偉業睜開眼睛的第一個意識是頭疼。

這就意味著他又一次度過了一個不眠之夜，說白了，他的閉眼睜眼只是一個表像，他的心思，一直是處於清醒狀態的。

或者叫渴盼狀態更為合適。

說了你也許不信，陳偉業的不眠，僅僅是為了渴盼一次麻煩的來臨。

呵呵，很令人奇怪不是？居然有人渴盼麻煩，這年月渴盼升官發財吃喝玩樂的並不鮮見，但渴盼麻煩的，陳偉業絕對是像電視廣告上說的，只此一家別無分店。

一個星期了，她怎麼就不來找自己呢？陳偉業把頭往天花板上盯上去，天花板上有幅花好月圓的圖案，很喜慶，喜慶得很不適合一個單身男人在下面仰望。

是的，陳偉業是個單身男人，這一點從他的渴盼可以得到有力的佐證，是的，七天的渴盼啊！

讓我們把時光倒退到七天前吧！

七天前的陳偉業，怎麼說呢，有那麼點無所事事，他一向，也沒多少正經事可做。

一個跑推銷的，呵呵，我這麼說絕對不存在找蔑視的意思，相反的，我甚至很崇拜陳偉業。他跟我同齡，居然換過不下於二十種工作崗位，而我，這實在是很難以啟齒的一件事，竟一直在一家公司做一個送水的民工。固步自封是殺，安於現狀是死，毫不誇張地

說，從我肩膀頭上扛過的純淨水，灌滿一座游泳池是綽綽有餘的了，當然，這也是陳偉業動不動用來嘲諷我半死不活生活狀態的原話。

你不會，想灌出一條長江來吧！陳偉業做出一副崇敬無比的表情，望著我，意圖刺疼我的神經。

去你的！我想灌你個翻江倒海，信不信？這是我打擊陳偉業最有效的手段，每次我倆一起上大排檔喝酒，他的胃裡就會翻江倒海一番。

那天，無所事事的陳偉業承我嘴下留情，胃裡雖然呈波濤洶湧狀態，但尚不至於會翻江倒海。

他就在一波一波的酒精作用力下把自己的腳步洶湧到了街頭。

跟別人喝醉了酒稍稍有點區別的是，別人醉了喜歡扶牆，陳偉業不扶牆。男人，本身就是要站成一堵牆的，要扶也得扶女人！這是陳偉業沒喝醉之前端杯時的開場白，其實說句不怕寒磣他的話，他都活了二十五歲了，還沒借醉扶過哪個女人。

不是他膽氣不夠，也不是他臉皮不厚，一般喝醉過酒的男人都知道，有酒作底氣的男人渾身是膽不說，那臉皮也有防彈玻璃那麼厚。

陳偉業之所以扶不上女人，責任不在於他，在那些嬌滴滴的女人身上。

人家見了他醉醺醺的模樣避之還唯恐不及呢，誰還肯給你來扶一把，除非也遇上一個女酒鬼。

對啊，酒醉心靈著的陳偉業在街頭上被冷風一吹，這才想起來，二十五歲了，他遭遇了那麼多女孩子的白眼，唯獨沒遭遇一次女孩子的醉眼。借醉扶女人的前提是，女人必須也得醉啊！陳偉業就在午夜的街頭扯著酒氣沖天的嗓子唱起了那英的那首《霧裡看

花》，借我借我一雙醉眼吧，讓我把這紛擾看個清清楚楚明明白白真真切切。

撲通！一聲踉蹌，跟著是一串哇哇哇的嘔吐聲。陳偉業尋聲望過去，一個女子正弓著身子劇烈地咳嗽著，咳嗽完，女子衝陳偉業招了招手，有氣無力地笑，說我實在忍無可忍了才吐的，你唱的什麼歌啊！

這話太讓陳偉業的尊嚴受到傷害，你明明酒喝多了才吐的，反賴上是聽了別人的歌聲，我陳偉業歌聲有那麼不堪入耳麼？

陳偉業就大著舌頭反擊說，我的歌咋的了，字正腔圓餘音繞梁著呢！

還字正腔圓！拜託你咬準字行不，是借我借我一雙慧眼，不是醉眼！女子不咳嗽了，一本正經地糾錯。

陳偉業嘴一撇，我這是即景唱法，這會兒別說是你，就是那英也借不了我一雙慧眼，我只想借一雙女人的醉眼就行。

為什麼呢？女子怔了一下。

有一雙女人的醉眼，我就可以扶女人，不用扶牆啊！陳偉業大著舌頭解釋。

女子就眯了一下眼，使勁瞅陳偉業，瞅著瞅著，迷瞪一下子，然後受了驚一般又努力睜開，接著再使勁瞅，瞅著瞅著，再迷瞪一下子。

這顯然，是一雙醉眼！一雙屬於女人的醉眼。

陳偉業心裡，就咯噔了起來。

胳膊也咯噔一下，有點自作主張的意思，先於大腦發出指令前就衝女子身體扶了上去。

扶上去了，還大著舌頭衝女子身後不遠處的一個男人嘻皮笑臉來上了一句，謝謝你啊，把我媳婦給送到身邊了！

那個男人嘴裡咕嚕了一句什麼，陳偉業沒聽清，他只恍恍惚惚看見男人搖了搖頭，走了，很不甘心似的。

你別說，剛才他們兩人的那番對話，還真像一對賭了氣各自喝了悶酒又巧遇上的小倆口。

陳偉業不知道，他剛才的一番嬉皮笑臉，無形中救了女子一把，女子叫成雲惠，是一家幼稚園的教師。

這年月，一提到幼師，人們眼前立馬就能浮現出一個能歌善舞的漂亮女子形象來，成雲惠自然是這眾多形象中的一個。

但她並不知道，她的形象被一個流浪漢給悄悄盯上了，就是剛才尾隨她身後的那個男人。

事出皆有因！

這個流浪漢也是無意中在一張報紙的花邊新聞中，看見的一樁令自己羨慕不已的美事的。

那美事是這樣的，某年某月某日某縣城，第某級初中一女教師，新婚不久，與一幫朋友為自己慶生，酩酊大醉後，結束，表面鎮定的她，也沒引起朋友們的注意，獨自向家的方向走去。在劉伶路某路口垃圾堆放站處醉倒，人事不知。此垃圾點有一常駐流浪漢，撿了美女抱到劉伶廣場路口轉向燈標的花壇裡，二人激情共眠一夜。第二天一早，清潔工看到兩具裸體男女，臥於花壇中，用掃帚拍打流浪漢，流浪漢不離開，急報110。員警來後，才叫醒宿醉未醒女子。

同樣是流浪漢，為什麼這種美事不落在自己頭上呢？那個流浪漢流著哈拉子合計一番，來了個現代版的守株待兔，居然，真讓他守著了半醉狀態下的成雲惠，只不過，與計畫有出入的是，兔卻沒撞到他這個樹樁上，被人半道上劫了！

陳偉業這一劫，屬於費力不討好，他原來是打算醉了扶一把女

子作為依靠的，沒承想，女子這會酒勁一上湧，得，改成扶他了。

陳偉業只好把自己站成了一堵牆。

眼下，這堵牆上貼著一個嬌柔的女子身影，慢慢移動著，很艱難。

為不讓街頭的巡邏人員上來盤問，差不多每移動幾步，陳偉業就會提醒自己來上一句，媳婦啊，就到家了，拐個街口就是呢！

這叫做，未雨綢繆。

女子的表現很配合，嗯，回家，你別認錯路哦！

有那打從兩人身邊經過的人聽見了，忍不住在心頭暗笑，這兩口子，真的叫不是一家人不進一家門。

如此三番五次下來，陳偉業知道，他們永遠也走不回家。女子的家他不知道，他的家是跟我合租的，帶回個女子，一是不方便，二呢，一個酒醉的女子對清醒男人始終存著潛在的提防的！

這麼走一夜顯然不是個事，最後陳偉業總算找到街心廣場上的一個躺椅，比天當被地當床上了一個檔次。趁還有點酒勁兒，陳偉業把女子抱上躺椅平放下來，自己呢，則坐在一側，嘴裡叼了根煙。羅丹的塑雕作品思考者一樣以手支額想起了心思，其實，那煙他沒點著，含在嘴裡只是做做樣子。

不知道的人，以為小倆口貪涼快在廣場上避暑呢，這種事兒，在小城不鮮見。

陳偉業的做法印證了酒醉心靈這一老話，廣場上有路燈，儘管路燈一臉冷漠地高高在上，但它起碼可以見證陳偉業君子坦蕩蕩的行為不是？

是的，陳偉業認為自己的行為是坦蕩蕩的！哪怕他口口聲聲喊女子媳婦了，可說到底，也是為了減少人們的猜疑而已，這應該是很高尚的一種行為，跟卑鄙是相去甚遠的。

但凡喝酒的人，思路總是單一的，陳偉業這會兒就一廂情願地認為，他口口聲聲喊這個陌生的女子為媳婦不帶任何歹意，連占點口頭便宜的想法都沒有。

因為沒有，他一聲一聲的媳婦就叫得理直氣壯的，直到自己整個心思沉迷進去。

守著一個可以叫做媳婦的女子，這是陳偉業一直夢寐以求的一個願望，陳偉業就在這種夙願得償的欣喜中沉沉睡了過去。

跟新聞中的那個醉酒女教師不一樣的是，成雲惠沒等清潔工來驅趕陳偉業就自己醒了過來，這樣也好，不至於去驚動110的同志，人家多辛苦啊！她的醒，也絕對不是自然醒的，而是她迷迷糊糊的在一陣紛至遝來的腳步聲中聽見了有人在呼喊自己的名字。

女子自然，就條件反射般地翻身爬了起來。

身邊同時被驚醒的陳偉業自自然然就印進了她的眼簾。

媳婦，你，幹啥呢？陳偉業因為心裡藏著欣喜，睡意自然就不深。

你叫誰，我，你媳婦？女子嚇了一跳，整個人，徹底清醒過來，跟著就低下頭翻檢自己的衣服，那個醉酒女教師跟流浪漢激情一宿的新聞她也看過。

還好，自己全衣全褲，身上，也似乎沒不對勁的地方，也就是說，她沒被侵犯過的跡象。

陳偉業眨一下眼，說，是啊，我叫你媳婦，這不是為了——他剛準備說是為了掩人耳目的。

女子啪一耳光甩了過來，陳偉業這回是沒掩上別人耳目，先掩上了自己的耳目，成雲惠的巴掌雖然柔，口氣卻柔裡帶了剛，你嫌我的麻煩還不夠多啊！

陳偉業頭大了一下，借著酒意大包大攬地說，有什麼麻煩我給

你扛著，行不？媳婦！

女子冷眼看一眼陳偉業，說，你記著你自己說的話，別後悔就行！

陳偉業當然就記著了！

他同時還記著了，那紛至遝來的腳步聲中夾雜著一兩下惡狠狠的跺腳聲，再後來，女子就被腳步聲簇擁著走了。

其間，有個男人的嗓門很尖銳地從腳步聲中突圍出來吼了一聲，成雲惠，你可真給我長臉啊，是不是也想找個流浪漢上一回本地新聞？

陳偉業這才知道，女子的名字叫成雲惠。

找個流浪漢上新聞？陳偉業覺得自己受到了侮辱，當老子是流浪漢啊？老子有職業的！他使勁吼了這麼一嗓子，吼完才發現情況有點不對，因為他明明白白看見成雲惠的腳步踉蹌著回了一下頭，那目光中含滿了哀怨。

陳偉業心裡哐噹一響，很明顯的，那哀怨擊中了他。

女人的哀怨後面，肯定是纏雜不清的麻煩，陳偉業忍不住縮了一下脖子。

成雲惠是有苦衷的，不然不會一個女子單身出來借酒澆愁。

她的苦衷一半源於她的工作，一半源於那個尖銳的聲音，尖銳聲音的主人，是她男朋友。

男朋友那天上網，看見趙薇在上海電影節上說過這麼一句話被傳得沸沸揚揚的，忽然來了興致，要在成雲惠身上實踐一把。

趙薇說了句什麼話呢，很簡單，為了變態的觀眾，必須要煎熬自己！這話雖然冒失，但也確是肺腑之言。

男朋友就在成雲惠下班路上攔住了她，嬉了皮笑了臉說，成老師，我尿褲子了，幫我換褲頭吧！

成雲惠抬頭，男朋友手中果然捏著一條褲頭。

你，變態啊！眾目睽睽之下！成雲惠嗔了一下。

喏，男朋友嘴角撇了一下，我們可以在車裡換的！成雲惠順著男朋友撇嘴的方向看過去，果然，有台車趴在那兒，嶄新的車。

一定是顯擺自己的新車來了！成雲惠皺一下眉頭，天天跟孩子打交道，成雲惠是單純的。

因為單純，成雲惠就沒在意，她繞過那輛車，繼續往回走。

男朋友不屈不撓地，我怎麼變態了？人家只是想享受一下被你呵護的感覺啊！

你是享受了，可我呢？那叫煎熬，懂不，你以為我天生喜歡給人換褲頭啊！成雲惠白了男朋友一眼。

男朋友就停下腳步，說，我明白王珞丹挺趙薇那話的意思了。

那話，那話是什麼話？成雲惠聽說過趙薇那個事件，但王珞丹挺趙薇的話，她真沒聽說。

男朋友就一字一字念給她聽，說，大家都變態，別把我們逼回正常人！

你意思是，我不正常？成雲惠一下子警惕起來。

你要正常，就會主動給我換這個的！男朋友再一次揚揚手裡的褲頭。

成雲惠啪一下奪過褲頭，使勁往男朋友頭上一套，這一下你覺得正常了吧！

男朋友一點也不正常地叫了起來，成雲惠你這輩子也就幼兒的情商了！

幼兒情商怎麼了？起碼單純，起碼不變態！成雲惠使勁喊出這麼一嗓子，轉身鑽進了一輛的士。

這一鑽成雲惠順便把自己鑽進一條死胡同。

你不是說我不正常麼，那我就反常一把！成雲惠氣呼呼地，怎樣才算反常一把呢？對她這樣一個以道德標準形象嚴格要求自己的女教師來說，還真是一個難題。成雲惠在車裡尋思良久，也沒半個頭緒，她就忍不住問了司機一句，喂，師傅，向您請教一下。

她有理由向司機請教，跑的士這一行，接觸的人可謂三教九流，五花八門，算得上見多識廣的人。

的士司機果然一副見過世面的口氣，說吧，什麼事？

怎樣，才能做一個反常的女人？成雲惠到底做慣了淑女，問這個話時就有那麼點吞吞吐吐的。

這個啊，看你打算反常到什麼程度？司機輕描淡寫地笑笑，在後視鏡裡看一眼成雲惠。

是啊，反常到什麼程度呢？成雲惠吐一下舌頭，淺嘗輒止的那種反常吧！

這個太簡單，司機一臉的波瀾不驚，平日抽煙不？

不抽，我對香煙過敏！成雲惠實話實說。

那就喝酒吧！司機指明方向，女人，只要喝了酒，就會反常的！

怎麼個反常法呢？成雲惠好像酒已端在手裡，只等往嘴裡灌了，她得清清楚楚知道結果是什麼樣子的。

這個吧，因人而異，司機很老道地說，但差不多都是平日惜言如金的會滔滔不絕，一向斯文有加的會張牙舞爪！

就這些！成雲惠追問了一句。

就這足夠了啊！司機不看後視鏡了，回頭認真看一眼成雲惠，難不成你覺得殺了人才算反常？

成雲惠忍不住就笑了，她縱然再反常，也沒勇氣殺人的。

那就喝酒！

一直以來，成雲惠就以為，喝酒是男人的專利。

剝奪一把男人的專利權，這讓成雲惠興奮。

原來每個女人骨子裡都渴盼成為壞女人的，這是第一杯酒下肚後成雲惠腦子裡湧上的第一個念頭，因為，在端起杯子遞到唇邊的那一瞬間，她看見，眾多的目光聚焦到了她的身上。

擱平日，這些目光縱然再貪婪也只是偷偷地，假裝無意的掃描她一眼。

成雲惠的漂亮得體，是經得起人們審視的，但像這麼呈大規模狀肆無忌憚地被男人目光觸摸，於成雲惠來說還是第一次。

感覺，怎麼說呢，居然很有成就感。

成雲惠就著這成就感咽下了第一杯酒，同時咽下的還有那些男人熱辣辣的目光。

呵呵，什麼叫眾矢之的，這就是！成雲惠心領神會般笑一笑，仰頭，又喝第二杯酒，萬千寵愛聚一身她不奢望，她只消成為眾人眼裡的萬綠叢中一點紅。

跟她想像如出一轍，第二杯酒下肚，她的臉真的紅了，像映日的荷花，在這別樣的紅中，成雲惠抬起頭，把眸子迎著那些目光一一碰撞過去。

撲撲撲一通亂響，呵呵，她想像的，那些男人的目光全大珠小珠落玉盤了。很正常的事兒啊，成雲惠原來以為，那些男人，既然都肆無忌憚了，應該跟自己的明目張膽來個迎面相撞，擦出火花的，可偏偏只擦出一地的尷尬。

可恨天下，居然沒個敢擔當的男人！

成雲惠一咬牙，吞進了第三杯酒，吞完獨自念了起來，人生一世有熱涼，晨要擔當暮要擔當，丈夫遇事似山崗，毀也端莊，譽也端莊！

連對視一眼底氣都沒有的男人們啊！成雲惠長歎一聲，她自知

酒力不濟，歉完就起身，結帳，出門。她只是反常一把，像電影演員表裡的友情客串，至於爛醉，她沒那個打算，戲自然沒做到底的必要。

要不是反常一把的心理作怪，成雲惠也不至於要在午夜的街頭上仔細糾正陳偉業歌詞中那點小小的瑕疵了。

只是她這一糾錯事少，卻把自己的生活的軌道給糾得偏離了。

離開陳偉業，成雲惠就那麼腳步踉蹌著跟在男朋友後面，深一腳淺一腳地沒個倚靠往前躥。

男朋友始終保持著兩米以上的距離，偶爾回過頭，抽一口煙，眯著眼，嘴角掛著冷笑，一任成雲惠如風擺楊柳地躥行。

不知道的，還以為他欣賞成雲惠翩翩起舞的身影呢，實際上，他心裡明鏡似的，他要的是成雲惠在自己面前風度全無，以後再也抬不起頭來。

到那時，他想怎麼變態煎熬她都是可以的。

但成雲惠沒給他變態的機會。

踉蹌著走出一條街，成雲惠突然停下了腳步。她本來一直風擺楊柳來著，這一停有點猝不及防，男朋友已經走出了好幾米遠，一回頭，在固定的視線裡，他的冷笑撲了個空。

男朋友就臉色鐵青著發問，怎麼了？

我，腿軟！成雲惠雙膝一屈，蹲了下去，你背我！

得，都人家媳婦了，還用我來背？男朋友從鼻子裡噓出一聲。

你說的啊，人家媳婦，與你無關了是不是？成雲惠捶一下發軟的雙膝，往起慢慢站，一點，又一點，再一點，一寸寸撥高自己身體。

站直站穩了，開始往剛走過的路線折回去。

你，幹什麼？男朋友神色極度不自然起來，難不成真想找個流

浪漢，上一回新聞！

成雲惠慢慢扭轉頭，她扭得很吃力，如果你足夠細心，甚至可以聽見成雲惠為扭這番頭，脖子間發出的唭嚓一響，足見以她用了多麼大的決心，在這一扭上。

當然，真讓男朋友聽見唭嚓一響的是從成雲惠舌頭上彈出的聲音，你再提一下什麼流浪漢試試，信不信我死個剛烈的樣式讓你陪我上一回新聞？

男朋友顯然被向來溫柔有加的成雲惠的剛烈言語駭怕了，上新聞，尤其這種新聞，他顯然是沒勇氣的。

人，在沒勇氣的時候，都有一個看似明智的選擇，那就是——迅速逃離。

成雲惠的男朋友更明智，他選擇了永久的逃離。為什麼要永久呢？原因很簡單，他實在沒勇氣追尋那天成雲惠在廣場上跟那個叫她為媳婦的男人做過什麼。

儘管那人不是流浪漢，儘管在街燈的密切注視之下，可古話說了的，百密還有一疏啊！

沒哪個男人肯在自己女友與人孤男寡女相處一夜的情況下疏上一把的，何況還是醉酒狀態下的孤男寡女呢？

酒是能亂性的，這是眾所周知的事兒。

還有一件眾所周知的事兒，是陳偉業亂酒歸亂酒，絕不亂性。

譬如那天晚上他的行為，就很值得標榜一番，大張旗鼓地標榜一番。只是，令人節擊長歎的是，陳偉業大張旗鼓也好，小聲敲鑼也罷，他能選擇標榜的對象只有一個，那就是我！

用時下流行的話來說，我是被標榜的！

試想啊，一個無所事事的男人，幹任何工作熱心不到二個月的男人，有什麼可值得標榜的呢？

我是因為處境關係，是的，生活處境造成的，兩人住一間屋，他放個屁瞞不過我，我打個嗝也躲藏不過他，這種值得大書特書的事兒，我要真不被他標榜一下，也是天理難容的。

　　第一天晚上失眠後，陳偉業眼神還是炯炯發亮的，他出門前第一句話就是問我，小號啊，你說，成雲惠會不會帶人來找我麻煩？

　　小號是我小名，我搔一下頭，說，媳婦帶人找老公麻煩？你類人猿的智商啊！

　　我這話有點重，遭到重創的陳偉業立馬一臉羞愧地低下了腦袋，他知道我在嘲諷他。

　　好在，他是一個習慣了冷嘲熱諷的人，換句話來說正是這些冷嘲熱諷見證了他的成長。

　　接下來第二天晚上的失眠充分證明，陳偉業不光能習慣冷嘲熱諷，更能經受冷嘲熱諷。他居然等我一雙眼還沒完全睜開，就不恥下問起來，小號啊，你說成雲惠會不會來找我麻煩？

　　我雖沒完全睜開雙眼，但我心思是完全睜開的，陳偉業的問話少了「帶人」這兩個字，不用說，陳偉業是想借人家找他麻煩時跟成雲惠有所接觸，孤男寡女的那種接觸。

　　我就決定把他的智商往古代周口店的北京人進化一步，我說成雲惠肯定要找你麻煩的，你等著！本來我後面還有話的，可陳偉業沒給我機會，他屁顛顛出去等成雲惠來找麻煩了。

　　見過傻的，沒見過這麼傻的！我搖搖頭，歎一口氣，很想給陳偉業淋上一桶公司的純淨水，想一想那得賠上水錢，就放棄了。

　　我讓他等著啥呢？當然是等著成雲惠醉酒啊，不難想像成雲惠不醉酒的情況下，眼裡哪有陳偉業這樣的人物啊！

　　在這點上，不是我們喜歡自卑，是現實告訴我們，要懂得自卑。

　　陳偉業就這麼一連清醒著失了七次眠。

失眠到了文章開始說的頭疼境地。

治療頭疼的方法，我不說大家也知道，唯有一醉才可方休，這點上鄭板橋他老人家諄諄教導過我們，難得糊塗嗎，而要讓陳偉業這樣的人糊塗，醉酒是最直接最有效的方法。

我就捨命陪了一把君子，打算讓他翻江倒海一回，但偏偏那一夜，我翻江倒海了，他卻連波濤洶湧的程度都不到。

他只好重蹈舊轍，去空曠的大街頭扯著破鑼嗓子唱那英的《霧裡看花》。

借我借我一雙醉眼吧！讓我把這紛擾看得清清楚楚明明白白真真切切——

撲通一聲趔蹌，像是情景再現上次的畫面一樣，一串哇哇哇的嘔吐聲響起來。

陳偉業循聲望了過去，一個女子正弓著身子劇烈地咳嗽。

與先前不一樣的是，女子咳嗽完了，卻不說話，只望著陳偉業傻笑。

陳偉業有點不知所措了。

那女子，真是他為之失眠了七個夜晚的成雲惠。

成雲惠不傻笑，徑直走了過來，老公，我們回家吧，跟著，胳膊已挽上了陳偉業的肩頭。

陳偉業嚇一跳，掙脫成雲惠的胳膊，你喊我，老公？

有什麼不對麼？成雲惠笑，一臉醉意地笑，七天前，你就喊我N遍媳婦了啊！

七天前，陳偉業使勁咽一下喉嚨，七天前你醉得人事不知呢！

那你現在，沒醉得人事不知吧？成雲惠再一次把胳膊纏繞上來。

我，是沒有，人事不知！可我——陳偉業本想說可我是為了免得別人猜疑，免得巡邏人員盤問，免得給她惹麻煩的。

可你什麼？可你叫了我一晚上媳婦！成雲惠的話忽然清晰明朗起來，你說吧，是什麼居心？

什麼居心？陳偉業一怔，他實在是想不起自己有何居心了，因為他根本沒有居心，我只是順嘴那麼一叫，他心虛地說。

就是順嘴那麼一叫？成雲惠顯然不信，沒點別的什麼想法？

陳偉業就使勁挖掘自己大腦深處的想法，自然是一無所獲。

那你唱什麼借你借你一雙醉眼，難道不是想跟那個流浪漢一樣？成雲惠提醒陳偉業。

哦，那個啊，那我還真有點小想法，陳偉業眼睛一亮。

什麼小想法？成雲惠眼睛裡也有什麼東西燃燒起來，亮晶晶的。

我，我，我！陳偉業有點不好意思啟齒了，他那點小想法，實在不足以為外人道也。

說吧，我不怪你的！成雲惠一臉的柔情，鼓勵他說。

我，我想，我想借醉扶一把女人！陳偉業到底吞吞吐吐說了出來，說完還一臉羞愧地低下了頭。

就這麼簡單？成雲惠的口氣中有抑止不住的失望。

這已經不簡單了啊！陳偉業很奇怪成雲惠有此一問。

成雲惠有此一問是受了刺激的，就在今天，她親眼看見男朋友車裡坐了她們幼稚園的另外一個幼師。

成雲惠很氣憤，攔上前去。

男朋友說想回頭也不是不行，學著她，為我換一次褲頭。成雲惠果然看見自己的同行拿了褲頭正要熟練地去表演，成雲惠忍不住罵了一句，變態！

男朋友哈哈大笑搖下車窗丟出一句，你正常是吧，只怕流浪漢也未必願意和你激情一宿的。

成雲惠今天，就是借了酒勁，要與陳偉業激情一宿的。從七天

前那個夜晚相處的情況來看，陳偉業是光明正大行事磊落之人，最起碼，人家沒做趁虛而入的事兒。

這是什麼，這就是品質。如今這年月，男人好找，品質好的男人卻幾近瀕臨滅絕。

看來那英真的借給自己的不是一雙醉眼而是一雙慧眼。

今天晚上的相遇，是成雲惠守株待兔的成果。她自然，希望有所收穫。

希望一下子卻落了空，陳偉業居然只是想借醉扶一下女人。

自己在他眼裡，比在一個流浪漢眼裡價值竟還不如，這讓成雲惠大受煎熬。

你真的，沒點別的意思？成雲惠把裙子撩起半截，一步一步向陳偉業逼近。

陳偉業開始喘氣，一步步後退。

成雲惠的裙子越撩越高，高到陳偉業無路可退了。陳偉業忽然一把捂住了自己的雙眼，雙膝著地跪下說，我求你了，別逼我，我真的只想借醉扶一把女人的！

是你逼我！跪在地上的陳偉業聽見這四個字咬牙切齒般一蹦一蹦地從成雲惠嘴裡迸了出來。

剛要抬頭，陳偉業忽然覺得自己後頸窩上先是一涼，跟著又是一熱，有血腥氣彌漫開來。

麻煩你自己要扛的，你不會後悔吧？陳偉業耳邊真真切切響完這句話後，一切紛擾，都結束了！

響個不停

一路上，手機響個不停。

周曉文不接。

不接不是拒絕陳大德，她是拒絕陳大德身上的香水味，這香水味道的真正主人是李小碧，陳大德屬於間接得到的饋贈。

不言而喻，周曉文拒絕的是李小碧，而且從心底上拒絕，李小碧卻並不知道。

不知道，也好！

周曉文可以像貓戲老鼠一樣，在高處，在低處，在暗處，在明處，在不高不低在或明或暗處，一點一點消遣李小碧。時尚的說法叫，一切都在掌控中。

勿庸置疑，周曉文這會就掌控著局勢。

掌控歸掌控，她卻做不到內心跟表面一樣清風徐來而水波不興。

清風，自然是陳大德頻頻打來的電話，而水波，自然是李小碧在興風作浪。

其實這麼說，有點冤枉李小碧了，李小碧自己就是個感情受傷的女人，她無意於把自己的痛苦毫無道德感地嫁接給周曉文。

何況，兩人，還很早就認識。

正是由於這個很早就認識，才成為了周曉文內心不能做到波瀾不驚的一個重要原因。

周曉文之所以遲遲沒有撕破臉皮，就是緣於她不知道該選擇一種什麼樣的方式，來找個孔將針扎進她和陳大德看似的一團和氣

中。她清清楚楚地知道，眼下，她跟陳大德之間的恩愛是作秀作出來的，那展示給外人看的相濡以沫，跟一個充滿氫氣的氣球一樣，沒半點實質性的東西充盈在裡面。

這樣的一個氣球，試想一下，一個針孔扎進去，會導致什麼樣的後果？那是比爆裂更可怕的後果！爆裂了，還能聽一聲響。

周曉文當然清醒地知道結局的可怕，她不想自己這一針扎下去，一切都悄無聲息地變成了空，空空如也的那種空。

人，活著，竟要仰仗一口氣？這讓周曉文或多或少心裡沒底。

手機響個不停，就響個不停吧！人生是需要一些噪音來給自己壯行的！

一念及此，周曉文就滿臉悲壯地抬起來，繼續她漫無目的的那種旅行。

太清醒了不好！周曉文自嘲地笑了一下，這話，是她當年勸慰李小碧時說過的。想不到，時隔不到一年，周曉文又拿它來勸慰自己了，難不成，女人一生就該活在勸慰中！

可惜的是，勸慰無效！對自己。

周曉文搖了一下頭，卻沒能成功地將臨行前的一幕從腦海裡搖走。周曉文苦笑了一下，人生就像放電影，總會有倒帶的時候。她的倒帶，原指望讓陳大德回心轉意的，不承想，事與願違了，倒完帶後，一切都從重播演變成了快進。

是的，快進！

是倒帶時機不夠成熟麼？周曉文遲疑了一下，停下腳步，她開始回憶先前的一幕。那一幕，嚴格來說，她是經過了精心導演又在心中彩排了N遍的。沒承想，劇情走向卻沒按她的編排發展下去，那可是她集編劇，導演，女一號，劇務，美工，舞台監督於一身，量身為陳大德打造的一幕戲啊！

怎麼的陳大德一上場一開口，就路也轉了峰也迴了，坦途變崎路了呢？

難得一個休息日，也難得陳大德沒應酬，周曉文拉了陳大德的手，說，陪我看會韓劇吧！看韓劇只是一個引子。

陳大德的手縮了一下，卻沒能成功地縮回去，周曉文存了心的，又怎麼會讓他輕易得逞呢？

從發現陳大德跟李小碧纏雜不清後，周曉文就拒絕陳大德的手再碰自己。陳大德試探了幾次均不得要領，乾脆也就不碰周曉文的手，周曉文這一回的主動，顯然有點出乎陳大德的意料。

陳大德的手，忍不住痙攣了一下。

不習慣了？周曉文嘴角牽扯了一下，發問，她的嘴角這一牽扯是有名堂的，叫似笑非笑。

陳大德顯然不習慣，不光不習慣周曉文這麼霸道地拉扯自己的手，更不習慣她的似笑非笑。

陳大德在這種不習慣的氛圍中，正要措辭回答呢，周曉文的話已圍堵了上來，這年月，居然真有左手跟右手不習慣的事兒發生啊！

左手跟右手？陳大德喉嚨滑動一下，問，他實在是大腦思維跟不上周曉文了，以往不論談論什麼，都是他引領著周曉文的。

陳大德能感覺這一回，周曉文明顯是蓄了意的。所謂此一時彼一時，大抵如此吧！因為蓄了意，有些話，周曉文都背得滾瓜爛熟了。果不其然，陳大德喉嚨還沒歸位呢，周曉文的話已成串子往外窮追了，你們男人不是有句口頭禪麼，握住小姐的手，好像回到十八九，握住老婆的手，就像左手握右手。

陳大德臉色變了一下，不說話，不說話是因為他聽出周曉文話裡有話。好在，周曉文也不打算給他說話的間隙，她輕輕用另一隻

閑著的手拍一下陳大德的手背，還是似笑非笑的，我知道你不習慣了，因為沒感覺了，自然就不在意了！

瞎說什麼？陳大德終於見縫插針吐出了這麼四個字。

我瞎說，有那個必要麼？圍了堵了追了就該截了，周曉文冷笑著截住陳大德的話，作為一個女人，我清醒地知道，當一個男人愛你的時候，你往往會感動於他對你付出的每一個細節；同樣的，當一個男人不愛你時，你也可以從每一個細節中發現端倪。

你發現，什麼端倪了？陳大德艱難地反問。

你的手，已經不習慣我的手了！周曉文嘴角依然保持似笑非笑的狀態，就是想以一種比較輕鬆的方式表達自己的委屈，或者叫不滿，更為得體。

夫妻還要做下去的！這是周曉文匯出這幕戲的底線。

陳大德是被強行推上這個舞台的，自然沒全力配合周曉文表演的想法。陳大德冷不丁打斷了周曉文的話，一個有能力出牆的男人，是不會輕易受制於人的，陳大德知道如何及時扳回劣勢，他衝周曉文眨一下眼採用迂迴戰術反擊說，你知道最令人討厭的談話是哪兩種嗎？

陳大德的這一問，顯然不在周曉文的掌控之中。

周曉文一下子張大了嘴，在演藝圈她這模樣，有個專業詞語，叫笑場，周曉文給人的感覺更像哭場。

陳大德不理她是笑場還是哭場，借勢抽出手，站起來，居高臨下砸出這麼一句話，一種是從來不停下想想的，一種是從沒想過要停下來的！

顯然，周曉文把這兩種都占全了，這點從陳大德的居高臨下的姿態中可以看出。

周曉文再也忍不住了，女人有限的耐性決定了她這場戲穿幫和

反場的必然性。說得對啊陳大德，沒點鮮花，沒點掌聲實在太可惜了，你跟李小碧之間咋就從來不停下來想想呢？是不是從沒想過要停下來啊？

我跟李小碧？陳大德臉色猝然變了，有一瞬間的心虛。但陳大德就是陳大德，他迅速扭轉局勢，口氣愈加強硬起來，周曉文啊周曉文，你要沒事幹就明說，我還有一大堆事等著呢！

周曉文不想輸了自己的氣勢，怎麼說，自己導演的一幕戲不能就這麼悄無聲息地砸自己手上吧！爆一聲響，沒準可以敲山震虎呢！

周曉文就努力地挺直自己的脊樑說，陳大德你是不是還想告訴我，有事幹的人一心幹事，沒事幹的人只會生事啊？

陳大德揪一下鼻子，不回答，作不屑狀。

周曉文不理會他的不屑，響鼓還得重錘敲，我告訴你陳大德，一心幹事也好只會生事也罷，說到底都在努力體現自己存在的價值！

謬論！陳大德到底從牙齒縫擠出了這麼兩個字。

你應該說是妙論的，別那麼刻薄行不？周曉文臉上忽然生出輝來，為陳大德的狼狽不堪，更為陳大德的惱羞成怒。

陳大德不刻薄，他這會領略到的，是周曉文的刻薄，一直以來，周曉文是以溫良恭儉知書達禮而出現在陳大德面前並得到他賞識的。

當然，賞識並不意味著不去背叛，陳大德的背叛只不過是把婚姻上多餘的無處安放的激情走了一次私而已。

拋妻棄子的事，陳大德想都沒想過，無處安放的激情跟無處安放的妻兒家小，孰重孰輕，他知道權衡。

周曉文也知道權衡。

周曉文權衡的結果是，自己的知書達禮，自己的溫良恭儉遭到來自陳大德的蔑視，還有，李小碧的嘲笑。

李小碧嘲笑周曉文了嗎？沒有！

陳大德肯定是蔑視了，他習慣了利用周曉文的溫良恭儉，更習慣了利用周曉文的知書達禮。事實證明，周曉文權衡得沒半點錯，在那天的談話後，陳大德依然沒有切斷與李小碧的往來，甚至，更頻繁了一些。

用李小碧警告他的話來說，陳大德你太肆無忌憚了！

肆無忌憚有什麼不好呢？陳大德是這麼回答的，天使要是知道魔鬼怎麼生活的話，他也樂意肆無忌憚地墮落的！

李小碧說，這樣容易被周曉文知道的！

陳大德在心裡暗笑，她早就知道了，嘴上卻不緊不慢的，知道了又能怎麼樣？陪我們一起墮落？

李小碧憂心忡忡地，知道了我會無地自容，那可是墮了無處落的！從這點上講，李小碧是個尚有良知的女人。

可良知，在很多時候，是撐不起女人情感上的一片天空的。

周曉文以旅行的方式離家出走，在陳大德看來，只不過是一場負氣行為，他是無須在意的。在陳大德的潛意識中，周曉文這樣的女人，一輩子也不可能走上極端的，出走能說明什麼，說明她不甘心就這麼隱忍下去，借這種方式提醒陳大德注意她的存在從而喚醒他的良知。

他一直，都注意到了她的存在啊！

畫蛇添足個什麼勁兒呢？

之所以陳大德接二連三打周曉文的電話，並不見得是周曉文喚醒了他內心裡多少的良知。他是提醒她呢，這串號碼的主人才是支撐你情感的天空。你周曉文南轅北轍也好，畫地為牢也罷，這個天

空你永遠是走不出去的。

陳大德就這麼高高在上地盤踞在天空中，收放自如，呵呵，他臆想的。響個不停的電話，只是做做樣子，只是給周曉文傳遞出這麼一個訊息，我還是在意你的，瞧，你走到哪兒，我的電話就跟到了哪兒，多有良知的一個人！

但他沒有料到，這一次，他的電話會跟丟周曉文的行蹤，對方一直處於無人接聽狀態，同時跟丟的，還有李小碧的身影。

陳大德原本是想利用好周曉文的這次離家出走，跟李小碧把露水夫妻的情調做足的。

其實擱周曉文眼裡，陳大德與李小碧的夫妻情調，做得已經夠足的了！這個夠足，每個人的觀點不一樣，想法也就大相徑庭。周曉文一直覺得，夫妻情調，就是摒棄了生活中的油鹽醬醋，愛情上的細枝末節。落實到具體行動上來，其實也不繁雜，周曉文只是希望，陳大德能抽出時間，帶自己出去走走。

跟自己男人出門走走，與跟團出去走走是兩個概念，儘管去的地方景致不會因為多了自己男人而格外嬌嬈格外嫵媚，但作為女人，一個經常被丈夫忽視的女人，會因為人在異地他鄉，丈夫這一短暫的重視和依賴而格外嬌嬈格外嫵媚的。

哪怕丈夫這一所謂的重視，只是陌生環境中對自己一個無意識的依賴，那也足夠讓周曉文欣喜有加了。

所以她故意選擇的這一次出走，是藏有心計的，第一站，她走的是陳大德和李小碧兩人去過的一個地方。早先說過，陳大德和李小碧的一切都在周曉文的掌控之中，這話絕對不是危言聳聽。

但凡女人，哪怕她的反應再遲鈍，一旦發覺自己在情感上受到傷害，她的第六感官會迅速警覺，這個時候別說尚有風吹草動，尚有蛛絲馬跡，即便什麼也沒有，她也可以從空氣中流淌的氣味中嗅

出令自己不安的因素來。

歷史上那些在白宮成功竊取情的特工人員在這一點上也是相形見絀的。

陳大德就是在相形見絀的情況下想要請李小碧到家裡來，把露水夫妻情調做足的。

至於周曉文嚮往的帶自己出去走走，於李小碧來說，是可有可無的，從跟陳大德關係有了實際性的進展以後，她一直有意識地躲避著周曉文，也躲避著周曉文的家。

一句話，只要有周曉文氣息存在的地方，她都從心底上躲避。

李小碧的躲避，是內心有愧，這點上，出過軌的人都有同感。

那他們能去的地方，就屈指可數了。

賓館酒店遍地都是，可李小碧卻對這些地方有著發自身心的抵觸。她的抵觸周曉文是先知道的，其後才是陳大德知道的。

李小碧的前夫是個流車銷售商，經常舉辦各種各樣的車展，一來二去的，跟那些車模混熟了，再後來，車模變成了床模，當然是在酒店賓館的床上。

李小碧知道後，不去鬧，但也不去裝糊塗，她衝身上帶了別的女人香水味回到家的老公只淡淡丟下三個字，離了吧！

就成功離了，離得很徹底，看不出有拖泥帶水的跡象。

李小碧一向，都不是一個拖泥帶水的人。但在跟陳大德的相處中，她卻一反常態，拖了泥帶了水不說，還把自己陷進這片沼澤裡無法自拔。

她的無法自拔是有苦衷的。

不過李小碧沒把這份責任推到周曉文身上。

是李小碧剛離婚不久的事兒。那天她喝了個酩酊大醉來找周曉文，偏偏周曉文不在家，一向不在家的陳大德居然又難得地守

在家裡。

這就應了一句老話，無巧不成書。

李小碧直挺挺地把自己摔在了周曉文的床上，身上濃濃的酒精味讓她不能自已，她開始發出一連串的浪笑，笑完咬牙切齒地說，別以為你能和車模上床，我就不能和車夫上床！

這個車夫是有典故的，過去很多老式小說和電影裡，經常有官太太姨太太跟車夫馬夫私奔或者有一腿的故事。說到底，都是玩一把刺激，純粹的生理需要，何來的愛呢！

陳大德就勇敢地當了一回車夫。

他是給李小碧倒水解渴時被醉眼朦朧的李小碧一把抱住的，李小碧的胸脯很大，酒精作用下因起伏過度，就很聳人的眼球了。

陳大德的眼睛當時就充了血。

他承認，自己很久都沒充血的感覺了，是李小碧喚醒了他身體內部潛伏的能量，像三峽開閘，陳大德終於知道了什麼叫一瀉千里。

周曉文給他的一直是九曲迴還。

這兩者之間是有著天壤之別的。

人到中年，陳大德經歷了人世間的許多是是非非，看問題也好，辦事情也好，能走直線絕不肯多繞半步彎路，他開始傾向於李小碧的一瀉千里了。

李小碧之前，也是九曲迴還的。自打她的九曲迴還被床模的一瀉千里擊敗後，她就變了一個人似的，比男人更直接，更瘋狂，更主動。

但她絕沒料想到的是自己竟直接上了好友的床，跟好友老公瘋狂了一把，主動得像張曼玉在香港電影《濟公》裡塑造的那個轉世妓女。

清醒過來的她，落荒而逃了！

周曉文回來時，聞見屋子裡有尚未散盡的酒味，忍不住皺了一下眉，皺眉不是她有多麼地反對陳大德喝酒，她知道陳大德是不沾酒的！這酒味只能來自李小碧了，周曉文是心疼李小碧又酗酒了，這怎麼行，怎麼可以破罐子破摔呢？

女人，尤其是一個遭了遺棄的女人，如同怒放過後的花蕾，能剩下的殘香是屈指可數的，貯存都來不及，哪好這麼隨意地揮霍呢！

周曉文就衝陳大德皺了眉問，李小碧呢？

她的這一皺眉是習慣性動作，陳大德到底是做賊心虛，他聳一下肩，環顧左右一番，你說誰，李小碧嗎？我沒看見啊！

本來，周曉文不是個多心的女人，但陳大德這一假裝清白，反令她疑惑上了，真沒來？

真沒來！陳大德急匆匆吐出這三個字，故意抬腕看一下錶，假裝大驚失色說，糟糕，一個重要客戶等我呢！

是嗎？周曉文不動聲色，一臉關切走上前去，替陳大德整理衣衫，邊整邊不露痕跡地說，重要客戶就得重要對待，儀表上可不能馬虎！

陳大德往後退了一下，沒退脫，周曉文又在他背後扯了幾下衣擺，還是一副漫不經心的口氣，這男人嗎，儀表後面藏的是老婆的一張臉呢！

陳大德自然是沒理由拒絕給老婆長臉的事，只好任由周曉文的擺佈。

周曉文擺佈完，輕輕在陳大德身後擁了一下，擁完，鼻子一堵，她聞見了一股再熟悉不過的香水味道，屬於李小碧身上才有的。

早先兩個人，從來不用香水的，自打李小碧跟男人離婚後，李

小碧迷上了香水，確切是香水刺激了李小碧，這刺激源於李小碧老公有一次醉酒後吐的真言。

當時李小碧把自己洗得乾乾淨淨的，還故意穿了一件半透明的睡衣，那時，他們已經一個月沒同床了。

李小碧一廂情願地以為，那天晚上他們應該有所作為的，古書上不是說了嗎，飽暖思淫欲，老公那狀態顯然是飽了也暖了。

該思點淫欲啥的了！

問題是，當李小碧老公剛把嘴巴湊到李小碧身上，李小碧還沒來得及迎合一把呢，老公已醉眼朦朧中連說幾個不對。

李小碧心裡，惴惴不安地，咋就不對了呢？

還沒由她發問呢，老公又迷迷糊糊丟出這麼一句，不香，一點都不香，聞香才能識女人的！李小碧就使勁嗅自己身上，嗅出一股淡淡的沐浴露香來。

倒是老公身上，透出一股令她陌生的香氣來，那香纏綿，似蘭似菊，總之，讓人沉醉而迷離。

事後，是李小碧成功地跟老公離了婚的事後，又成功地跟許多男人上了床的事後，李小碧才曉得，那香叫蘭蔻香。

她自己，也經常使用蘭蔻香水了。

周曉文，不熟悉這種香，顯然是說不過去的。

眼下，這種很熟悉的香味溫柔地襲擊了她，怎麼可以是李小碧呢？她實在不願意糾纏這個問題。

怎麼可以不是李小碧呢？顯而易見，陳大德是願意糾纏這個問題的，李小碧在床上的主動讓他回味不已。以前他聽說過，男人分兩種，一種是主動進攻女人的，一種是等女人主動進攻的。現在他改變了這看法，應該還有第三種男人，被動進攻女人的。

陳大德認為自己是被動的，他被動地享受了李小碧的一瀉千

里。然後再在這一瀉千里的誘惑下去進攻女人。陳大德所謂要進攻的女人，無疑是李小碧。

李小碧是在清醒狀態下見到的陳大德。

她的臉上寫滿了羞愧。

不是對陳大德，是對陳大德背後的周曉文，哪怕周曉文並沒在陳大德背後出現，但她擁有的陳大德妻子名分讓她羞愧。

陳大德很直接，衝李小碧說，做我情人吧！

李小碧搖頭。

陳大德加強語氣，再說一遍，做我情人吧！

李小碧還是搖頭。

陳大德就不多言了，他一向惜言如金。

李小碧看見陳大德迅速起身，迅速往門外走，心中無端地慌了一下，問道，你去哪兒？

陳大德頭也不回，去找一個跟你一樣能讓我一瀉千里的女人！

你確定，那麼好找？李小碧咬了一下紅唇，問陳大德。

正因為不確定，我才先找你！陳大德把腳邁出防盜門，但我可以一個一個地找，直到找到為止！

這不是危言聳聽。

李小碧知道陳大德的脾性。

一個一個地找，什麼概念？也就是說周曉文將會一次一次受到傷害，蓄意的傷害。

自己和陳大德之間，怎麼說也是無意的！是的，李小碧無意傷害周曉文。

與其讓陳大德這麼胡作非為，倒不如自己替周曉文管陳大德一把。

腦海中這個念頭一轉，李小碧便上前幾步，從後面環住了陳大

德的腰。

陳大德就知道，李小碧會有這一舉動。他對女人的心思，向來是拿捏得準分寸的。

何況還是自己老婆最熟悉的女人呢！這點上要怪只能怪周曉文的嘴不嚴實，李小碧身上發生的大大小小的事情，她都會事無巨細地向陳大德轉播。

就連李小碧床上那點隱而不秘的事兒，陳大德也瞭若指掌，否則，陳大德不會被動地去享受李小碧。

他實在，有點嚮往於從周曉文口中轉述的李小碧在床上的瘋狂情趣，事實也證明，周曉文的轉述一點也不摻水分，以李小碧在床上的表現，跟周曉文的轉述是有過之而不及的，況且是在醉酒狀態下。

這就說明，周曉文的轉述是有取有捨的，沒什麼不對的，這很符合周曉文的性格。

周曉文向來以為，男女之間在床上的那點事兒，絕對屬於個人隱私。你可以無限的聯想，卻不能無盡的表達。哪怕是別人的隱私，也不好毫無隱瞞的表達。

陳大德就在李小碧的清醒狀態下，主動地享受了李小碧。令他匪夷所思的是，這一次，李小碧別說給他一瀉千里的感覺了，連九曲迴還都算不上。

怎麼回事？陳大德望著閉著雙眼氣喘不息的李小碧發問，很明顯，李小碧也是作了努力的。

這是我家！李小碧有氣無力地吐出這麼四個字。

陳大德想起來，是的，這是李小碧的家，李小碧老公遺棄的她的同時，也把這個家給遺棄了。

周曉文似乎提過，自打李小碧離婚後，她一直拒絕在這個曾經

的家裡跟任何人做愛，因為，不踏實，還因為，找不到歸宿感。

女人的歸宿感，最終落實到實處，就一個字——家！

勿庸置疑，李小碧是為了周曉文，才破的這一回例，她實在不願意，看見陳大德四處拈花惹草，天知道，他會沾惹上一些怎麼來歷不明的女人呢！

像陳大德這種事業上小有所成的男人，是很容易被那些不正當女人盯住動上心思的。

而自己，無論如何是不會動陳大德心思的。

李小碧在這兩難的處境中作出一個抉擇，在條件許可的情況下，她會給陳大德一個最滿意的狀態，讓他充分享受自己的一瀉千里，前提是，不能傷害周曉文。

李小碧以為，周曉文對這一切尚蒙在鼓裡，殊不知，她身上的蘭蔻香水味道出賣了她。

出賣歸出賣，周曉文還是一如既往地和李小碧保持著來往。她想掌控全局，就得學會忍辱負重。

比如這次離家出走前，周曉文又負重了一回，那天，她約了李小碧見面，在家裡。李小碧猶豫了一下，還是答應了，儘管她一直避諱著周曉文的家，儘管她們見面多數在外邊的茶樓或酒吧什麼地方，但她心底裡還是不想排拒周曉文的約請。

畢竟，是自己有負於人家。

她去的時候，周曉文正沖完澡，在梳頭。周曉文梳得小心翼翼地，很認真，認真得讓李小碧覺得有那麼一點生疏。

周曉文的睡衣腰帶束得很隨意，以至於兩個乳房也隨意得一副呼之欲出的樣兒。

李小碧打趣說，喲，這副輕薄樣兒，可惜了！

可惜什麼？周曉文仔細梳理長髮，漫不經心的樣兒回了一句。

可惜我不是陳大德啊！李小碧從嘴裡吐出這個名字時，心裡還是堵了一下。

周曉文冷笑，我家大德啊，人家不迷戀這個！

李小碧一怔，那他，迷戀啥？

還能有啥？周曉文顧自說了起來，女人一旦嫁給男人，再替他養上一男半女的，就是玫瑰花凋零後的花枝了，讓男人不討厭已是萬幸，還指望他能迷戀？

李小碧就一下子啞了口，這是事實，她也這麼被遺棄的。

周曉文知道自己說中了李小碧的痛處，也就不再往深處挖掘。她本來只想點到為止，提醒李小碧一下的。

李小碧的電話恰到好處地響了。

李小碧看了一眼來電顯示，沒接。

周曉文莞爾一笑，說，我再去洗一遍，好像有不乾淨的東西衝著我了。

周曉文迷信，大凡洗澡時有外人進門就會不自在，覺得有不乾淨的東西衝上了身體。

浴室門砰一聲帶上了。

李小碧不接電話，摁下鍵，掛斷。

那個號碼，是陳大德的，李小碧心裡虛得不行，她的手機有語音功能，一般是在鈴響三聲以後才會報出來電顯示上的手機數位。

剛才，無疑是很尷尬的，如果周曉文不進去的話。

剛掛斷，電話又不屈不撓地響了起來。

估計，李小碧不接電話的話，電話會一直響個不停的，肯定是陳大德這會得了閑。

李小碧想了想，側耳聽一下浴室的動靜，掛斷電話迅速回撥過去，很突兀地彈出硬邦邦的幾個字，我在你家，想要一瀉千里的

話，你回來吧！

這語氣很硬，沒半點委婉的成分。李小碧曾跟陳大德說過。你真想那一瀉千里的享受，就帶我去你家吧，在你家，我好歹有個做夫妻的感覺。

女人，只有跟夫妻扯上邊了，心裡才會踏實的。做愛才會有情調，同樣是女人，因為身處環境的不同對夫妻情調的定義就有了差異。

李小碧的情調，是建立在生活的油鹽醬醋中，愛情的細微末節上的。

陳大德哪能真的揣透一個女人的心思呢？

他一下子啞了口，快快掛了電話。

在這邊，浴室門再次打開，周曉文濕漉漉地出來了，連臉都沒擦乾淨。

李小碧打趣說，跟誰搶寶啊，臉都不擦一把？

周曉文作出詫異狀，臉，我擦得很乾淨的啊！

完了認真去照鏡子，照出一臉的淚花來，我一定是讓什麼不乾淨的東西給衝撞了，不行，我得躲出門去幾天，避一避這邪氣！周曉文說完這話，真的急匆匆收拾起行裝來，李小碧知道周曉文一向信奉這個，但信奉到聽風便是雨的程度，她還是第一次看見。

就那麼眼睜睜地，李小碧看著周曉文慌裡慌張出了門。其實，周曉文早就買好了跟團旅行的票，馬上就要上路了。

李小碧遲疑了一下，正思忖該不該給陳大德報告一下，周曉文的去向呢？電話再次響了，陳大德打來的，陳大德說你還在我家吧，曉文說她出趟門。

李小碧說是的，我幫曉文打掃一下戰場！

陳大德笑，說，戰爭還沒開始呢，怎麼打掃，你等我回來！

李小碧握住手機站在浴室門口，咬一下牙，也罷，最後一次滿足陳大德吧，男人，一旦真正得到某些東西後，會逐漸失去興趣的。

李小碧就進了浴室，反鎖上門，開始一點一點褪去自己的衣服，手機放在面盆上面調成了振動，她不喜歡在做事時被突如其來的鈴聲打擾，何況，陳大德馬上就要回來了呢！

李小碧打算，把這場愛在浴室裡做掉，那麼還可以迅速清洗自己。

周曉文的床，她是絕對不會再上的了，那上面有太多周曉文的氣息。

像是冥冥中有感應似的，她剛想到周曉文呢，手機振動起來，一絲不掛的李小碧赤腳走出浴盆抓起電話，一看來電顯示，是周曉文的。

周曉文在車上，這點李小碧可以聽得出來，因為有歡聲笑語從電波爬進耳朵裡。有事？李小碧抿一下嘴巴，輕輕問，生怕聲音大了擊痛對方似的。

嗯！周曉文在那邊說，我忘了告訴你，我也用蘭蔻香水了！

蘭蔻香水？這句沒頭沒腦的話讓李小碧一怔。

淋浴露的香太淡，陳大德不喜歡的！周曉文淡淡說了這麼一句，像是與自己無關的樣子。

李小碧腦子懵了一下，抬頭，果然看見一瓶蘭蔻香水冷眼立在化妝台前。

記好了，洗乾淨穿整齊了再出來！周曉文的叮嚀聲再次響起，在喜歡你的人面前有所保留，不然，會衝撞上一些不乾淨的東西的，像我！

李小碧臉色慘白著往後退了一步，只一步腳下便一滑，整個人

不可抑制地倒進了浴盆裡，她倒下去的姿勢很怪，頭無巧不巧地撞在了水龍頭上。

血，一瀉千里地噴湧了出來。

浴盆外，落在地上的手機明明掛了，卻在這會兒一聲趕一聲地又振動了起來。

陳大德一臉焦急地站在門外，他回得急，忘了帶家裡的鑰匙。

打完了李小碧的，他又打周曉文的。

奇怪的是，兩個女人的手機都響個不停，卻沒一個女人有接電話的意思。

電池的流量就這麼一瀉千里地流了出去，連同陳大德身上的激情一起！

無所謂了

天底下還真就沒有免費的午餐，包括夫妻感情！

這是章小惠接通電話後聽到的第一句話。

她茫然了一下，看號碼，很熟悉，但這種語氣，讓她陌生。

認識章小惠的人都知道這麼一個鐵的事實，章小惠，未婚，小四十了，是個未婚後遺症很明顯的人。明顯到什麼程度呢？明顯到她從別人口中一聽到未婚這兩個字就會勃然大怒。再往後，連夫妻感情這類話兒，都不愛聽。當然，也沒人犯這個險說了她聽，可這個電話不光犯險還犯了賤，因為緊跟著這個陌生的語氣居然不依不饒地又來了第二句話，小惠啊，我真羨慕你的未婚！

章小惠氣得差一點砸了手機。

確切點說，是氣得想把手機砸在吐出這兩句話的主人的嘴上。有這麼揭人傷疤的嗎？揭就揭了，還非得扯了骨頭再去連著筋。這心理，未免太陰暗了吧！

手機到底沒砸出去，主要是具體的人不在跟前。

無的放矢啊！

章小惠就不怒反笑樂，對著電話裡刻薄地來了一句，真的羨慕是嗎，那你離婚吧！離了婚，也就等同於未婚了！

那邊忽然一下子就大放悲聲了，章小惠，我就要離婚了，是被離婚，你有點人性好不好！

章小惠身上的人性在這悲聲裡一下子復甦過來，她慌不擇言地喊了起來，蘇潔，你等等，我馬上過來！

電話的主人是蘇潔，能用這種語氣跟她說話的，也只有蘇潔。

蘇潔，是章小惠的閨密。在別人眼裡，她們是這種關係，一直是。

但章小惠不這麼以為，在心裡，藏得很深。

她承認，兩個人閨是閨了，卻沒密到哪兒去。原因很簡單，蘇潔嫁了個衣食無憂。當然，章小惠不嫁也能衣食無憂。可問題是人家蘇潔的老公跟漢代時那個給老婆天天畫眉的張敞有得一拼。

儘管陳章喜沒張敞的官大，可好歹也是一方諸侯啊！

陳章喜是蘇潔老公，在一個區裡做著教育局局長。

既然做到了教育局局長，自然當屬文化人之列，文化人大都有自己的一套思維邏輯，不步人後塵是必然的，像陳章喜，在畫眉這事上絕不學舌，他另有新招，為蘇潔捏腰。

一早一晚地捏，從不聽見半點怨言，連怨氣都不從嘴裡往外呼出一口。

極品好男人呢！

這是蘇潔口中的原話。

蘇潔的腰也能給她這原話做證。

對一個女性來說，腰是最吸引人注目的部位，腰的柔韌度很大程度能支撐起一個女人的萬種風情來。

蘇潔的萬種風情，不消說，是陳章喜給捏出來的！早先，兩人只是嬉戲來著，在洗澡間裡。蘇潔的腰向來有小蠻腰之稱，剛結婚那陣，可能因為貪床上那點歡娛，蘇潔明顯地發現自己的腰明目張膽地長了一圈，這，是個危險的信號。

陳章喜不當一回事，寬慰她說，能有多危險呢，多捏幾次不就行了？要攔剛戀愛時陳章喜這麼說，蘇潔準得毫不吝嗇地贈予他幾句流氓下賤諸如此類的貶義詞。

但結了婚，人家陳章喜有這個流氓下賤的權利，何況陳章喜還曉得怎麼措詞去討蘇潔開心。陳章喜是這麼說的，作為你的合法老公，讓你的腰回歸少女狀態，我有著不可推卸的責任，換而言之，這也是一個合法老公應盡的義務。

這一義務，就是好多年。

好多年了，蘇潔的腰都這麼嫋嫋婷婷地衝擊著章小惠的視線。

章小惠能無動於衷麼？

不能！

她雖不是少女的年齡了，可她還是少女的心態啊，自己未婚這麼多年，腰卻非常不爭氣地向已婚育齡女士靠攏了。沒個男人盡義務，看來是跟有個男人盡義務是有著天壤之別的。緣於此，她和蘇潔就閨而不密起來，儘管也走動，也聚會，卻始終客客氣氣的，親熱的程度，僅限於見面了抱一抱，捏一捏，揉一揉什麼的。

即便是捏，章小惠也捏得很有分寸，她只捏蘇潔的乳房。這一選擇是存了心的，章小惠的乳房雖然不大，但卻飽滿，呈挺拔狀態，蘇潔的呢，雖然天天在美容院做隆胸按摩，卻到底抵擋不了下垂的趨勢。

乳房下垂了不假，可蘇潔心態一點也不下垂。

每次見了而，章小惠手剛捏上去，蘇潔都會做懊喪狀嚷嚷，當初咋忘了讓陳章喜把這兒也順帶捏一把呢？

你說，這話哪有懊喪的成分？分明是先抑後揚，更換炫耀的方式而已，嬌情得讓章小惠只恨自己無人可嫁。

沒男人可供炫耀的章小惠只能打心底越來越疏遠蘇潔了。儘管蘇潔沒打算把自己的幸福建立在章小惠的痛苦之上，但章小惠的的確確痛苦了。

這是不爭的事實。

好在，這些事實屬於過去時了！

眼下的事實是，章小惠掛了電話往蘇潔處飛奔時竟沒來由地有了身輕如燕的感覺。

很久都沒這感覺了，章小惠有點驚訝於自己心理的陰暗，莫非跟蘇潔交往這麼多年，兩人感情一直沒肯往前進一步或者往後退一步，就是為了等今天這個蘇潔被離婚的電話？還迫不及待似的？

太不正常了吧！

其實太不正常的是蘇潔，章小惠本來以為，蘇潔這會兒正蓬頭垢面聲嘶力竭在家中大哭大鬧一臉悲情地等她過去施以援手商討如何譴責陳章喜的。

恰恰相反，蘇潔除了電話的聲音中給過章小惠一點悲情的感覺之外，她整個人，應該是配得上容光煥發一詞的。

章小惠去時，蘇潔正翹著二郎腿在吃一根炸雞腿。那炸雞腿一看就是蘇潔親手製作的，色澤金黃豔麗，雞肉焦嫩適口。章小惠不止一次吃過蘇潔家庭製作的肯德基，炸雞腿了，都是在蘇潔的炫耀狀態下吃的，食不甘味的那種吃。

一個即將被離婚的女人，居然還有心情大吃大喝？這令章小惠路上想好的一肚子安慰蘇潔的話找不到突破的地方噴薄而出。

不光不能出，還得一點點往回打壓，這種打壓顯然是難受的。

章小惠就一臉難受地開了口，很不友善的，她以為蘇潔是在戲弄自己。

以被離婚的形式嘲笑一個未婚的女人，是不道德的行為，更是章小惠無法忍受的一種行為。

章小惠就發了話，說胃口這麼好，不怕腰從水蛇腰向水桶腰發展啊？

蘇潔不接她的話，很投入地吃炸雞腿，連虛請章小惠一口的打

算都沒有，不知道的還以為她是在進行最後的晚餐呢！

沒有好，別說虛請，就算真請章小惠也沒胃口的！

她氣呼呼地坐下來，一言不發地盯住蘇潔。這個氣呼呼有雙層意思，一是證明她自己為朋友兩肋插刀，急趕急跑過來了；二呢，是很含蓄地表達，或者叫明確地傳遞自己內心翻騰不息的憤怒也未可知。

蘇潔不理會她的氣呼呼，很仔細很享受地一口一口將那根炸雞腿吃乾淨，完了，還舔了舔不沾半點肉絲的雞骨頭，八輩子沒吃過似的。

很香吧！看著蘇潔慢條斯理擦乾淨了手，眼神還落在雞腿骨上發呆，章小惠才冷冷擠出這三個字來。

蘇潔被這三個字問得似乎吃了一驚，她眼神分明怔了一下，醍醐灌頂似的猛一抬頭，好像這才發現了章小惠的存在，抑或到來。

跟著一個讓章小惠大吃一驚的動作是，蘇潔一下子撲在了章小惠面前，語無倫次地說，你說，小惠啊，一個人，變沒變老，從胃口，是不是，從胃口開始的？

這話問得令章小惠莫明其妙的，一個人，變老？從胃口變老？

是啊！蘇潔使勁點頭，跟著又使勁搖頭，可我，剛才，你看見了，明明吃得很香的，我應該還沒變老啊！你看出來了，吃得很香，是不？

那是你的胃口！章小惠遲疑了一下，有點殘忍地給了一句，你變不變老得看陳章喜的胃口！

這一句話的殺傷力是很強大的，蘇潔的雙腿就那麼一軟，癱在了地上，嘴裡喃喃自語起來，陳章喜，陳章喜是什麼胃口呢？不行，我得問問他！

你瘋了啊，這個時候去問陳章喜，他一局之長的臉面還要不

要？章小惠吼了一聲。

這一吼讓蘇潔更加大放悲聲了，我都要被離婚了，是他先不要臉的！

離婚協議呢，我看看！章小惠到底是事不關己，人就冷靜得多，她要先看看陳章喜不要臉到什麼程度，離婚協議是如何寫的。

沒有！蘇潔這次回答得倒乾脆，不拖泥帶水的。

離婚協議，沒有？章小惠反問了過去，難道他親口對你說的？這不像陳章喜的作派啊！

他也沒親口對我說過！蘇潔低下了頭，捶腰，那腰不知是不是因為蘇潔剛才大放悲聲而鬱了氣，看起來比平日裡臃腫了許多。

那你，憑白無故說什麼要被離婚？章小惠簡直哭笑不得了。

他都一年沒為我捏腰了！蘇潔臉色難堪地吐出這麼一句話來。

就憑這？章小惠又好氣又好笑。

這還不夠啊！蘇潔揉一下眼。

我看你是享福享糊塗了！章小惠歎口氣，人家張敞也不是給老婆畫了一輩子眉吧！

你不知道的！蘇潔盯了章小惠一眼，欲言又止。

章小惠知道她肯定是忌諱自己的未婚，就很大度地拍一把捏一把蘇潔的腰，想哪說哪吧，我無所謂了！

這是實話，自打年歲逼近小四十，在未婚一事上章小惠就不那麼激憤了。什麼東西時間一長，耐性就打了折扣，不就是未婚嗎，全國未婚的女人多了去，未婚有未婚的優勢，單位裡什麼形象，在家裡就能什麼形象，不用講究。

主要原因也在於沒人看你怎麼講究。

結了婚就不同，在單位你可能是女強人，但在家裡你得改頭換面，低下架子做賢妻良母。

心胸再寬廣的男人，也不願家裡有個強勢女人的。

章小惠是清楚蘇潔的底細的。

蘇潔在單位，溫柔得不行，但在家裡，卻喜歡玩點霸氣，要沒這點霸氣，陳章喜不可能為她捏這麼多年腰的。

你說的啊，想哪說哪，不生氣？蘇潔淚眼婆娑抬起頭來。

嗯，我保證！章小惠舉起右手做發誓狀，以求讓氣氛變得輕鬆一些。

蘇潔果真想哪說哪了。

小惠你是沒嫁過人，不知道被男人疼你是什麼感覺！蘇潔一面說一面偷偷觀察章小惠的反應。

能有什麼反應呢？章小惠在心裡暗笑，自己真的無所謂了，這麼多年的未婚讓她最直接最欣慰的感受就是，不用跟男人在一起將就著生活，是件很讓人值得慶賀的事。

就說蘇潔吧，將就了陳章喜，或者說陳章喜將就了她，又如何呢，將就，想一想就令胃口老化的兩個字呢！

蘇潔甩一把鼻涕，我真懷念以前他給我捏腰的日子，你不知道的，男人的手都不長記性！蘇潔停一下，扯出一張紙巾來，明明給你捏腰，可捏著捏著，不是跑到腰上面就是跑到腰下面了。

章小惠臉紅了一下，她雖然未婚，但男人還是經歷過，這種事她有經驗。

男人嗎，在這種事上總是有側重點的。

蘇潔把紙巾捂上鼻子，難為情地笑了一下。虧她還曉得難為情！章小惠敢肯定，她又得在這事上大肆渲染一把了，以往但凡有機會兩人單獨待一塊，蘇潔都會有意無意渲染一把。

但攔這會渲染，章小惠就覺得彆扭了，不是為自己彆扭，她是為蘇潔彆扭，都要被離婚了，再渲染那點情情愛愛的破事，不是莫

大的諷刺麼？

　　蘇潔顯然沉浸在對往事的渲染中，一點也不覺得是諷刺。小惠啊，你別看陳章喜人長得不咋的，但他曉得侍弄女人，他的捏有一詠三歎的功效呢，一寸寸的一層層的，讓你全身毛孔都能長滿情愛意識，你說，你能不迷戀麼？

　　章小惠沒這麼一詠三歎過，自然不會迷戀。

　　迷戀了又如何，迷戀得都不認識自己了！章小惠在心底替蘇潔長歎一聲。

　　歎完了，再回想自己，居然有那麼一點的僥倖。

　　章小惠只跟有數的幾個男人發生過關係，其餘的時間，她一直閑著自己。閑著自己有什麼不好呢！不用擔心跟自己不相干的男人頭疼腦熱什麼的，不用要死要活為哪個男人去跳樓去割腕什麼的，更不用傻了吧嘰為男人燉一鍋雞湯一口口去喂什麼的。

　　男人都虛偽著呢，沒跟你上床前可以跟你下跪，哄你，一旦上了床，就該輪到你下跪哄他上床了。

　　連矜持一把的機會都不給你。

　　起碼現在，未婚的章小惠在任何男人眼裡都可以矜持一把的。

　　章小惠長得不差，是很多人意欲收攏的對象，這些人的收攏，說到底點是為自己的性愛史上多一點戰績，沒人真打算跟她長久地過往下去。

　　那叫，自毀前程。

　　章小惠心裡明鏡似的，自然也不願意輕易委身於人。那樣一來，在氣勢上，章小惠無形中就壓倒了一片男人，氣勢上壓倒男人，跟在床上被男人壓倒，是兩碼事。

　　比方說她跟蘇潔，就是兩碼事。

　　蘇潔在意的是陳章喜的一詠三歎，而章小惠看重的是自己的氣

定神閑。

攔以往，章小惠會利用自己的氣定神閑與蘇潔的一詠三歎抗衡一把，女人嗎，總喜歡潛意識跟別人較一把勁。

這也正是章小惠一直以來跟蘇潔能閨密下去的一個原因。

但眼下，無所謂了！章小惠在心底悲憫地替蘇潔長歎一聲，那些美好的經歷，那種一詠三歎的美妙，現在，無異於一把最鋒利的刀子，一點一點割著蘇潔心頭的肉，那疼痛也是一寸一層層的在全身每一個毛孔裡一詠三歎著。

果不其然，蘇潔以手掩心痛失了哭聲抽噎著說，小惠你不知道的！

章小惠當然不知道，蘇潔為讓陳章喜回心轉意，改為親自為他捏腰了。

能捏出什麼結果呢？蘇潔是這麼說的，小惠啊，我都覺得自己比雞更下賤了，百般挑逗他，刺激他，可他呢，竟然沒半點反應。

你是說，他外面有人了？章小惠的心裡一緊，這是她最擔心的事，男人嗎，有點權勢弄幾個女人是常事。

嗯！蘇潔點頭，我心裡也默許了的，可以玩玩，但不可以養！

他養了？章小惠一臉的凝重。

是的，他養了別人，別人又替他養了兒子！蘇潔淚眼婆娑的，跟著聲嘶力竭吼了起來，憑什麼啊，我也給他養了兒子的，憑什麼啊，我也年輕過的！

那個年輕的女人，你見過？章小惠小心翼翼地問了一句。

章小惠本想冷冷地給一句，你也風光過的，想一想，這話實在太殘忍，就咽回了肚子裡，換成了上面的一句。

沒，我才沒那麼賤呢！蘇潔恨恨地一咬牙。

那你為他捏腰，就不賤了？章小惠故意說得輕描淡寫的。

不賤，其實我一直，很樂意那樣侍弄他的！蘇潔居然，靦腆地衝章小惠一笑，他做在前面了，我落後了一步！

章小惠覺得，身上的汗毛全豎了起來，雞皮疙瘩躥了一身。

你是想，把這免費的午餐給添進成本裡去。

是啊，夫妻感情也不能免費的，不是嗎？蘇潔的眼神可憐巴巴起來。

問題是，你現在連本都付不起了，還添帶這麼多年利息！章小惠搖一下頭，我敢斷定，陳章喜對免費的午餐是無所謂了。

為什麼？蘇潔頭腦一時轉不過彎來。

因為他想吃付費的唄，那樣才物有所值吧！章小惠笑一笑，這是真理，只有花了錢的東西，你才會在意他的得失。

而婚姻一旦確定，妻子更多的時候成了婚姻裡附帶的財產，擁有了無所謂歡喜，失去了也無所謂得失，很簡單的，組成婚姻關係的只有丈夫和妻子這兩個因素。

從婚姻以外撞進來的男女，自然要衡量他的價值了。

這，恰好是人的聰明之處，也不可避免成為人的愚頑之處。

比如章小惠自己，就在這個問題上，聰明了，也愚頑了。

她不是沒有機會可嫁的，問題在於，這之前，她總是既衡量了可嫁之人的價值，又衡量了自身的價值。

幾次三番衡量的結果是，導致了她幾次欲嫁未遂。

早先，早先到什麼時候呢？大學期間吧，那會兒人家都轟轟烈烈地戀了愛了，她倒好，一個人，形單影隻的，很閑雲野鶴的味道。

那會兒，蘇潔和陳章喜正死去活來地愛著。

蘇潔很奇怪於章小惠對男人的無動於衷，蘇潔就問章小惠，你不懷春啊？

章小惠回答說，懷啊，只是把春懷得深一點而已！

這話很值得蘇潔思了再思的，但蘇潔不思。

章小惠心說，不思是吧，你就淺淺地懷一把春吧，等到畢業時分一到，勞燕分飛時就知道什麼是春色遙看近卻無了。偏偏，讓章小惠傻眼的是，這個蘇潔，居然把個淺春懷得大張旗鼓的，讓陳章喜跟著她來了個婦唱夫隨。

章小惠當時就傻了眼，同系有個男孩也是喜歡她整整四年。章小惠之所以視而不見，是因為男孩家在一個小縣城，她怎麼就沒想到通過自己的努力讓男孩留在自己身邊呢？而一味只想到一旦跟那男孩戀了愛了就得降尊紆貴下嫁到小縣城去。

即便當日下嫁了，也強似自己至今的未嫁不是？

人，太聰明地算計這些是不明智的。

有了這段不明智的經歷打底，章小惠後來，就少了衡量男人的機會了，女人一旦過了三十，青春的拋物線呈就下滑趨勢，這會兒，輪到男人來衡量她了。

而且都是二婚男人。

二婚的男人，差不多都是兩個極端的男人。

一種是死了老婆的，一種是離了老婆的。

死了老婆的，屬於病急亂投醫，有個女人組合家庭就行，這種男人，大都是被生活折磨得喘口氣都得見縫插針，找老婆的目的很單一。幫自己帶孩子做家務，讓家像個家，讓日子過得像個日子，僅此而已。

章小惠不討厭孩子，但也不會對別人的孩子喜歡到沒心沒肺的份上。這種男人，章小惠是有抵觸的，其實不用她抵觸，人家男人也早抵觸她了，在心裡。原因很簡單，二婚不是愛情的進行曲，你章小惠想春深一片，人家那兒早就滿目蕭瑟了。

離了老婆的男人，無疑是有點本事的，這種人聰明，會揣測女人心思，尤其是揣測章小惠這種未婚的大齡女人心思。

比如說李志海，就是其中一個。

他和章小惠第一次見面，就直接拉了她去看車。理由是，一個女人，怎麼可以去擠公汽，去攔的士呢，有失風雅啊！

這話擊中了章小惠的軟肋，她一直認為自己是個風雅的女人，是該死的未婚，讓她的風雅大打折扣了。所以在看車的時候，李志海的手很自然攬上了章小惠的腰，章小惠沒拒絕，主要是沒理由拒絕。

李志海的攬是不具備情感的，那一攬，很有分寸，像科學家某個試驗程式中的一個步驟。

莫非，自己只是李志海日後生活中的一個步驟？這一念頭很奇怪地就浮上了章小惠的腦海，也就是說，她未必就是他的婚姻目標。

這念頭或多或少讓章小惠有點氣餒，那輛原本對她尚有吸引力的雪佛蘭轎車一下子因這份氣餒而暗淡下去。

改天吧！這些款式，我不大喜歡！這是當天章小惠給李志海的回復，聽起來，像是挑車，但在章小惠心裡，她更願意這是挑人的答案。

結果這一改天吧，就改到蘇潔被離婚這一天。

那我該怎麼辦呢？蘇潔眼神專注地乞求著，聽之任之他吃付費的？

嗯！付費的東西，吃貪了，會撐壞胃口的！章小惠點頭，撐壞胃口跟沒胃口是兩回事，你應該明白的！

蘇潔果然就明白了，這種事，任誰，往深處一想，都能明白的。

她是明白了，可章小惠呢，還得過自己不明不白的日子！這話，是李志海說的。

李志海的話是有出處。也是的，一般三十歲以後還未婚的女人，在大夥眼裡差不多都成了性格怪異的代名詞，說句話吧，得掂量了再掂量，小心了又翼翼，沒準一不小心，就犯了忌諱。

章小惠是在從蘇潔那兒回家途中接到李志海電話的，說是又來了新車，要不要，一起看看。

章小惠心裡就動了一下，她原本以為，上次的回覆，冷了李志海的心，沒想到，李志海還是用了心思。

李志海是真的用了心思，第一次的攬是試探，第二次的買車，也是試探。

如果章小惠是個貪圖小便宜的人，在這一攬之下，肯定會迫不及待要挑中一款轎車的，女人總喜歡以自己的身體被男人如何如何了作為要脅。

李志海不是怕這種要脅，即便跟女人上床了也不怕，畢竟，上床跟婚姻是兩碼事。

既然章小惠對車沒感興趣，那麼她感興趣的必然是婚姻無疑了。

這個答案，讓李志海心裡踏實了許多。

於是兩人又看了一次車。

這一次李志海的手就不是攬而是摟了，很具備男人性感的那種摟，讓章小惠心底生出柔柔情愫的那種摟。

章小惠有點暈眩了，就稀里糊塗點了頭，說實話，那車的款式，她基本沒看。她決定讓自己愚頑一回，人也好，車也好，總歸都要和李志海走到一起去的，為什麼不簡化一下程式呢？

自己也不是青春年少了，縱然是錯也離不了多大的譜，總不至於跟蘇潔一樣，辛辛苦苦打理下的江山要鵲巢鳩佔。

自己占的，是別人的巢，這點章小惠再明白不過。能占多久是多久吧，跟未婚相比較，怎麼說也是向前進了一大步。

這個結果，估計是很多人都樂於接受的，包括蘇潔在內。

蘇潔不是一直勸她，隨便嫁一下算了，只要人健康就行。

這麼尋思時，章小惠還忍不住偷偷樂了一下，李志海是健康的，健康得應該像一隻豹子，在床上，當然是在夢裡的床上。不知怎麼回事，章小惠經常做到這種春夢，章小惠是享受這種愉悅的，她的思緒在這種愉悅裡飄忽著。天馬行空似的，她實在是辜負自己身體了，早在那個戀了她四年之久的男孩那裡，她就該擁有這份愉悅的，擁有之後呢，會不會像蘇潔那樣無所謂了？

真的無所謂了！

一個女人，不該讓她的青春階段出現空白的，生不生出真愛，很重要麼？

章小惠眼下，就很質疑蘇潔和陳章喜之間曾經有沒有過真愛。

正質疑著呢，章小惠的手機恰到好處地響了起來，蘇潔的！

電話接通了，只有四個字，現在你來！

很霸氣的四個字，章小惠皺一下眉，剛想說一句憑什麼啊，嘴裡吐出的卻是言不由衷的兩個字，好的！

無所謂了，吐出什麼話自己都要過去的，何不刪繁就簡呢！

生活，本來就該刪繁就簡的。

這一次，給章小惠開門的居然是陳章喜，章小惠心虛了一下，好像是自己做了對不起陳章喜的事兒。偷眼看陳章喜，陳章喜一臉的淡定，沒事似的，這讓章小惠很是大惑不解。

要擱章小惠自己，肯定有一種勇赴刑場的感覺，劊子手磨好了刀就等你引頸受戮呢！

劊子手自然是蘇潔了，一般這種場合，蘇潔會以一個受害者的身份嚴詞聲討一番，而章小惠也一定會矢志不渝地支持一番，最後結局則不難想像，陳章喜以極大程度的耐心和少見的忍氣吞聲無條

件的低頭認罪。

劊子手蘇潔在做什麼呢？她無動於衷的樣子，在那兒吃著炸雞腿，一小口一小口地蠶食著，八百年沒吃過的！

陳章喜一臉關切地走過去，挨著蘇潔坐下，說，再吃，就沒有小蠻腰了。

小蠻腰，重要嗎？蘇潔斜他一眼，我覺得一個人胃口好，比什麼都重要！說完了又旁若無人咀嚼起來。

陳章喜挨了揶揄，卻不生氣，衝蘇潔擠一下眼，我看，你還是先洗個澡吧！

洗澡？什麼意思？章小惠抽了抽鼻子，乖乖，蘇潔身上一身的油煙味，炸雞腿的油煙味。

她已經連續吃了幾天炸雞腿了，吃了睡，睡了吃，哪來這麼好的胃口啊！陳章喜笑著解釋。

那笑裡分明藏著討好的意味。

章小惠就知道，蘇潔叫她來的目的了，她只是讓章小惠見證一下，自己真的是，對陳章喜無所謂了。

陳章喜把架子都低到了這個份上。

再待下去顯然是不明智的，章小惠就找理由告辭，她說，蘇潔啊，李志海在樓下等我呢！

撒完謊，章小惠來了個奪門而逃。

還沒下樓呢，電話真的響了起來，李志海打來的，李志海說，小惠啊，我在樓下等你呢！

啊！章小惠一怔，這男人，太有心機了吧！章小惠早先，是很怕有心機的男人的，她不想跟男人在婚姻中玩互相設防的遊戲。

但眼下，她釋然了，有點心機也好，說明人家還真的重視著你。

掛了李志海的電話，蘇潔電話又來了，蘇潔說，他哭了，算不

算悔恨的淚啊？

　　章小惠沉吟一下說，能夠哭就好，哭是心靈開始復甦的象徵！

　　最好是痊癒的象徵！蘇潔冷冷地糾正。

　　你，難道不高興嗎？章小惠很奇怪，他都提出要給你洗澡了！

　　無所謂了，不就是幫我捏腰麼？蘇潔口氣淡得像結了霜，天知道他已經給多少人捏過了，我記得給你說過的，男人的手不長記性的！

　　章小惠一下子無語了，她知道蘇潔根本不是無所謂，而是太有所謂。

　　女人之間，曾流傳過這麼一句話，對於男人，最佳的報復不是仇恨，而是打心底發出的冷笑。

　　蘇潔的無所謂，顯然是一種報復。

　　這麼胡思亂想著，李志海已在衝她招手示意了。

　　上車之後就應該是上床，男人似乎很熱衷這個，李志海呢，也一定是。

　　上床就上床吧，無所謂了！

　　章小惠從後視鏡裡看一看自己的臉，居然，風平浪靜的！

沒什麼不妥的

陳有心抬頭望一下客廳牆上的全家福。

全家福打從掛上牆就沒挪過窩，很醒目地掛在客廳裡，但凡有人進來，第一眼迎面相遇的，是柳小雪笑得帶出風情的一雙媚眼兒。

陳有心啊陳有心，你還真是有心！知道底細的人差不多一踏進門都會這麼來上一句，像串了台詞似的。

柳小雪是陳有心的老婆，曾經的，過去時！

陳有心不理會這些，嘴一撇說，掛著吧，好歹她還是陳東起的媽媽不是？

別人嘴裡自然就無話可說了！

陳東起這名字，是柳小雪走後陳有心給重新取的。寓為東山再起的意思，究竟是誰東山再起呢？陳有心不明說，但從他口中一直只說柳小雪走後我們可以推測出，他是希望柳小雪再走回來的。

呵呵，千萬別以為陳有心這個人沒出息。他有自己的公司，規模還不少，養了十多個人，如果不是苛刻是話，應該劃歸為有出息的人之列的。

陳有心的沒出息只表現在柳小雪面前，而且屬於資深的沒出息。像這樣稀奇古怪的事在我們身邊並不鮮見，只要你肯多留意一下，只是，留意了又能怎麼樣呢？這種你情我願的事兒是合情合理地存在著的，讓你無法拒絕不說也不好怎麼去理會。

乍一眼看上去，沒什麼不妥的。

　　記住，是乍一眼，如果多看上幾眼，或者人的眼光有透視功能的話，像X光線那樣掃描一番，不妥，是絕對存在的。

　　發現這個，顯然需要深入。讓我們深入一把陳有心的生活吧！

　　陳有心，非女，年近不惑了，屬於小有所成的男人！當然，他的成，不在於他的公司有多大的利潤，而在於他有個叫柳小雪的老婆，這是他個人對自己成就的一個評估。

　　儘管我寫出這段話時，陳有心已經有日子沒見著他老婆柳小雪了，但這有什麼不妥的呢？法律上似乎也沒明文規定，老公必須天天能見著自己老婆吧！

　　柳小雪顯然就是鑽了法律的空子，跟陳有心玩起神龍見首不見尾的遊戲。

　　寫到這兒大家估計也就明白了，是的，和你想像的沒有兩樣，柳小雪，這個陳有心的成就，現在成了別人的成就，知道這件事的人都會拿陳有心的這點成就揶揄一番。

　　陳有心一般是不還嘴的，自己的女人現在成了別人的情人，當然，這個情況屬實的話陳有心心裡還好受些。問題的關鍵是，柳小雪似乎不單是紅杏出一把牆那麼簡單，她的意思是想要把根紮到別人的院牆裡面。

　　這麼長時間音訊全無就是一個很好的證明。

　　她的那輛馬自達的紅色轎車倒是顯得了難得的忠貞，沒有離開陳有心的家門半步。從這點來說，人不如車忠誠。

　　車要真離了家門，陳有心倒可以理解，偏偏柳小雪做了讓他不能理解的事，確切說是做了全國人民都無法理解的事。任誰背上小三小蜜的名聲不都是想把日子過得百尺竿頭更進一步的，可柳小雪呢，恰恰相反，她居然跟了個窮送水的民工。

　　那輛馬自達的車，她就算真的帶過去了也無可厚非的，畢竟跟

了陳有心這麼多年，沒有功勞也有苦勞。

可她卻來了個淨身出戶。三十多的女人了，還這麼衝動。

這讓陳有心怎麼想怎麼都覺得不妥，難道她真的想要他懷念她一輩子不成？

想到這兒，陳有心再望一眼全家福。

柳小雪依然沒心沒肺地笑著，在牆上，甚至沒一點要迴避他眼神的意思。

你好歹，也該愧疚一下吧！陳有心在肚子裡嘀咕了一聲。

柳小雪不覺得自己應該愧疚什麼，她這會正手忙腳亂收拾著新家，說新家，實在委屈了這個新字的意義。所謂的新，只不過是她跟著郭子貴到了一個陌生的地方而已。

郭子貴就是那個送水的民工。

這種人，就像一粒草籽，石頭縫裡只要滲點雨水進去，就能生根，發芽，要有陽光雨露再稍稍滋潤一把的話，就不光能茁壯成長，還會欣欣向榮了。

很顯然，柳小雪是陽光更是雨露，因為她讓郭子貴欣欣向榮了。

這從他的滿臉顯山露水的幸福中可以看得出來。

郭子貴一直是個容易滿足的人，在這點上，陳有心跟他恰好相反，所以，命裡註定，容易滿足的郭子貴只能成為一個送水工，不容易滿足的陳有心只能成為一個小老闆。

這兩者之間，本來也沒什麼不妥的。

但柳小雪這條紐帶往兩人中間這麼一牽扯，顯而易見，那些早先隱匿著的不妥全打著呵欠揉著眼睛伸著懶腰般甦醒起來了。

像驚蟄時節的一聲雷。

陳有心就使勁回憶，那一聲春雷是怎麼響起來的，或者說，究竟在她們的生活中響沒響過這聲春雷，回憶的結果是，應該沒有。

請注意，是應該沒有。

可在柳小雪看來，顯然是有的。應該是郭子貴送水到她家的那一次。

那是他們之間的第一次見面。

想到這兒，柳小雪忍不住發了一會兒癔症，發癔症是因為，她居然記不住自己什麼時候和郭子貴見的第一面了，這讓她心裡志忑了一下，很不安的意思。

兩人做了那麼久的夫妻，可供回憶的事卻越來越不清晰，不明朗。

那天柳小雪是洗澡時發現純淨水沒了的，柳小雪有個怪癖，有時在衛生間洗完澡後要用純淨水再淋一遍身子。

理由很牽強，純淨水，沖了身子才更純淨的！一般柳小雪用純淨水沖洗身子是積極傳遞這麼一個訊息，她要和陳有心做愛了。

陳有心不是不知道她這一稟性。

就主動打了送水電話，要求對方要快，儘快！

不巧的是，他要求別人要儘快，別人要求他同樣也儘快。忘了交待一聲，陳有心開的是家居裝潢設計公司。碰見一些飛揚跋扈的女主人時，就得他親自出馬才能擺平，這會兒，他送水電話剛掛，手機鈴聲就急促而尖銳地響了，跟著鑽進耳膜的，是更急促而尖銳的一個女中音，篩去這聲音裡夾雜的情緒，這聲音算得上餘音繞梁的，擱平日。

令人惋惜的是，那聲音尖銳而鋒利，直接刺進了陳有心的五臟六肺，這也罷了，陳有心每每剛要辯解，對方一句閉嘴就給擋了個嚴嚴實實。

在一連串的閉嘴之後，女中音拋下一句，你馬上，給我過來！就掛了機，口氣是不容置疑的。

陳有心的自尊受到了傷害，但他沒敢違背女中音的意志，女中音背後的男人，正是當年把他拉出溫飽線的男人，眼下這男人只要撇一下嘴巴，他的小有所成的產業就會立馬陷入風雨飄搖之中。

那男人在早年施於陳有心恩惠時同時贈於他這麼一句話，如果有人用鈔票砸你，那麼你蹲下來，一張張地撿起來！因為關係到你溫飽的時候，一點點的自尊不算什麼！

儘管目前，已經關係不到自己的溫飽了，陳有心還是放棄了自尊，因為他還想，讓柳小雪這麼一直有機會用純淨水把身子沖洗下去，一直到老得沖洗不動了的那一天。

他的財產還沒足夠達到讓柳小雪和自己整日無所事事就能豐衣足食到老得動不了的田地。

錢這玩藝兒，一輩子究竟能花出去多少，是個沒譜的事兒，陳有心是這麼揣測的。

他只想通過自己的努力讓柳小雪過得衣食無憂點，再豐衣足食點。

女人嗎，有了吃有了喝有了穿有了用，該滿足了吧！

陳有心名有心實則無心，他忽視了一個簡單的道理。女人，首先是人，是人就有自己的思想，而思想，不單是七情六欲那麼簡單容易滿足的。

柳小雪是在洗澡時聽見門鈴響的，她從洗澡間探出頭來，居然，剛剛還在打電話的陳有心沒了蹤影，會不會是他出去倒垃圾時風把門給帶上了，這種事常發生的，柳小雪就隨便裹了條浴巾去開門。

郭子貴扛了一桶水正站在門口。

柳小雪半裸的肩頭是迷人的，她的眼睛因為驚奇，彎成了月牙兒，十分迷人的月牙兒。

　　郭子貴心裡一慌，那桶水差點從肩頭滾了下來，他沒敢看柳小雪的眼神，更不敢看柳小雪的肩頭。他只好折中了一下，看柳小雪的嘴唇，因為那裡能吐出字音來，他眼下，需要這些字音的指示。

　　指示還沒出現，柳小雪的嘴唇上有顆不大但卻很調皮的痣出現了，柳小雪嘴唇張一下，那痣就跳躍一下，弄得郭子貴的心律明顯不齊起來。

　　柳小雪沒心律不齊，她有的是對陳有心的憤怒，什麼時候不可以走，偏偏在這個時候消失，明顯的蔑視，還是不屑於她這麼積極傳遞的訊息。

　　已經有些日子，他們沒做過愛了，柳小雪不是那種不知情達理的女人，但你陳有心，怎麼可以無視這夫妻生活中的氧氣呢？

　　柳小雪從書上看到的，說性愛是夫妻生活的氧氣，她只是想，為陳有心疲憊不堪的軀體裡增一回氧，難道有錯嗎？

　　莫非，他還有另一個可供增氧的地方？

　　這麼尋思著，柳小雪心裡忍不住打了一個顫，她的肩頭像受了牽扯，很自然地抖了一下。

　　儘管抖動的幅度很微妙，郭子貴還是覺察到了。

　　郭子貴咽了一下唾沫，輕聲說，您要的純淨水，放哪兒？

　　他這一問像觸動了柳小雪身上某根潛伏已久的神經，柳小雪忽然有了跟這個陌生小夥子長談一番的欲望。

　　因為她突然發現，很久沒人認真聽她說過話了，而人，是最耐不得寂寞的動物，柳小雪無疑是寂寞的。

　　這份寂寞讓她覺得自身沉澱了許多長期無語後積壓的悶氣而生成的微塵。

　　她一直固執地認為，悶氣會在身體內部轉化成一種物質附在身上，看不見也摸不著。

需要每隔一段時候用純淨水沖洗一遍身體再利用酣暢淋漓的性愛給揮發掉。

郭子貴是適合做這樣一個合格的傾聽者的。

他每天機械地重複著上樓下樓，給人家換水，卻從沒哪個女主人裹著浴巾請他坐下來喘口氣再走的。這可是只有在電視鏡頭裡才能看見的出水芙蓉場景啊，跟電視鏡頭更勝一籌的是，柳小雪身上如芝如蘭的清香氣息就那麼無遮無攔地侵襲著自己。

而這氣息，足以讓一個男人的生機勃勃呈現的呢！

是的，好多時候，郭子貴都差點忘了自己是個男人，在柳小雪的娓娓傾訴下，郭子貴表現出與一般民工很不相符的氣質來。

即便偶爾插上一句話，也很有見地。

柳小雪的絮叨他沒表現出驚奇。

面對柳小雪對陳有心的批評，郭子貴大著膽子凝望著柳小雪一眼，慢條斯理說，有時候吧，最痛苦的不是失去，而是得到之後並不快樂！

你的意思是我的不快樂是因為得到太多？柳小雪情不自禁地張大了嘴。

這一張嘴事小，她的唇上那顆痣立馬性感生動起來。

郭子貴點頭，說是的，如同男人，可以用一輩子懷念一段消逝了的感情，同時也能夠愛上別的女人。

這話很有哲理。

柳小雪的臉慢慢揚了起來，那你可以幫我一把麼？

怎麼幫？郭子貴搓了一下雙手，他實在想不到自己一個送水工能幫上柳小雪什麼。

這是一個錦衣玉食的女人啊！

幸福這玩藝兒很賤的，你以為單憑錦衣玉食就能餵養？像看出

郭子貴的心思，柳小雪幽幽歎息一聲。那要怎樣才能餵養？郭子貴思維明顯跟不上趟了。

需要一個人朝夕相處的氣息來餵養！柳小雪悄悄吐出這番話後目不轉睛盯著郭子貴說，如果你能做到，我可以跟你一起去餵養這種很賤的幸福。

郭子貴頭暈眩了一下，天上掉餡餅砸上的感覺呢，暈眩歸暈眩，他還是清醒地問了柳小雪一句，就這麼走，不跟他打聲招呼？

柳小雪眼圈一紅，慢慢把目光在屋裡巡視一遍，最後落在全家福上，紅唇一咬輕聲但很堅決地說，許多愛情故事，開始是看誰比誰更多情，結局是看誰比誰更絕情！

你的意思是他絕情在先了？郭子貴到底明白過來，明白了就不再猶豫，牽了柳小雪的手，下樓。

陳有心不絕情，他只是想讓柳小雪的生活品質更上一層樓而已。

柳小雪的不領情顯然就不在他的意料之中了，其實他應該把做生意的頭腦轉移一份到柳小雪身上才對的。

這點上，陳有心顯然不及古人，人家蘇東坡先生老早就告誡他了，高處不勝寒的，你把個柳小雪捧得高高的，成心寒人家的心呢！

寒了心也就罷了，還缺了人家的氧，人家沒理由不選擇腳踏實地的生活吧！

柳小雪跟郭子貴是跟對了。

她在生活上一直是向低標準看齊的，她只需要每天晚上有個男人的臂彎讓她躺一躺。這對送水工郭子貴來說，是在簡單不過的事兒。躺一躺的後面還有很多實質性的東西等著他呢，那是令人歡愉的事兒，於曾經嚮往女人嚮往得差點忘了自己是個男人的郭子貴來說。在得到歡愉後，郭子貴說得最多的一句話就是，小雪，你等

著，我會讓你過上幸福日子的！

柳小雪很奇怪郭子貴有此一說的，傻瓜，我日子現在已經很幸福了啊，幹嗎還等？

是的，有了郭子貴身上的氣息和自己朝夕相處，於柳小雪來說就是一種莫大的幸福。早先跟陳有心，他們也曾這麼朝夕相處過，可隨著房子面積擴大，隨著家用電器增加，柳小雪發現，現代化的氣息逐漸覆蓋了陳有心的氣息，有時候吧，她要感受一把陳有心的氣息還得通過手機電磁波從幾千裡外跑回小城打迂迴戰才能實現。

可憐不？可憐！

不妥麼？不妥！

她那輛馬自達的轎車本來是可買可不買的，之所以柳小雪執意買了下來，目的只有一個。有時候，她太想陳有心時，會悄悄把車開到陳有心的公司附近，或者他施工的社區附近，只為能離他的氣息近一點，更近一點。

很多次，陳有心的氣息離柳小雪確實近了，很近了，柳小雪都搖下車窗準備奉獻給他一個燦爛的笑了，可陳有心呢，只是漠然從她的身邊急匆匆擦肩則過，難道，他沒嗅出自己的氣息麼？

曾經朝夕相處的氣息啊，就這麼疏遠了，淡然了，甚至於沒半點感覺了，柳小雪好幾次眼睛盯著後視鏡裡漸去漸遠的陳有心的背影，不停地抽著鼻子，空氣裡還殘存著陳有心身體的氣息，若有若無的。

莫非，自己在陳有心心中也是若有若無的？柳小雪被這個問號嚇了一跳。

為證明自己是不是若有若遠的，柳小雪選擇了鋌而走險。

之所以她會選擇跟一個送水工淨身出門，就是基於要鋌而走險這一念頭。

　　但她沒想到的是，她那天無意中一鋌居然讓自己真的走進了一步險棋。

　　擱外人眼裡，肯定是這麼看的。

　　陳有心更會這麼看，所以他給兒子改名東起，心想你柳小雪不能總涉險地而不回頭吧，他是這麼盤算的，柳小雪回頭的日子，也正是他東山再起的日子。

　　柳小雪跟了郭子貴下樓時，是賭氣行為。

　　我們大家都知道，世界上往往很多事都是在一念之間發生的。偉人的一個念頭可以改寫歷史，成功人士的一個念頭可以改寫生命史，平凡人的一個念頭只能改變家史，柳小雪的這個念頭，改寫了郭子貴的家史。

　　郭子貴先前，是沒敢奢望找到柳小雪這樣一個城裡女人的，哪怕她是一個二婚的城裡女人。這其間，於郭子貴來說，是沒差別的。

　　城裡女人，哪怕離十次婚，也是城裡女人，鄉下女人，就是一次婚也不結，最終仍是鄉下女人。

　　蛇可以叫做小龍，但永遠成不了真龍。

　　柳小雪到郭子貴家裡後，滿以為郭子貴會猴急猴急一把將自己抱上床的，那樣她就可以大喊大叫找個理由堂而皇之走出郭子貴的家門。

　　但令她費解的是，郭子貴領她進了家門的第一句話就是，小雪你先委屈一會兒，人就沒了蹤影。

　　一定去買吃喝的東西回來慶賀一把！柳小雪坐在那兒暗自尋思起來，飽暖才思淫欲的。

　　郭子貴的出租屋就一間，床前拉了個布簾兒，柳小雪扯開布簾兒，居然，床收拾得很乾淨，沒給她狗窩的感覺。

　　一股濃濃的男兒氣息撲面而來，柳小雪貪婪地呼吸兩下，很久

沒聞見過這種帶汗香的男人味道了。

陳有心自打當了老闆後，講究起來，睡覺前總把自己洗得比女人還乾淨。

連身上特有的雄性荷爾蒙氣息都無跡可尋了，這令柳小雪很不安。

一個男人，怎麼可以沒點雄性氣息呢！

陳有心的雄性氣息都被雇主們給折騰得消失殆盡了，他身上曾經有過的稜角呢，那些曾讓柳小雪產生疼痛感的稜角呢？

柳小雪的要求不高，她只想隔三差五地讓日子疼痛一把，只有疼痛了，她才有被生活波浪衝擊的感覺。

被陳有心剝奪了的感覺，郭子貴給予了她。

郭子貴回來時，居然扛的是兩桶純淨水，確切說是扛了一桶，提了一桶。

柳小雪眼圈裡就一熱，難為他記得，自己是因為一桶沖洗身子的純淨水跟他出走的。郭子貴抹一把頭上的汗，說，另一桶，事後再洗！

這個事後，不言而喻是指做愛的事後，柳小雪的臉紅了一下。

郭子貴不紅臉，他紅著眼睛退出小屋，說，你如果反悔的話，就不要浪費我的水，我身上的每一分錢都有它的用處的。

這話很熟悉，讓柳小雪想到他們剛成家時，那時陳有心也常常像個婆娘們一樣絮叨說小雪啊，這身上的每一分錢都有它的用處的。

是的，那些日子裡，他們每天晚上最快樂的事不是做愛，而是洗完澡一起爬上床頭，盤算一天的收入，如果哪一天多出額外的幾塊，他們的眉眼裡會笑出淚花來，然後用這多出的幾塊錢買上一桶純淨水，沖洗彼此的身體，酣暢淋漓地做上一番愛，這個習慣，柳

小雪就是在那時養成的。

其實很多時候，他們的收入是均衡的，陳有心為讓這份快樂得以延續，每天會從早餐裡克扣下一塊錢來，一週五天，雙休日他在家吃早飯，那額外的五塊錢就在某天晚上的盤算中不失時機跑到了帳面上。

跟著跑到柳小雪的心頭，化成一連串的驚喜，這樣的日子，是快樂的。

如果說柳小雪對以往的婚姻有所眷念的話，她眷念的也不過是這五塊錢帶來的快樂。隨著陳有心生意的做大，他已經沒了和柳小雪盤踞在床頭算計每天收支的情趣，很多時候，他回到家裡一言不發，只是從口袋裡抽出一逕鈔票往床上一扔，然後澡都不洗便沉沉睡了過去。

先前，柳小雪還會煞有介事地把鈔票一遍一遍地清點，然後在陳有心的鼾聲裡端來熱水，幫陳有心擦洗身子。

陳有心顯然是不喜歡這種擦洗的，他會在夢中極不耐煩地翻身，發著不可言狀的牢騷，柳小雪是樂意承接這份牢騷的。

在柳小雪眼裡，陳有心的牢騷更等同於一個孩子的撒嬌。

再往後，柳小雪真有了孩子時，發牢騷的人變成她了，每每弄孩子筋疲力盡的她看見陳有心倒頭便睡，便忍不住喝斥說，你就不能洗得清清爽爽進家門嗎？

這個時段的陳有心雖說身上沒了臭汗，可因為跟客戶拉關係，每晚都是酒氣熏天才回來，要洗得清清爽爽回家不是難事。打那以後，陳有心與客戶的應酬中，又多了一個項目，請對方桑拿。

柳小雪就在熟悉的話語中開始沖洗自己的身體，一直把自己沖洗到逝去的歲月中。洗完澡，她爬上床頭，靠在那兒盤算這一天的收入，嚴格說是幫郭子貴盤算一天的收入，郭子貴送一桶水可得一

塊錢的提成，送到四樓以上就是兩塊錢的提成。

一般來說，郭子貴一天氣喘吁吁上樓下樓，三十元的收入是有的，當然也保不住會有橫財入帳。郭子貴的橫財很簡單，常有買了米買了面或大宗東西搬運不了的女主人，又不捨得打的士，往往手一伸就攔住郭子貴的送水三輪，央求給帶上幾步，這幾步是收費的，一般在五塊錢以內。

盤算的結果是，那天郭子貴因為車上坐著柳小雪，很多女人伸手他都沒停下來。也就是說，沒額外的收入。

當柳小雪把盤算結果告訴郭子貴時，郭子貴冷不丁一把扳住柳小雪的肩頭說，傻瓜，你就是我最額外的收入啊！

這話一下子點燃柳小雪身上的激情，潛伏在體內很久的岩漿開始亂躥，亂躥的結果是，柳小雪不光把自己化成一汪雪水，還讓郭子貴在這汪雪水中汪成一泓香水。

水與水的糾纏讓彼此身體明顯感到了疼痛，一種無與倫比的快感襲上來的疼痛。

疼了才會愛的，事後柳小雪伏在郭子貴胸口上說，記清楚了，這樣的日子才叫疼愛。不言而喻，他們的日子是疼愛有加的。

陳有心到底沒辜負自己的名字，他把做生活的心計多轉了幾份到走失了柳小雪身上，確切說是郭子貴身上。

兩個男人之間的事兒，何必讓柳小雪夾在中間難堪呢？從這點上來說，陳有心還是在意柳小雪的。

他的在意，不是要把柳小雪立馬拉回自己身邊。

陳有心是這麼說的，你真的，想要柳小雪幸福麼？

郭子貴點頭，是的，她現在就很幸福！

你確信她很幸福？陳有心點燃一根煙，口氣有那麼點居高臨下。

郭子貴仰起頭來，眯上眼想柳小雪和他一起靠在床上盤點每天

收入的場景，那場景無疑是幸福，郭子貴就在這幸福的場景中點了頭說，我確信！

可我看《非誠勿擾》中女嘉賓說，寧願坐在寶馬車裡哭，不願坐在自行車後面笑呢！陳有心淡淡地吐出這麼一句話來。

郭子貴的頭就低了下來，他只有一輛三輪車，人力的，跟自行車在一條起跑線上。

想讓柳小雪更幸福一點麼？陳有心滅了煙，再問。

想！這是郭子貴每次在柳小雪身上得到歡愉之後最常說的一句話，小雪，你等著，我會讓你過上幸福日子的！其實說那句話時，郭子貴心裡是沒底的，柳小雪先前的日子可是出有車食有魚的。

馬自達轎車，郭子貴是不敢奢望買一輛送給柳小雪，那麼只能在食有魚上努力了，退而求其次於他來說也是一種努力。

跟我幹吧！陳有心說，給你當個小管事的！你不能一直讓柳小雪過這種日子吧，得讓她的幸福指數上升。

郭子貴怔了一下，跟你幹，有什麼附加條件麼？他的擔心並不多餘，畢竟自己搶了人家老婆。

有啊！陳有心不置可否地笑笑，附加條件就是你不要告訴柳小雪你跟我在做事。

這個不難，即便沒這個附加條件郭子貴也不會告訴柳小雪的，郭子貴只告訴柳小雪，他在送水之外又攬了一份活兒。

多一份活兒，就多一份額外的收入，也等同於多了一份額外的驚喜，在剛跟陳有心幹活的那段日子裡，郭子貴和柳小雪的幸福指數像水銀柱遇到高溫一樣急劇上躥。

但什麼事都有個盡頭。

柳小雪是在躥到頂時發現有什麼不對勁的，每天當柳小雪洗完澡爬上床頭盤點當天收入時，郭子貴參與的興趣已不再濃厚，很多

時候他一言不發，只是從口袋裡掏出一疊錢往床上一扔，然後洗都不洗便沉沉睡了過去。

先前柳小雪還會煞有介事地把鈔票一遍一遍地清點，然後在郭子貴的鼾聲裡端來熱水，幫郭子貴擦洗身子。

郭子貴顯然是不喜歡這種擦洗的，他在夢中極不耐煩地翻身，發著不可言狀的牢騷。柳小雪是不樂於承接這種牢騷的。

這牢騷在她眼裡不再等同於孩子的撒嬌。

她弄醒了郭子貴，把盤點好的鈔票一張一張塞進被子裡。

然後在郭子貴呆而不解的目光中穿上衣服，從從容容摸出手機，發出一串號碼，電話通了，柳小雪在這邊說，有心啊，我想回來一趟，你覺得妥麼？

有什麼不妥的啊！那邊傳來陳有心很響亮的回答。

郭子貴被子裡的熱氣把鈔票一捂，剛才挺刮刮的票面全軟了下去，郭子貴衝柳小雪說，我只想讓你過得更幸福一點，有什麼不妥麼？

柳小雪回過頭來，搖一下頭，先前我們已經很幸福了啊，你不覺得？

狼性一回

　　人，誰沒年輕過呢？男人把頭往椅背子上一靠，眼睛微眯，漫不經心衝女人這麼說了一句。

　　你，不要臉！女人的臉色陡地一變，手中那杯明明要落到桌面上的豆漿倏忽改變了方向，隨女人手腕一抖，嘩一聲潑在了男人臉上。

　　這一變故，明顯屬於突發性事件，男人猝不及防間，臉上就覆了一層豆漿製作的皮膚膜似的，尷尬是有那麼一點。

　　剛才，兩個人，還有說有笑的。

　　事情發生得過於突然，男人顯然還沒弄清楚狀況，雖然心裡惱著，但口氣卻不理直也不氣壯的，我怎麼的，不要臉了，事是人家幹的，又不是我！

　　哼，當我不知道你有幾根花花腸子啊！事不是你幹的不假，可你比人家還投入，還享受！

　　我，投入了嗎？我，享受了嗎？男人不服氣，抹一把臉上的豆漿，這種事，哪好輕易承認呢！

　　不投入，你眯著眼幹啥？不享受，你說什麼誰沒年輕過呢？女人一針見血，我可從沒見你哪一回吃個早餐還把頭靠在椅背子上呢，是想仔細咂摸回味其中滋味吧！

　　男人這會還是沒咂摸回味出來女人為什麼會好端端地要把一杯豆漿糟蹋掉。

　　而且是帶侮辱性質的糟蹋！

男人就嘟噥了一聲給自己找台階下，我又不是沒年輕過，沒享受過！真實的。

女人卻沒給他台階下的意思，來了個宜將剩勇追流寇，你年輕過嗎，你享受過嗎？我呸，當這麼些年是別的女人跟你熬過來似的！因為氣憤，女人瘦高的顴骨紅了起來，亮了起來。

男人的頭被這紅亮襯得極不自然，他埋下頭，把女人面前的豆漿端到嘴邊，呼哧呼哧吸溜了下去，不歇氣地，那摸樣像一頭饑餓到了極點的狼。

只是，男人心裡明鏡似的，自己在女人面前，就從來沒有狼性過一回。

事出有因！

都是那該死的狼性！男人喝完豆漿洗了把臉，出門。站在防盜門前，他惡狠狠瞪了隔壁一眼，這是一片廉租房，看外表，跟一些花園社區差不了多少，應了那句老話，繡花枕頭裡面裝的粗糠殼子，房子牆壁薄，薄到什麼程度呢——不隔音。有點風吹草動的不瞞人，自家人不瞞，別家人也不瞞。

林文英的睡眠，一直不怎麼好，因為不怎麼好，就很大程度地影響了陳公明。

寫到這兒，請允許我畫蛇添足一番，林文英就是那個把豆漿無端地潑到男人臉上的女人，陳公明則是那個豆漿潑到臉上也不敢狼性一回的男人。

千萬別以為林文英是個潑婦。

相反地，林文英一直，是很難得的賢慧，我們不能因為一杯豆漿的事件就抹殺林文英多年為之付諸努力的賢慧女人形象不是？革命的隊伍裡還出過叛徒呢！林文英的偶爾不賢慧一回，陳公明自然是可以忽略不計的。

從陳公明的反應來看，他對這事是忽略了的，但沒有不計。

他計上了，不然不會惡狠狠地盯著隔壁，是的，他把計的對象從林文英身上轉移到了隔壁。

林文英是沒有錯的，幾十年都這麼過來的，能有錯嗎？錯的顯然，是剛搬進來的這對小夫妻。

媽的，是不是夫妻很難說的！陳公明在心裡刻薄地一笑，夫妻間做那個事用得著搞得地動山搖麼，搞得像有七匹狼在屋子裡追逐嚎叫著麼！

這個七匹狼純粹是陳公明的臆想，他知道有種叫七匹狼的品牌服飾，是因為林文英就在這樣一家服飾專賣店裡打工。

隔壁的防盜門心有靈犀似的，就在陳公明惡狠狠瞪大雙眼的當兒，門，居然沒有任何徵兆地開了，開得悄無聲息的，與昨天晚上從這個屋子裡傳出的驚天動地的聲響恰好相反。

陳公明的目光有那麼一瞬間的慌亂。

出現在他視線裡，居然是個瘦弱纖巧的女人，確切說叫女孩子更為合適。

女孩抿一下嘴巴，噓一聲，低下，在陳公明的惶然注視下，拐過了樓梯下角，腳步聲伴著身影，漸漸消失了。

陳公明的耳朵裡，不可思議地響起了昨晚的聲響，他忍不住喃喃自語了一聲，這麼瘦弱的身體，怎麼能爆發出那麼高亢的聲響呢？

是的，女孩的聲音可以用高亢來形容，高亢裡夾雜著尖銳，要不尖銳，那聲音不可能穿透牆壁後還影響著林文英的睡眠。

林文英當時是勉強合上了眼，思想還未進入睡眠狀態，突然，有股呻吟由低而高，由緩而急越牆而來。

有人吵架？這是林文英的第一反應。

他們住的廉租房內經常有夫妻為油鹽醬醋等雞毛蒜皮的小事由動嘴升級為動手，最後謝幕時毫無懸念地變成一個女人的抽泣。

哪怕是成為勝家的女人，也會這麼抽泣一番。沒辦法，貧賤夫妻百事哀，在這樣的家庭戰爭中得勝，除了更大程度地證明自己男人百無一用外，根本是找不到勝利快感的。

林文英就爬起來，靠在床頭，反正睡不著，聽一聽別人吵架也好，起碼證明有人的日子過得比自己更不堪不是？林文英一向喜歡在這種事件上放大自己的幸福。

沒辦法，苦日子也得往樂處過不是。

但這一回，林文英沒能把幸福放大起來。

她是過來人，只一凝神屏氣，便聽出了那呻吟裡暗含的壓抑不住的歡喜。

伴隨著這歡喜的，是床吱吱呀呀有節奏的叫囂，林文英臉紅了一下，這也太招搖了一點吧！

她以為，這就到了高潮部分。

偏巧，人家這才是序曲。

陳公明所謂的七匹狼的嚎叫一點也不誇張，一匹狼的叫聲是空曠的，但隔壁沒空曠的意思，先是男的，再是女的，一個階級一個階級的，像情歌對唱，到後來，鼓點密集，叫聲混合到了一起，就你中有我我中有你了，像狼群在一起撕咬。

林文英在這當兒，忍不住，使勁踹了陳公明一腳，陳公明其實早就醒了。男人在這種事上一向比女人更敏感，哪怕他從不失眠。

他懶得動彈不是理由，他的確是，聽入迷了。林文英這一腳踹上了身，陳公明就不能裝作無動於衷了，什麼事啊？他翻過身來，假裝剛驚醒過來，懶洋洋問林文英。

你聽聽，狼嚎一樣！林文英痛苦地一搗頭，還讓不讓人睡了！

怎麼不讓人睡了？我這不是睡得好好的嗎？陳公明打一聲呵欠，裝糊塗，你就當催眠曲好了。

壞就壞在陳公明這句無事生非的調侃上。

催眠曲，哼哼，敢情你早意淫了一把！林文英一把扯過被子，蒙住了頭。

陳公明自然不好去爭論了。

這種事兒，哪能爭論得明白呢？

好在，隔壁聲音很善解人意地退了潮，夜一下子靜了起來，陳公明翻回身，繼續他未盡的睡眠。但這一回，他沒能睡得安穩，總覺得狼嚎聲有一搭沒一搭地鑽進耳朵裡，在全身亂躥。

林文英以為蒙了被子可以強制自己進入睡眠的，殊不料，大錯特錯了，她在被子裡明明白白看見一張臉很享受地露出心照不宣的微笑，那臉的主人，是陳公明。

他只怕，醉心得不行呢！

呸！林文英惡狠狠在心裡鄙視了一把陳公明。

陳公明也活該遭到林文英的鄙視，早不伸，晚不伸，偏偏這會兒把手伸到林文英的胸脯上。

林文英的乳房，早就空了，呈下垂狀態，這會仰面躺著幾近於無了。

幾近於無跟無還是有區別的，陳公明的心裡是飽滿的就行。

林文英不給陳公明心裡飽滿的機會，啪一下打回陳公明的手，有本事伸到隔壁去！

陳公明很識趣，裝作夢囈了一聲，便再沒了動靜，夜，一下子長了起來。

一夜無話，但兩人都各懷了心思。

早上的一幕，只是昨夜冷戰後的延續。

女孩的悄無聲息下樓是存了心思的，她知道他們的折騰一定引起了鄰居的不滿，或者注意。

　　這種事，不是沒有先例。

　　以前沒搬來時，曾經有很多人在她背後指指點點，無非，就是看一個稀奇。

　　是的，連女孩自己都覺得稀奇，為什麼一定要叫呢？為什麼一定要叫出那麼大的聲音呢？女孩在白天，是一個相當文靜的人，她就不明白，咋一進入黑夜，自己骨子裡毛孔裡都要爬出這麼多的叫聲呢？

　　沒辦法，女孩實在控制不了自己。

　　男朋友也不讓她控制。他們果然不是夫妻，暫時是未婚同居而已。

　　幹嗎要壓抑自己情感，男朋友說得振振有詞，這說明，我們的幸福指數很高很高！

　　高到都，響徹雲霄了！

　　事實呢，女孩不去考慮事實，她只知道男朋友喜歡這樣折騰，女孩自己呢，顯然也喜歡這樣的折騰。

　　這就足夠了。

　　覺得不足夠是陳公明，他在門口發了一會呆，發完，他急步追下樓去。

　　這個女孩，好歹應該對他報以歉意吧，要不是因為她，林文英不會變得不賢慧，自己早上也不會奢侈到用豆漿洗臉。

　　她起碼，也得對自己笑一下吧！

　　一念及此，陳公明幾乎是滾下樓梯來的，還好，女孩剛出了樓梯口，在向街上邁步。

　　見陳公明氣喘吁吁趕上來，女孩怔了一下，女孩問，有事嗎？

陳公明說，你說呢？

女孩當然說不上個所以然，女孩就低了頭，一蹦一跳往前走。

年輕就是好，哪怕你再乾再瘦，也活力四射著，陳公明就衝這四射的活力發了話，你應該向我說聲抱歉的！

向你說抱歉？女孩怔了一下，停住蹦蹦跳跳的腿腳。

是的，我老婆，今早潑了我一臉豆漿，她一向，很賢慧的！陳公明因為急於表達，就來了個言簡意賅。

殊不料，在女孩聽來卻是詞不達意。

女孩噘了一下嘴巴，與我有關麼？你老婆，潑豆漿，還不賢慧？

有的！陳公明心虛地望一眼四周，小聲說，你們昨晚，折騰的聲音，太大了！

女孩臉紅了一下，就一下，迅速恢復了正常，你們咋這麼無聊啊，多大年紀了，還窺人隱私！

不是窺，陳公明辯解，是聲響硬要鑽進我們耳朵裡，我老婆，一向失眠的！

那也犯不著潑你豆漿啊？女孩十分奇怪地盯一眼陳公明。

陳公明心裡忍不住發起毛來，忽然，女孩若有所悟發出一陣冷笑來，你活該，一定聽得太沉醉意淫上了！

陳公明的臉一下子由青變白，再由白轉黑。

明明是女孩應該給他道歉來著的，咋變成了他讓女孩訓示了呢？

這不對啊！

在他不對的尋思中，女孩已跳上一輛公共汽車，把他甩在了馬路上。

陳公明忍不住咬了一下牙，腮邊的咬肌突起，那模樣，如狼似虎的，讓人疑心他身邊有一隻羊的話，一定會有粉身碎骨的危險。

好在，大街上是沒有羊的。

有羊也不會出現在陳公明身邊，陳公明是一名城管工作人員，管羊更是職責許可權內的事兒。

羊只有自己家裡才有。

林文英一直是只溫順的羔羊，今早的行為，屬於例外，人的一生中，哪能不例外一兩次呢？列車都還有意外出軌的呢！

這麼自我安慰著，陳公明腦海中的狼嚎聲逐漸消失，即便真有狼嚎，也被喧囂的城市給淹沒了。

狼嚎也好，狼性也罷，只有在夜晚，才顯得更突兀，更野性。白天，似乎他們都是從了良的妓女，回了頭的浪子。‘

陳公明在這天的晚上，破例喝了一杯小酒。

是林文英主動斟上的，有陪罪的意思，兩口子過日子，有點口舌之爭，正常，爭完了借這種不起眼的小動作賠個不是，也很合理。沒理由非得一方低著頭向另一方認錯的。

陳公明自然就心安理得地喝下了那杯小酒，喝點酒也好，有助於睡眠。

這樣，即便隔壁真有七匹狼同時嚎叫，也影響不了他。陳公明的睡眠品質，向來不錯，借了酒勁，應該就是相當不錯了。

洗了澡，陳公明早早爬上了床，他以為像往常一樣，只要頭一碰著枕頭，就能鼾聲四起了，但偏偏，他的頭都快鑽進枕頭裡去了，睡睡卻沒來臨的意思。相反的，他的腦子裡越來越清醒，那種一根針掉在地上都能聽見聲響的清醒，這也算了，問題是，他的身體，也根本沒潛伏的意識，有個什麼東西這兒躥一下，那兒躥一下，整得他心裡毛躁躁的。

陳公明這才想起來，酒的另一個功能來。

酒能助性，不然古人為啥說飽暖思淫欲呢？

陳公明就探起頭來，望一眼廚房，林文英不在廚房，那就只有

一個可能，她在洗澡間洗澡了。

怎麼讓林文英明白自己的意圖呢？陳公明頗費了一番心思。自打過了四十歲，兩人的性生活變得相當有規律，差不多十天半月才有那麼一次，這麼突然想做那個事，林文英肯定會牽扯到隔壁女人身上去。

對的，最好，隔壁兩個人今晚再狠狠折騰一番，折騰得讓林文英徹夜難眠為止。

一般這種情況下，林文英就會主動求助陳公明，醫生曾經說過，性愛有助於睡眠。

林文英也試過這一招，的確，屢試不爽。

但考慮到陳公明體質較弱，不到萬不得已，林文英是不讓陳公明這麼折騰身體的，做城管，本來就是個勞心勞力的活兒。

林文英洗完澡上床時，陳公明裝出睡得正香的模樣，在夢囈中翻了個身，把只手無巧不巧地搭在林文英胸脯上，試探林文英的反應。

林文英卻沒半點反應。

她的心思在隔壁，要是今晚，隔壁再發出狼群一樣嚎叫的話，她會毫不客氣地去踹他們的門，然後義正詞嚴地告訴他們，能不能把聲音放小點，沒必要如此大張旗鼓地叫囂，誰都是從年輕時過來的，積攢點精力，留著叫不動時嗚咽一聲也是好的。

這些話，於林文英來說，有種說不出口的刻薄，可林文英認為，自己必須刻薄這麼一回，因為他們的折騰，自己早上居然將一杯豆漿潑到了男人臉上，太不賢慧的舉動了。

說起男人，林文英忍不住側過頭看了一眼陳公明，陳公明的呼吸有一搭沒一搭的，這是他的習慣睡法。包括他做那個事，呼吸也是有一搭沒一搭的，沒一點狼性，天啦，林文英忍不住輕輕拍了一

下自己的臉頰，咋想到那種事上了呢！

都怪那該死的狼嚎！

奇怪，狼嚎，那邊怎麼還不見動靜呢？

林文英忍不住跑下床，把耳朵貼向了牆壁，那邊居然，沒半點動靜。

林文英就是這麼一個人，自己雄心勃勃想要完成的壯舉，一下子懸在了半空，整個人便會異常地難受，這種時候想要她順利進入睡眠狀態，無異於登天，她只能求助於陳公明了。

這樣的求助，讓林文英或多或少有那麼點羞怯，畢竟，早上自己惡狠狠地潑了陳公明一臉豆漿呢！

林文英左右為了難，上床。

想了想，林文英撿起陳公明剛才放在自己胸脯上的手，輕輕地摁在自己乳房上。

如果陳公明的手，有那麼點反應的話，那麼自己就半推半就鑽進陳公明懷裡去。

一切，自然水到渠成了。

陳公明是有反應的，他的手明顯加大了力度，男人在這方面是敏感的，哪怕是在夢中抓住了這些東西，也會不由自主揉搓一把的。

林文英就在陳公明的無意識的揉搓中就勢鑽進了陳公明的懷裡。

陳公明，其實是有意識的，但他裝了一把糊塗，裝糊塗是因為，他還想聽一把隔壁的狼嚎。如同看三級片，能增添一下刺激的。

那邊到底有了聲音。

先是一長一短的呼吸遙相呼應似地響起，跟著是床咯吱咯吱的聲響有節奏地響起。

林文英剛要從陳公明懷裡鑽出來去實施自己的行動計畫呢！忽

然，陳公明整個人像夢中甦醒過來，整個身體也像被懷裡的林文英喚醒了似的，他的揉搓加大了力度不說，嘴也拱到了林文英的胸前。

林文英掙了一下，沒掙脫，她腦子裡還想著去踹隔壁家門的壯舉呢！

林文英就又掙了一下，這一掙似乎讓陳公明來了興致。他居然，喘息前所未有的急促起來。如果跟隔壁的聲音應和起來，就有那麼點狼嚎的意思了。

林文英怔了一下，不掙扎了。

陳公明就興奮著，睜大充血的雙眼，很野蠻地去扯林文英的內褲，以往他可不，以往他都是懶洋洋躺在床上，要林文英自己脫得一絲不掛了才有所行動的。

陳公明的撕扯是迫不及待的，這點林文英能感受得到。

林文英在他的迫不及待的撕扯中把雙眼睛瞪得大大的，嘴角上掛著一絲不屑來。

陳公明是在撕扯到一半時發現情況有點不對勁的，按以往的經驗，林文英要麼會抵抗一番，要麼是主動褪下內褲，她是心疼錢呢，內褲撕壞了還得再買新的不是。

但這一回，林文英一沒抵抗，二沒主動褪內褲，她就直挺挺躺在床上，死人一樣任陳公明擺佈。

跟死人不一樣的是，任陳公明擺佈的林文英這當兒，突然清晰無比吐出三個字來——不要臉！

誰，不要臉，誰？陳公明心裡明顯虛了一下，手上的動作停了下來。

別以為我不知道你在想什麼，林文英使勁一掀，把陳公明掀到一邊，然後一指隔壁的牆，想狼性一回是吧，到那邊去，別把我想像成那女的！

陳公明的頭，一下子垂了下來。

他的確，在爬上林文英身體的那一瞬間，腦海裡全是隔壁女人的影子。

該死的隔壁女人！陳公明悻悻地爬起床，惡狠狠灌了一氣涼水。

隔壁女人卻沒該死的意思。

人家，這會兒，正高潮迭起，狼嚎聲再次此起彼伏地穿越牆壁鑽進了他們的耳朵。

林文英已沒了去踹人家門的勇氣，踹開了怎麼說，說自己男人剛才把自己想像成隔壁女人意淫了一把？

她自問，丟不起這個人啊！

沒了勇氣也就沒了意志，沒了意志也就沒了牽掛，令人奇怪的是，林文英一向品質不高的睡眠，這一夜，居然，鼾起大作了。

輪到陳公明夜不能眠了，身陷這種境地的男人，不失眠一把是說不過去的，隔壁的女人可望而不可及，身邊的女人是可及但不可望。

陳公明內心深處有一隻狼四處奔突著，一聲接一聲淒厲的嚎叫在心底迴響，很空曠。

你等著，遲早有一天讓你也嘗嘗我的狼性！

陳公明在林文英的鼾聲中發誓，咬著牙，切著齒。

陳公明到底是發了誓的，他沒讓林文英等多久，第二天，他的狼性就大發了一回，不過嘗到這狼性的不是林文英，而是隔壁的女人。

第二天，因為睡眠充足，林文英早早就上了班。陳公明呢，因為睡眠不好，日上三竿了才起床。

他揉著黑眼圈出的門。

這一回，他沒瞪隔壁門的意思，反過來，是隔壁門在那兒洞開

著，那個女孩正斜倚在門口，做什麼呢？沒人知道。

陳公明只知道女孩瞪著一雙大眼睛，在門口，似笑非笑，似乎專門等自己出來一樣。

怎麼，今天老婆賢慧了，沒潑豆漿？女孩樣子很靦腆，話卻不靦腆，帶著點幸災樂禍，用不著我道歉了吧！

陳公明不說話，悶聲不響地下樓，他憋了一肚子氣無處釋放。

女孩追上來，笑一笑，悄聲說，對不起啊！

這話你應該昨天說的！陳公明停下來，回過頭，沒好氣地說。

今天不行麼？女孩還是笑，昨天我跟你一點也不熟悉的！

今天就熟悉了？陳公明以為女孩戲弄自己，腮上咬肌明顯凸現出來。

一回生，二回熟啊！難道你沒聽說過？女孩眨一下眼，依然笑。

陳公明就回轉身，是麼，既然一回生二回熟了，那麼可不可以請我到你家喝一杯茶啊？

可以啊，女孩笑吟吟，反正我一個人，也悶得慌！

陳公明就不下樓了，回頭，跟隨著女孩身後進了屋。

女孩屋子裡很空，就一張床，很凌亂，男朋友估計上班去了，女孩估計是剛起來不久，床上就凌亂著。

看見這凌亂，陳公明的心裡有根弦，動了一下。

喉嚨也不由自主咯咯作響，乍一看，渴急了的樣子。

茶來了，陳公明卻不急著喝，他是身體上渴。

陳公明吞一下喉嚨，衝女孩艱難地說，你們晚上，能不能不折騰，或者，折騰的動靜小一點？

女孩低下頭來，顯然害著羞。

陳公明把茶杯一頓，火了，說，我問你話呢！

女孩慢慢抬起頭來，慢慢從咬緊的嘴唇裡蹦出兩個字來——

不能！

陳公明的氣勢明顯受到打擊，他怔了一下，喉嚨發乾的感覺愈發重了，像上火，那麼，你們能不能改為白天折騰？

為什麼？女孩不害羞了，好奇心促使她盯緊了陳公明。

因為晚上，我們容易失眠，陳公明心虛地吐出這句話。

女孩冷不丁呵呵笑了，吃透陳公明心思似的，是你失眠吧，不自重！

不自重這三個字作為尾音吐出來的，很輕很輕，輕得女孩自己都沒有察覺。

但陳公明是能夠察覺的，他從女孩的唇形張合和吐出的氣流中讀出了這三個字——不自重！

陳公明騰一下站了起來，說誰不自重呢？當我沒年輕過啊！

你是年輕過，女孩不屑地搖一下頭，但你的年輕跟我們的年輕是兩個概念。

扯蛋！不就是上床嗎，我倒要看看，是哪兩個概念？陳公明受到蔑視，無名之火一下子躥到頭頂，他眼一紅，一步一步逼近女孩。

滿以為女孩會嚇得退後求饒的，偏偏女孩胸部一挺，迎了上來，怎麼了，想學狼，吃人啊！這一聲狼一下子喚醒了陳公明體內潛藏的意識。

我就學狼，怎麼了？跟著陳公明就餓狼一般撲上前，把女孩逼到了床上。

女孩因為驚惶，喘息聲加劇，胸脯起伏更快了，陳公明耳邊開始響起狼的嚎叫來，空曠而淒厲！在這嚎叫聲中，陳公明惡狠狠地撕扯掉女孩身上的衣服。

你不是喜歡叫嗎，叫啊叫啊！陳公明一邊撕扯一邊嚎叫著撲向

女孩一絲不掛的身體。

女孩拚命掙扎著，嘴裡發出嗚嗚的低鳴。

啪！陳公明一耳光甩了上去，我要你嚎叫，嚎叫，聽見沒？

女孩鼻子裡有血滲了出來。血讓女孩一下子感到了前所未有的恐懼，因恐懼而張惶，一連串的驚叫聲從她的胸腔迸裂出來，救命啊，救命啊！

陳公明呢，因為狼性大發，他的耳朵裡充斥的全是頭天晚上的狼嚎，那狼嚎一聲應和著一聲，群狼的嚎叫聲中，女孩這一聲又一聲的救命就被淹沒在其中。

林文英是在專賣店裡為顧客試衣服時忽然心神不寧起來的。

當時是一對中年的夫妻在挑選衣服，女人噘了嘴巴說，你以為穿上狼的品牌就有了狼的雄風啊！

當然啊，男人一本正經的，要不然男人服飾幹麼不是狼就是豹，要麼鷹，要麼鵰的。

這話剛落音，林文英耳邊不知怎麼就響起了一聲趕一聲連綿不絕的狼嚎。

狼嚎聲中，林文英暗自思忖，要不要給陳公明也帶回一件七匹狼的襯衫呢，店裡正打折。林文英想得很有道理，打折怎麼了，打折的狼它也是狼啊！

釀文學111　PG0791

 誰在前世約了你
　　　——都市心靈按摩小說

作　　者	劉正權
責任編輯	林世玲
圖文排版	楊尚蓁
封面設計	陳佩蓉

出版策劃	釀出版
製作發行	秀威資訊科技股份有限公司
	114 台北市內湖區瑞光路76巷65號1樓
	電話：+886-2-2796-3638　傳真：+886-2-2796-1377
	服務信箱：service@showwe.com.tw
	http://www.showwe.com.tw
郵政劃撥	19563868　戶名：秀威資訊科技股份有限公司
展售門市	國家書店【松江門市】
	104 台北市中山區松江路209號1樓
	電話：+886-2-2518-0207　傳真：+886-2-2518-0778
網路訂購	秀威網路書店：http://www.bodbooks.com.tw
	國家網路書店：http://www.govbooks.com.tw
法律顧問	毛國樑　律師
總 經 銷	聯合發行股份有限公司
	231新北市新店區寶橋路235巷6弄6號4F
	電話：+886-2-2917-8022　傳真：+886-2-2915-6275

出版日期	2012年9月　BOD一版
定　　價	300元

國家圖書館出版品預行編目

誰在前世約了你：都市心靈按摩小說 / 劉正權著. -- 一版.
  -- 臺北市：釀出版, 2012. 09
    面； 公分. -- (釀文學111；PG0791)
  BOD版
  ISBN 978-986-5976-57-6 (平裝)

857.7   101014631

讀者回函卡

感謝您購買本書，為提升服務品質，請填妥以下資料，將讀者回函卡直接寄回或傳真本公司，收到您的寶貴意見後，我們會收藏記錄及檢討，謝謝！
如您需要了解本公司最新出版書目、購書優惠或企劃活動，歡迎您上網查詢或下載相關資料：http:// www.showwe.com.tw

您購買的書名：_____

出生日期：_____年_____月_____日

學歷：□高中 (含) 以下　　□大專　　□研究所 (含) 以上

職業：□製造業　□金融業　□資訊業　□軍警　□傳播業　□自由業
　　　□服務業　□公務員　□教職　　□學生　□家管　　□其它_____

購書地點：□網路書店　□實體書店　□書展　□郵購　□贈閱　□其他

您從何得知本書的消息？

　　□網路書店　□實體書店　□網路搜尋　□電子報　□書訊　□雜誌

　　□傳播媒體　□親友推薦　□網站推薦　□部落格　□其他_____

您對本書的評價：(請填代號　1.非常滿意　2.滿意　3.尚可　4.再改進)

　　封面設計____　版面編排____　內容____　文／譯筆____　價格____

讀完書後您覺得：

　　□很有收穫　□有收穫　□收穫不多　□沒收穫

對我們的建議：_____

_____

_____

_____

11466

台北市內湖區瑞光路 76 巷 65 號 1 樓

秀威資訊科技股份有限公司　　　收

BOD 數位出版事業部

....

（請沿線對折寄回，謝謝！）

姓　　名：_____　　年齡：_____　　性別：□女　□男

郵遞區號：□□□□□

地　　址：_____

聯絡電話：(日) _____　(夜) _____

E-mail：_____